AMERICAN CRIME CLASSICS

STANLEY
GARDNER

Perry Mason und die schweigende Braut

SCHERZ

Einmalige Ausgabe 2000
Einzig berechtigte Übertragung aus dem Amerikanischen
von Renate Weigl
Titel des Originals: »The Case of the Long Legged Models«

Umschlaggestaltung: Manfred Waller, Reinbek
Gesamtherstellung: Ebner Ulm

1

Als Perry Mason Della Streets Anwesenheit bemerkte, unterbrach er seine Arbeit und blickte auf die schlanke, tüchtige junge Dame, die im Türrahmen stand.

»Was ist los, Della?«

»Gibt es eine juristische Bezeichnung für eine ledige Frau, die mit einem Junggesellen ein Verhältnis hat?«

Mason hob fragend die Augenbrauen. »Nein«, antwortete er, »weshalb fragen Sie?«

»Weil eine Miss Stephanie Falkner im Vorzimmer wartet. Sie sagt, sie wäre mit Homer Garvin, in Anführungszeichen, zusammen gewesen.«

»Mit Homer Horatio Garvin«, fragte Mason, »unserem Klienten?«

»Nein, mit seinem Sohn«, berichtete Della.

»Ach ja, Junior. Ich glaube, er ist im Autogeschäft tätig. Und was hat Miss Falkner auf dem Herzen?«

»Sie möchte Sie in einer persönlichen Angelegenheit sprechen und hofft, dass die Verbindung zu Garvin ihr die Tür zu Ihrem Büro sofort öffnet.«

»Worum handelt es sich, Della?«

»Sie hat in Las Vegas ein Spielkasino geerbt. Ihr Problem scheint damit zusammenzuhängen.«

Mason schlug mit der Hand auf den Schreibtisch. »Setzen Sie für mich einen Dollar auf die Nummer sechsundzwanzig«, meinte er lächelnd.

Della ging auf den Scherz ein und tat so, als brächte sie ein Roulette in Schwung. Mit einem leicht blasierten Ausdruck lehnte sie sich vor und verfolgte fasziniert den Lauf der imaginären Kugel. Auch Masons Blicke hingen an diesem Punkt. Plötzlich richtete sich Della mit einem Lächeln auf und sagte: »Es tut mir Leid, Chef, es ist eine Drei. Sie haben verloren.«

Mason zog eine Grimasse. »Ich habe scheinbar kein Glück heute.«

»Was ist mit Stephanie Falkner?«, erkundigte sich Della, jetzt wieder sachlich.

»Am vernünftigsten ist es, Garvin sen. anzurufen und zu fragen, in welcher Beziehung diese Frau zu ihm steht. Wie alt ist sie?«

»Dreiundzwanzig oder vierundzwanzig.«

»Blond oder brünett?«

»Brünett.«

»Kurven?«

»Ja.«

»Hübsch?«

»Sehr hübsch.«

»Na gut. Lassen Sie uns mit Garvin sprechen, bevor wir uns in die Nesseln setzen.«

Della Street setzte sich an ihren Schreibtisch und bat die Telefonistin um ein Amt. Sie wählte die Nummer, wartete einen Augenblick, dann meldete sie sich: »Bitte, Mr Garvin. Sagen Sie ihm, Miss Street sei am Apparat . . . ja . . . Della Street. Er kennt mich. Ich bin die Sekretärin von Rechtsanwalt Perry Mason. Es ist ziemlich wichtig.«

Es entstand eine kurze Pause.

»Wie kann ich ihn sonst erreichen?«

Wieder lauschte Della. »Ich verstehe«, sagte sie. »Wären Sie so nett, ihn zu bitten, zurückzurufen? Ja, sowie er sich bei Ihnen meldet. Danke.«

Della legte den Telefonhörer auf die Gabel. »Das war Miss Eva Elliott, die Sekretärin. Sie tut sehr wichtig, Mr Garvin sei verreist, und man könne ihn nicht erreichen.«

»Eva Elliott«, wiederholte Mason. »Was ist mit Marie Arden los? Ach ja, jetzt fällt mir ein, sie hat geheiratet, nicht wahr?«

»Ja, vor ungefähr einem Jahr«, erinnerte ihn Della. »Sie haben ihr zur Hochzeit eine elektrische Kaffeemühle, ein Waffeleisen und eine Grillpfanne geschenkt.«

»Ist das schon wieder ein Jahr her?«, fragte Perry Mason.

»Ich glaube, ja. Wenn Sie wollen, kann ich ja auf der Rechnung für die Hochzeitsgeschenke nachsehen.«

»Nein, lassen Sie nur, Della. Wenn ich es mir richtig überlege, haben wir mit Garvin keinerlei Geschäftsverbindungen mehr gehabt, seit die neue Sekretärin da ist.«

»Vielleicht hat er sich inzwischen einen anderen Anwalt genommen?«

»Das wäre peinlich, was?«, meinte Mason scherzhaft. »Am besten ist, ich höre mir mal an, was Miss Falkner auf dem Herzen hat. Bringen Sie sie herein, Della.«

Della Street verschwand und kam ein paar Minuten später wieder zurück. »Miss Falkner, Mr Mason«, stellte sie vor.

Stephanie Falkner war brünett, mit langen, schlanken Beinen und grauen Augen. Sie ging auf den Anwalt zu, reichte ihm die Hand und meinte: »Es freut mich wirklich sehr, Mr Mason.« Die Sicherheit und Grazie, mit der sie sich bewegte, ließen auf eine Ausbildung als Mannequin schließen.

»Bittex nehmen Sie Platz«, bat Mason. »Bevor Sie mir irgendetwas erzählen, Miss Falkner, bitte ich Sie, zur Kenntnis zu nehmen, dass ich seit Jahren alle juristischen Belange für Mr Garvin erledigt habe. Er beansprucht mich zwar sehr selten, trotzdem betrachte ich ihn als einen Klienten. Darüber hinaus bin ich sein Freund.«

»Deswegen bin ich ja hier«, sagte sie und schlug die Beine übereinander.

»Aus diesem Grunde«, fuhr Mason fort, »möchte ich mich zuerst mit Mr Garvin in Verbindung setzen, bevor ich irgendeinen Fall mit Ihnen auch nur diskutiere. Ich möchte vermeiden, seinen eventuellen Interessen entgegenzuarbeiten. Wären Sie damit einverstanden?«

»Aber selbstverständlich«, erwiderte sie. »Gerade weil Sie Mr Garvins Anwalt sind, bin ich ja hier. Ich möchte auch, dass Sie mit ihm sprechen.«

»Also gut«, meinte Mason. »Nachdem wir uns darüber einig sind, können Sie anfangen, mir Ihre Geschichte zu erzählen.«

»Ich habe einen Anteil an einem Anwesen in Las Vegas geerbt«, berichtete sie.

»Was für ein Anwesen?«

»Ein Autohotel mit einem Kasino.«

»Eines von diesen fantastischen Dingern, die . . .«

›Nein, nein«, unterbrach sie ihn lächelnd. »Im Vergleich zu diesen Superspielhöllen, an die Sie denken, ist es sehr bescheiden. Aber es liegt gut und ich glaube, dass man es ausbauen könnte.«

»Wie hoch ist Ihr Anteil?«, erkundigte sich Mason.

»Vierzig Prozent des Stammkapitals. Die anderen sechzig sind auf vier verschiedene Leute verteilt. Sie bilden eine Gesellschaft, deren Geschäftsführer mein Vater war.«

»Wann starb Ihr Vater«, wollte Mason wissen.

Ein Schatten tiefen Schmerzes huschte über ihr Gesicht, der ihren Zügen etwas maskenhaft Starres verlieh. Dann antwortete sie tonlos: »Vor einem halben Jahr. Er wurde ermordet.«

»Ermordet!«, rief Mason aus.

»Ja. Vielleicht haben Sie gelesen, dass . . .«

»Lieber Himmel! Hieß Ihr Vater Glenn Falkner?«

Sie nickte.

»Der Mord wurde, glaube ich, nie aufgeklärt«, sagte Mason und runzelte die Stirn.

»Morde klären sich eben leider nicht von selber auf«, antwortete sie bitter.

»Ich möchte Sie nicht mit Fragen quälen«, meinte Mason mitfühlend, »und Sie wollen mir bestimmt nicht . . .«

»Weshalb nicht?«, fragte sie. »Das Leben ist voll von unschönen Dingen. Es war mir von Anfang an klar, dass wieder Wunden aufgerissen werden, wenn ich hierher komme.«

»Bitte erzählen Sie mir alles«, bat Mason.

»Meine Mutter starb, als ich vier Jahre alt war. Das war der Beginn einer sieben Jahre anhaltenden Pechsträhne. Jedenfalls dachte Daddy so. Er war, wie alle Spieler, entsetzlich abergläubisch. Daddy war ziemlich am Ende. Er hatte während der Wirtschaftsdepression alles verloren und konnte nicht wählerisch sein, sondern musste alles nehmen, was sich ihm bot. Er war froh, in einem Restaurant arbeiten zu können. Der Besitzer starb und Daddy erwarb von seinen Erben das Geschäft. Aber kaum, dass er den Laden einigermaßen hochgebracht hatte, wurde die Prohibition aufgehoben.

Nun ja, ich will Sie nicht mit meines Vaters Pechsträhne langweilen. Er war jedenfalls mit Leib und Seele Spieler und es machte ihm wahrscheinlich sogar Spass, den Stammkunden seines Lokals im Hinterzimmer all das ausschenken zu können, was offiziell verboten war. Er liebte den Nervenkitzel, ja, er brauchte ihn sogar zum Leben. Die Schwierigkeit für Daddy war nur die Frage, was er mit mir anfangen sollte. Sehen Sie, ein Berufsspieler kann zwar vieles lernen, er kann seine Gefühle beherrschen und ein guter Verlierer werden, aber er kann kaum einem Teenager die Mutter ersetzen oder ihm ein richtiges Zuhause bieten. Also schickte Daddy mich in Internate, und zwar in die besten.

Es war immer dasselbe, denn gerade diese Internate wollten keine Töchter von Spielern. Aber Daddy gab nicht auf und mimte von nun an den reichen Finanzmann. Mit einem Schlag war ich umschwärmt. Leider dauerte es selten länger als ein Jahr, bis sie dahinter kamen, wer ich wirklich war.

Vater machte das nichts aus. Einmal oben, einmal unten, war ja seine Devise. Wie sehr ich unter alldem litt, ist ihm bestimmt nie in den Sinn gekommen. Er wollte nur mein Bestes. Seine Tochter sollte die exklusivste Erziehung haben, die es gab. Es war eine schwere Zeit für mich.

Unbewusst hatte ich mir etwas von meines Vaters Philosophie angeeignet. Ich wurde verschlossen und zog mich von allen Menschen zurück. Ich hatte es satt, ewig Freundschaften unter falschen Voraussetzungen zu schließen. Nach meiner Ausbildung stellte ich mich auf eigene Füße und wurde Mannequin, ein gut bezahltes sogar.

Daddy ging nach Las Vegas, wo er im Laufe der Zeit etwas Grund erwarb und darauf ein kleines Motel baute. Als er mich bat, zu ihm zu kommen, fuhr ich hin um ihm zu helfen. Ich hätte es besser nicht tun sollen. Er schlief bis mittags und kam gegen drei Uhr morgens nach Hause. In diesen Wochen begriff ich, dass man einen Mann wie Vater nicht mehr ändern konnte.

Aber warum erzähle ich Ihnen das«, unterbrach sie sich selber und blickte Mason fragend an. »Sie haben bestimmt keine Zeit für meine Sentimentalitäten.«

»Im Gegenteil«, antwortete Mason. »Ihre Story beginnt mich zu interessieren.«

Miss Falkner schien erleichtert zu sein, als sie fortfuhr: »Ja, da war das Land. Grundstücksmakler hatten die Preise enorm in die Höhe getrieben. Eine Gruppe von Leuten erhielt eine Option auf ein Stück Land, das an das meines Vaters angrenzte. Sie wollten auch ein Vorkaufsrecht auf seinen Besitz. Ihr Plan war, die Grundstücke zu vereinen und ein großes, teures Hotel mit Swimmingpool, Spielbank, Nachtklub und allem darauf bauen.

Daddy war gewillt zu verkaufen, aber nicht für die paar Kröten, die man ihm bot. Er erfuhr, dass ein Syndikat dahinter steckte und was diese Leute für Pläne hatten. Danach richtete sich sein Preis. Die Drahtzieher tobten. Und als sie nicht weiterkamen, begannen sie, meinem Vater zu drohen. Aber er lachte sie nur aus. Das hätte er nicht tun sollen.«

»Glauben Sie, dass es die Leute vom Syndikat waren, die ihn getötet haben«, fragte Mason.

Sie zuckte mit den Schultern. Ihr Gesicht war jetzt völlig ausdruckslos. »Ich weiß es nicht«, antwortete sie, »niemand weiß es. Daddy wurde ermordet. Sie hatten ein Exempel statuiert, das den übrigen Grundbesitzern derart in die Knochen fuhr und ihnen klarmachte, dass von nun an das Syndikat die Preise diktierte.«

»Fahren Sie fort«, bat Mason. »Wie ging die Sache weiter?«

»Ich erbte also vierzig Prozent des Besitzes. Die restlichen sechzig teilten sich in vier Leute, und zwar hatte jeder fünfzehn Prozent.

Während ich immer noch durch den Tod meines Vaters wie benommen war, beeilten sich die Aufkäufer des Syndikats, ihr Schäfchen ins Trockne zu bringen. Es war für sie ein Kinderspiel, und drei von den vier Leuten gaben ihren Anteil für ein Butterbrot weg.

Vor Daddys Tod machte ich die Bekanntschaft mit Homer Garvin jun. Wir gingen öfter zusammen aus. Dabei lernte ich auch seinen Vater kennen. Eines Tages bat er mich, ihm meine Geschichte zu erzählen. Besonders über meines Vaters Tod wollte er alles wissen. Mr Garvin sen. wusste schon, bevor ich es erfahren hatte, dass alle anderen Teilnehmer bereit waren zu jedem Preis zu verkaufen. Er versuchte diesem mysteriösen Aufkäufer zuvorzukommen, aber es war zu spät. Nur bei einem einzigen hatte er noch Glück und wurde dadurch mein Partner. Wir sind nach wie vor ein Dorn im Auge des Syndikats, wie sie sich jetzt nennen.«

»Was werden Sie tun«, erkundigte sich Mason.

»Ich bin bereit zu verkaufen«, antwortete sie. »Aber ich möchte vermeiden, dass die gleichen Leute, die meinen Vater ermordet haben, jetzt auch noch durch seinen Tod profitieren. Es gibt einen Mann, ich werde ihn der Einfachheit halber mal Mr X nennen, den ich in Las Vegas kennenlernte, als ich Modelle vorführte. Ich habe keine Ahnung, ob er nun das neue Syndikat vertritt oder nicht. Alles, was ich weiß, ist, dass irgendjemand die drei anderen Teilhaber aufsuchte, ihnen ihre Anteile bar ausbezahlte, sie die entsprechenden Verträge unterzeichnen ließ und dann von der Bildfläche verschwand. Das war alles, was ich bis vor ein paar Tagen wusste. Dieser Mr X rief mich an und sagte, dass er daran interessiert sei, meine und auch Mr Garvins Anteile zu erwerben, und bat mich, ihn morgen Abend um halb neun zu treffen. Und damit wäre ich beim springenden Punkt angelangt, Mr Mason. Ich möchte Mr Garvin sprechen und ihn fragen, ob er bereit ist, unsere Anteile zu veräußern. Allein möchte ich es nicht tun, sonst haben die anderen die Majorität und machen, was sie wollen.

Dummerweise ist Mr Garvin verreist Er fuhr gestern ab und ich kann nicht herauskriegen, wo er sich aufhält. Seine Sekretärin hasst mich wie die Pest, sie würde mir nicht mal sagen, wie spät es ist.«

»Wie steht's mit Garvin jun.?«, fragte Mason. »Kann er Ihnen nicht weiterhelfen?«

»Er ist auch nicht hier.«

»Mr Garvin gefällt es vielleicht nicht, wenn Sie mit diesem Mann verhandeln«, gab Mason zu bedenken. »Vielleicht würde er vorschlagen, dass ich den persönlichen Kontakt übernehme?«

»Das ist durchaus möglich«, antwortete sie. »Aber für mich ist es eine Angelegenheit von Familienstolz, wenn Sie so wollen. Ich möchte mich genauso wenig übervorteilen lassen wie Daddy.«

»Sie möchten, dass der Mord an Ihrem Vater gesühnt wird?«

»Selbstverständlich. Das ist der zweite Grund, weshalb ich zu Ihnen komme.«

»Fahren Sie fort«, bat Mason.

»Sie wissen ja am besten, wie die Polizeimaschinerie arbeitet«, meinte sie. »Da wird gedroht und gewettert; riesige Schlagzeilen in den Zeitungen versprechen, mit dem Gangstertum aufzuräumen und jeden Mord aufzuklären und zu sühnen. Soweit ich mich erinnern kann, wurde von diesen Morden noch kein einziger gerächt, es sei denn, die Polizei hat den falschen Mann verurteilt.«

»Was soll ich also für Sie tun?«, fragte Mason.

»Wenn ich meinen Anteil verkauft habe, möchte ich Ihnen eine Anzahlung dafür geben, dass Sie den Mörder meines Vaters suchen. Sie sollen Detektive engagieren, die sich mit dem Fall vertraut machen und Hinweise ausgraben, die man der Polizei weitergeben kann.

Und Sie sollen als eine Art Vermittler in diesem Fall auftreten, Mittelsmann zwischen dem Privatdetektiv und der Polizei sozusagen.«

Mason schüttelte den Kopf. »Sie brauchen doch keinen Anwalt dafür zu nehmen um dafür zu sorgen, dass die Polizei den Mord aufklärt.«

»Aber was hat sie denn bisher getan!«

»Ich weiß es nicht«, antwortete der Rechtsanwalt.

»Eben. Niemand weiß es.«

»Könnte dieser Mr X mit dem Mord in Zusammenhang stehen? Er scheint jedenfalls dadurch profitiert zu haben.«

»Das wäre sehr gut möglich.«

»Dann sollten Sie tatsächlich Mr Garvin die Verhandlungen führen lassen.«

»Als Mr Garvin die Anteile kaufte«, sagte sie leise, »glaubte er, sie mir eines Tages als Hochzeitsgeschenk geben zu können. Er war sicher, dass ich seine Schwiegertochter werde. Und nun hat sich die Situation radikal geändert.«

»Wo kann ich Sie erreichen?«, fragte Mason.

»Überhaupt nicht«, erwiderte sie. »Ich werde mich morgen früh bei Ihnen melden. Passt Ihnen zehn Uhr?«

Mason blickte zu Della Street hinüber. Als sie nickte, antwortete er: »Also gut, morgen früh um zehn.«

Schon halb auf dem Korridor, wandte sich Stephanie Falkner

noch einmal um, lächelte und sagte mit ihrer ruhigen, kühlen Stimme zu Mason: »Also bis morgen. Und bitte versuchen Sie Mr Garvin in der Zwischenzeit zu erreichen.«

Als die junge Dame die Tür hinter sich geschlossen hatte, drehte sich Mason zu Della Street um und meinte: »Mit der möchte ich nicht gern Poker spielen.«

»Na, was glauben Sie denn, was Sie gerade getan haben?«

»Wenn ich das wüsste! Ich werde mal hinüberfahren und mit dieser neuen Sekretärin von Garvin reden. Vielleicht kann ich auch ein paar Auskünfte aus ihr herausholen.«

»Chef«, fragte Della, »wenn sie ihren Verkauf unter Dach und Fach hat, ich meine, wenn Homer Garvin auch einverstanden ist, werden Sie dann ihren Wunsch erfüllen und als Mittelsmann in diesem Mordfall fungieren?«

»Ich weiß es nicht, Della. Es kommt drauf an. Ich bin der Meinung, dass sie dazu keinen Rechtsanwalt braucht.«

»Ich weiß nicht, warum, aber ich mache mir Sorgen«, sagte Della. »Irgendein Gefühl sagt mir, dass Sie sich aus dieser Sache besser heraushalten sollten.«

Mason lächelte. »Keine Angst. Ich werde zunächst einmal Eva Elliott aufsuchen. Vielleicht kann sie mir weiterhelfen. Die anderen Probleme werden wir ins Auge fassen, wenn sie auf uns zukommen.«

2

Eva Elliott, eine große, blauäugige Blondine mit nachgezogenen Augenbrauen, saß an ihrem Schreibtisch.

Als Mason die Tür öffnete, läutete gerade das Telefon.

Eva Elliott lächelte ihm zu und nahm den Hörer ab. Sie hielt ihn dicht an die Lippen und sprach einige Minuten mit leiser Stimme. Mason konnte die Worte kaum verstehen.

»Nein, ich kann Ihnen nicht sagen, wann er zurück sein wird. Es tut mir Leid. Ja, er ist verreist. Soll ich etwas bestellen? Danke sehr, auf Wiedersehen.«

»Mein Name ist Perry Mason«, stellte sich der Rechtsanwalt vor, als sie den Hörer auf die Gabel zurückgelegt hatte.

Ihre Augen wurden groß. »Ach? Sie sind Perry Mason?«

»Stimmt.«

»Ich habe mir schon notiert, dass Mr Garvin sich mit Ihnen in Verbindung setzen solle, wenn er zurückkommt. Ihre Sekretärin rief deswegen bereits an.«

»Danke sehr«, antwortete Mason. »Ich sehe, Sie haben Ihren Schreibtisch umgestellt?«

»Nein, ich habe ihn nicht anders gestellt, Mr Mason.«

»Marie hatte ihn dort . . .«

»Ach so«, meinte sie. »Ja, da war das Licht völlig falsch.«

»Was macht sie eigentlich?«, erkundigte sich Mason.

»Sie war zweimal hier«, antwortete Eva Elliott kühl.

»Wie heißt Marie denn jetzt? Für mich ist sie immer noch Marie Arden.«

»Sie hat einen Mann namens Lawton Barlow geheiratet.«

»Ach ja«, meinte Mason. »Ich erinnere mich jetzt. Sagen Sie, Miss Elliott, wo ist Mr Garvin?«

»Auf einer Geschäftsreise.«

»Wann ist er abgereist?«

»Ich . . . er war gestern den ganzen Nachmittag nicht im Büro.«

Mason betrachtete sie mit nachdenklich forschendem Blick. »Ist daran etwas ungewöhnlich?«, fragte er.

»Überhaupt nicht, Mr Mason. Mr Garvin ist sehr oft unterwegs, wie Sie sicher wissen. Er hat ja viele Interessen und seine Besitze liegen ziemlich weit verstreut.«

»Ich verstehe«, sagte Mason. »Ich nehme an, dass Ihnen bekannt ist, dass ich sein Rechtsberater bin?«

»Er hat schon von Ihnen gesprochen.«

»Ich möchte mich sehr gern mit ihm in Verbindung setzen.«

»Mr Mason, darf ich fragen, ob es sich um etwas handelt, was mit Miss Falkner zu tun hat?«

Masons Gesicht wurde ausdruckslos. »Warum?«, fragte er.

»Also gut, ich will offen sein. Ich . . . Mr Mason, es ist sehr wichtig, dass wir nicht gestört werden. Würde es Ihnen etwas ausmachen, wenn ich die Tür schließe? Und wenn wir ins Privatbüro von Mr Garvin gehen würden?«

»Durchaus nicht«, antwortete Mason.

Mason folgte ihr in Garvins luxuriös eingerichtetes Privatbüro, nachdem sie die Eingangstür verschlossen hatte. Sie sah den Anwalt an. Ihre Hände und Hüften hatte sie gegen Garvins Schreibtisch gepresst. Ihre Pose war die einer Filmschauspielerin.

»Mr Garvin wäre außer sich«, begann sie, »wenn er erfahren würde, dass ich Ihnen darüber etwas gesagt habe. Aber Sie sind ein guter Menschenkenner und Ihnen brauche ich erst gar nicht zu sagen, dass Stephanie Falkner eine ganz ausgekochte, überhebliche und egoistische Person ist.

Wie Sie vielleicht wissen, war Stephanie Falkner sehr eng mit Mr Garvin jun. befreundet. Nachdem er aber nichts mehr von ihr wissen will, versucht sie offenbar, sich an den Vater heranzumachen. Ich weiß noch nicht genau, worauf sie hinauswill, aber ganz sicher ist es etwas, was nur zu ihrem Vorteil ist. Also ich werde ihr ganz gewiss nicht dabei helfen. Und Sie kann ich nur warnen: Glauben Sie ihr kein Wort.

Man würde mich hinauswerfen, wenn einer der beiden Garvins erführe, was ich Ihnen gesagt habe. Aber ich habe nur die Interessen Mr Garvins im Auge und ich werde nicht zulassen, dass man ihm übel mitspielt. Ich bin sicher, Mr Mason, Sie werden diese Information so verwerten, wie sie gemeint war, nämlich vertraulich. Oder werden Sie Mr Garvin von unserer Unterhaltung erzählen?«

Mason lächelte sie an. »Ich bin verschwiegen wie ein Grab.«

»Danke sehr!«, rief sie und kam mit einer eleganten Bewegung von ihrem Platz am Schreibtisch auf Mason zu, streckte ihm beide Hände entgegen und rief: »Sie sind einfach wunderbar!«

Mason verließ Garvins Büro und rief Della Street an. »Della«, fragte er, »haben wir die Adresse von Marie Arden? Sie heißt jetzt Barlow.«

»Ich glaube, ja«, antwortete Della. »Einen Augenblick, bitte. Möchten Sie die Telefonnummer oder die Anschrift?«

»Ich muss wissen, wo sie wohnt.«

»Wollen Sie sie besuchen?«

»Hm.«

Della gab ihm die Adresse durch und meinte: »Bitte, grüßen sie Marie sehr herzlich von mir.«

»Mach ich.«

Im Taxi lehnte sich Mason in das Polster zurück, zündete sich eine Zigarette an und überlegte.

Nach einer Weile verringerte der Chauffeur die Geschwindigkeit, fuhr in eine Seitenstraße und hielt am Rinnstein. »Hier wären wir«, sagte er.

Mason bat ihn zu warten und ging zu dem Haus. Bevor er noch klingeln konnte, wurde die Tür aufgestoßen.

»Nein, so eine Überraschung! Wie ich mich freue, Sie zu sehen, Mr Mason!«, rief Marie Barlow aus.

»Sie sehen gut aus«, meinte Mason.

»Machen Sie keine Witze«, antwortete sie lachend. »Das Baby wird in neun Wochen da sein. Ich komme mir vor wie ein Elefant. Kaum, dass ich mich um den Haushalt kümmere. Bei mir sieht's aus! Bitte, schauen Sie nicht genau hin. Nehmen Sie diesen Sessel dort, er ist der gemütlichste. Darf ich Ihnen etwas zu trinken anbieten?«

»Nein, danke. Ich brauche nur ein paar Auskünfte über Garvin.«

»Zum Beispiel was?«

»Erstens möchte ich erfahren, wo ich ihn erreichen kann.«

»Ist er denn verreist?«

»Ja.«

»Haben Sie schon mit Eva Elliott gesprochen?«

»Ja, aber sie hat mir nichts gesagt.«

Marie Barlow lachte. »Nun können Sie sich ungefähr vorstellen, wie ich mir vorkomme, wenn ich in dieses Büro gehe. Ich habe es zweimal versucht, dann habe ich es gelassen.«

»Haben Sie mit Homer gesprochen, als Sie dort waren?«

»Leider nein. Ich weiß, dass er einmal wirklich keine Zeit hatte, aber das andere Mal, glaube ich, wollte sie mich nur nicht vorlassen.«

»Was bezweckt sie nur damit?«, fragte Mason.

»Ich weiß es auch nicht. Schließlich habe ich doch zwölf Jahre für Mr Garvin gearbeitet. Während einer so langen Zeit bekommt man sowohl mit dem Geschäft als auch mit dem Chef einen engen Kontakt. Als Mr Garvins Frau starb, war er wirklich eine ganze Weile sehr niedergeschlagen. Er hat sich erst richtig wieder aufgerafft, als ich mich entschloss zu heiraten. Glauben Sie mir, Mr Mason, ich habe meine Hochzeit über drei Monate verschoben, weil ich immer wieder Rücksicht auf ihn genommen habe.

Das hat er übrigens gemerkt. Als ich eines Tages mit meinem Verlobungsring aufkreuzte, fragte er mich, wann denn das große Fest steigen würde. Eines ergab das andere und schließlich vermutete er, dass ich meine Hochzeit seinetwegen verschiebe. Er sagte, ich solle ja heiraten, sonst wolle er mich hinauswerfen. Wissen Sie, Mr Mason, Mr Garvin ist wirklich ein ganz wundervoller Mensch.«

»War Stephanie Falkner schon auf der Bildfläche erschienen, als Sie noch bei ihm gearbeitet haben?«

Sie schüttelte den Kopf. »Nein, sie kam später. Zu dieser Zeit war Eva Elliott Juniors große Liebe. Wissen Sie, er kann den langbeinigen Mannequins nicht widerstehen.

Später kam dann Stephanie. Junior hatte seinen Vater gebeten, die Elliott in sein Büro zu nehmen und ihr ein immenses Gehalt zu zahlen. Sie ist aufgeputzt, skrupellos und eingebildet. Ich bin weiß Gott kein boshaftes Frauenzimmer, aber ich kann sie einfach nicht ausstehen. Ihre ganze Ausbildung als Sekretärin besteht aus einem Kursus in Maschine schreiben und im Übrigen darin, dass sie Sekretärinnen in Filmen und im Fernsehen nachahmt.«

»Wie wird sie dann mit der beruflichen Seite fertig«, fragte Mason.

»Das möchte ich auch wissen«, gab Marie zur Antwort.

»Ich glaube, Garvin ist in Las Vegas«, sagte Mason nach kurzer Pause. »Wo würde er dort wohnen?«

Sie überlegte einen Moment. »Zehn zu eins im Double-O-Motel. Das ist eines der neueren. Aber Eva Elliott muss doch wissen, wo er steckt.«

»Sie behauptet, nein.«

Marie schüttelte den Kopf. »Das gibt's ja gar nicht. Homer Garvin lässt sein Büro nie ohne Nachricht. Selbst, wenn er nicht will, dass jemand erfährt, wo er sich aufhält, weiß seine Sekretärin immer, wo sie ihn erreichen kann. Es könnte ja in seiner Abwesenheit etwas wirklich Wichtiges passieren.«

»Das glaube ich auch, aber Miss Elliott schien keine Ahnung zu haben«, sagte Perry Mason. »Das kann natürlich gelogen sein«, fügte er hinzu.

»Das war's auch«, meinte Marie lachend. »Aber lassen Sie sich durch mich nicht voreingenommen gegen Eva Elliott machen, Mr Mason. Sie wissen ja, wie es ist, wenn ein Mädchen heiratet. Es ist, als ob man ein ganz neues Leben anfangen würde. Wenn mir mal jemand gesagt hätte, ich würde so gänzlich die Verbindung zu Mr Garvin verlieren, hätte ich ihn für verrückt erklärt. Aber ... nun ja, ich erbot mich, eine Weile länger zu bleiben, um die Elliott einzuarbeiten. Aber sie lehnte es ab. Also ging ich, denn ich war überzeugt, dass sie innerhalb der nächsten paar Tage anrufen und um Hilfe bitten würde. Sie tat es aber nicht.

Ein paar Tage später bin ich ins Büro gefahren. Ich sagte, ich wäre sowieso zum Einkaufen in der Stadt und wollte nur vorbeischauen, um Mr Garvin guten Tag zu sagen. Ich fühlte förmlich ihre Abneigung, als sie mir sagte, Garvin wäre in einer Konferenz.

Das nächste Mal, als ich hinkam, es war ungefähr zwei Monate später, war sie höflich, aber immer noch reserviert. Ich blieb ungefähr eine Viertelstunde dort. Aber sie unterrichtete Mr Garvin nicht, dass ich da sei. Natürlich wollte ich es auch nicht erzwingen. Also ging ich und dachte mir, er würde mich schon selbst anrufen, wenn er mich braucht.«

»Tat er es?«, fragte Mason.

Sie schüttelte traurig den Kopf.

Für einige Sekunden entstand eine Pause, plötzlich sagte sie: »Mein Gott, Mr Mason, es muss Hunderte von Problemen gegeben haben, bei denen er meine Hilfe gebraucht hätte. Ich verstehe, weshalb Eva Elliott mich nicht anrief, aber ich kann mir einfach nicht erklären, weshalb sich Homer Garvin kein einziges

Mal bei mir gemeldet hat. Er muss doch wissen, dass ich ihm jederzeit helfe. Eva Elliott konnte einfach nicht allein fertig werden.«

»Haben Sie Garvin nie angerufen?«

»Nein. Ich ..., nun ja, ich dachte mir, das müsse schon er tun, wenn er etwas braucht. Schließlich war es nicht gerade angenehm, zweimal von seiner neuen Sekretärin hinauskomplimentiert zu werden.«

»Verstehe«, sagte Mason. »Ich würde mich freuen, wenn wir in Verbindung blieben. Und schauen Sie vorbei, wenn Sie in der Nähe sind. Della und ich sehen Sie immer gern.«

»Das werde ich bestimmt machen, Mr Mason. Es war wirklich schön, Sie mal wiederzusehen. Wie in alten Zeiten!«

Sie stand immer noch in der Tür und sah dem Taxi nach, als dieses bereits gewendet hatte und auf dem Rückweg zu Masons Büro war.

3

»Haben Sie etwas erfahren?«, erkundigte sich Della Street, kaum, dass Mason eingetreten war.

»Ich weiß noch nicht, ob meine Vermutung stimmt«, antwortete er, »aber ich habe das Gefühl, irgendetwas in Garvins Büro ist faul. Wie lange ist es her, seit wir das letzte Mal von ihm gehört haben, Della?«

»Ich kann ja in den Akten nachsehen und ...«

»Tun Sie doch das bitte, ja?«

»Es ist etwas über ein Jahr her«, sagte sie, als sie nach wenigen Minuten zurückkam.

»Mit anderen Worten: Er stand, seit er diese neue Sekretärin hat, nicht mehr mit uns in Verbindung«, stellte Mason fest.

»Vielleicht hatte er keine Veranlassung dazu?«

Mason spitzte die Lippen. »Mit der Ankunft der neuen Sekretärin scheint sich eine ganze Menge verändert zu haben. Vielleicht hat er sich in der Zwischenzeit auch einen anderen Anwalt genommen, könnte ja sein. Trotzdem will ich nichts unversucht lassen, Della. Rufen Sie bitte das Double-O-Motel in Las Vegas an und erkundigen Sie sich, ob Homer Garvin dort wohnt. Sagen Sie ruhig, dass ich anrufe, und vergewissern Sie sich, dass man meinen Namen auch richtig versteht.«

»Sofort«, versprach Della. »Ich gebe Gertie gleich den Auftrag die Verbindung herzustellen.«

Nachdem sie das erledigt hatte, kam sie in Masons Büro zurück. Im gleichen Augenblick schrillte das Telefon. Mason nickte Della zu, die den Hörer abnahm. »Hallo? Ja, er ist da. Einen Augenblick bitte, Mr Garvin.«

»Er ist am Apparat«, sagte sie zu Mason.

»Hallo, Homer«, meldete sich der Anwalt. »Hier spricht Perry.«

»Ach ja, Perry. Guten Tag.« Garvins Stimme hörte sich durch den Draht etwas unsicher an und Mason hatte sofort das Gefühl, wie wenn der andere nicht allein war.

»Können wir uns ungestört unterhalten?«, fragte Mason.

»Nur in ganz beschränktem Maße«, antwortete Garvin.

»Ich hatte Besuch einer großen Brünetten mit grauen Augen«, sagte Mason. »Sie hat vierzig Prozent der Anteile an einer Gesellschaft, an der du ebenfalls interessiert bist. Auf sie sind gewisse Interessenten zugekommen, die auch mit dem . . .«

»Halt!«, unterbrach ihn Garvin. »Sprich nicht weiter. Ich rufe dich später an. Wo kann ich dich in . . . sagen wir in einer Stunde erreichen?«

»Hier im Büro. Ich werde auf deinen Anruf warten«, antwortete Mason.

»Gut, bis später also. Auf Wiedersehen!«

Garvin hatte aufgelegt.

Zwanzig Minuten nach fünf kam Garvins Anruf.

»Was ist denn mit dir los?«, fragte Mason, als sich Garvin gemeldet hatte.

Garvin ging aber nicht darauf ein. »Würdest du mir bitte in groben Umrissen erzählen, was los ist? Und bitte, erwähne keine Namen.«

»Die junge Frau, von der ich dir erzählt habe, hat ein Angebot erhalten. Ein mysteriöser Mr X, wahrscheinlich der Repräsentant einer Interessengemeinschaft, die ihr Hauptquartier dort hat, wo du jetzt bist, will morgen mit ihr sprechen.«

»Weiter«, drängte Garvin.

»Sie ist der Meinung, dass es gut für dich und sie wäre, wenn ihr beide gemeinsam etwas unternehmt. Jede einzeln geführte Verhandlung, so glaubt sie, kann einen von euch in Schwierigkeiten bringen.«

»Ich verstehe«, sagte Garvin.

»Ich hoffe, ich habe dich nicht gestört«, fuhr Mason fort. »Ich hatte nämlich verdammt viel Mühe, herauszufinden, wo du steckst.«

»Nein, nein, du hast mich nicht gestört. Wie hast du mich denn gefunden, Perry?«

»Durch Marie Arden. Sie heißt jetzt Marie Barlow.«

»Ihr habe ich doch gar nicht gesagt, wohin ich fahre.«

»Sie wusste aber, wo du immer in Las Vegas absteigst.«

»Warum zum Teufel hast du nicht einfach mein Büro angerufen? Weshalb läufst du zu einer Frau, die schon seit über einem Jahr nicht mehr bei mir arbeitet und . . .«

»Moment mal«, unterbrach ihn Mason. »Ich habe mit deiner Miss Elliott gesprochen. Aber sie konnte mir keine Auskunft geben.«

»Sie konnte was nicht?«

»Nicht sagen, wo du bist.«

»Wovon faselst du eigentlich!«, rief Garvin aufgebracht. »Ich habe mit Eva gesprochen. Ich verständige mein Büro immer.«

»Nun ja, vielleicht kam dein Anruf später, nachdem ich bereits mit ihr gesprochen hatte«, gab Mason zu bedenken. »Ich war nachmittags gegen halb, dreiviertel drei bei ihr. Sie konnte mir jedenfalls nicht sagen, wo du bist.«

»Ich habe sie um halb zwölf und dann noch einmal um dreiviertel zwei angerufen.«

»Vielleicht hat sie geglaubt, dass es niemand erfahren soll«, meinte Mason. »Reg dich deshalb nicht auf.«

»Nicht aufregen«, schimpfte Garvin. »Ich könnte ihr . . . na ja!

Du hast recht, Mason. Hör mal zu, kannst du mir den Namen des Mannes besorgen, mit dem die junge Frau verhandelt?«

»Bis jetzt hat sie ihn Mr X genannt.«

»Ich kann mir denken, wer der Bursche ist«, sagte Garvin. »Er versucht, im Hintergrund zu bleiben. Aber er ist gefährlich. Jetzt hör mal zu, Perry. Ich will, dass du auf jeden Fall diese Frau beschützt. Sage ihr, dass du meine fünfzehn Prozent vertrittst, bis ich mich persönlich darum kümmern kann. Und finde heraus, wer der Mann ist, wie er heißt und wo er wohnt. Wenn du das hast, rufe mich an. Falls ich nicht im Double-O-Motel sein sollte, verlangst du Lucille. Und ihr kannst du alles durchgeben.«

»Nur nach Lucille fragen?«

»Richtig.«

»Möchtest du jetzt schon einen Preis für deinen Anteil nennen?«, fragte Mason.

»Nein, noch nicht. Zuerst muss ich herauskriegen, wie viel die andere Seite zu zahlen bereit ist. Dieser Mann wird wahrscheinlich kein Angebot machen, aber gib ihm zu verstehen, dass wir wissen, was gespielt wird. Mach's gut, Perry, auf Wiedersehen.«

4

Punkt zehn Uhr erschien Stephanie Falkner zu ihrer Verabredung.

Mason betrachtete sie nachdenklich. »Ich habe mit Homer Garvin gesprochen«, sagte er.

»Wo ist er?«

»Er rief mich von einem öffentlichen Fernsprecher aus Las Vegas an«, antwortete Mason. »Er wünscht, dass ich ihn vertrete, ferner, dass ich den Herrn, den Sie Mr X nennen, aufsuche und ihm auf den Zahn fühle.«

»Ich verstehe«, meinte sie nachdenklich.

»Sind Sie damit einverstanden?«, erkundigte sich Mason.

»Nun, ich habe mir die Sache zwar anders vorgestellt, aber wenn Mr Garvin sich so entscheidet, habe ich nichts dagegen.«

»Würden Sie mir bitte sagen, wer Mr X ist und wo er wohnt?«

Einen Augenblick zögerte sie. »Er heißt George Casselman. Ich sollte ihn heute Abend um halb neun in seiner Wohnung in den Ambrose Apartments treffen. Er hat Nummer 211. Die Anschrift ist Christine Drive Nummer 948.

Bitte, Mr Mason, sagen Sie Mr Garvin, dass ich mich in dieser Angelegenheit nach seinen Wünschen richten werde. Trotzdem halte ich es für zweckdienlich, meine Verabredung mit Casselman einzuhalten. Vielen Dank für Ihre Geduld und für die Zeit, die Sie mir geopfert haben. Guten Morgen, Mr Mason.«

Sie stand auf, lächelte, dann wandte sich sich um und ging.

»Ich möchte wetten«, meinte Della, »sie fürchtete, Sie könnten sie etwas fragen, was sie nicht gern beantwortet hätte. Ich werde mich mal bei Gertie erkundigen. Vielleicht weiß sie mehr. Sie beobachtet unsere Klienten immer, während sie warten. Sie hätte Psychiater werden sollen.«

Della ging hinaus, aber innerhalb weniger Sekunden war sie wieder zurück. »Kein Wunder«, meinte sie und schwenkte eine Zeitung in der Hand.

»Was?«

»Homer Garvin jun. ist gestern nachmittag mit dem Flugzeug zurückgekommen und hat seine Frau mitgebracht. Er hat in Chicago geheiratet.«

»Aha.«

»Sehen Sie, Chef, manchmal hat Gerties Manie, die Klatschspalten zu lesen und jede Vermählungsanzeige zu studieren, auch etwas Positives. Möchten Sie das Foto von dem jungen Garvin und seiner frisch getrauten Gattin sehen?«

Nachdenklich betrachtete Mason das Bild. »Ein gut aussehendes Mädchen«, sagte er schließlich. »Steht etwas über ihre Vergangenheit drin?«

»Sie war Showgirl in einem der großen Kasinos in Las Vegas«, berichtete Della. »Der junge Garvin hat sie dort vor ein paar Monaten kennen gelernt.«

»Er hält sich ran, was?«

»Oder sie«, meinte Della lächelnd.

»Das kann der Grund für verschiedene Dinge sein. Rufen Sie

das Double-O-Motel an, Della. Versuchen Sie bitte, Homer Garvin zu bekommen, und wenn er nicht da ist, verlangen Sie Lucille und geben ihr die Anschrift und den Namen von Casselman durch.«

Della Street nickte, verließ das Büro und war nach zehn Minuten wieder zurück. »Da ich ihn persönlich nicht erreichen konnte«, sagte sie, »habe ich die Nachricht bei Lucille hinterlassen.«

»Konnten Sie ihren Nachnamen oder sonst etwas über sie erfahren?«, fragte Mason.

»Aus der Art, wie sie sich meldete, nehme ich an, dass sie die Geschäftsführerin des Motels ist. Ich habe Lucille verlangt und die Dame, die am Apparat war, antwortete, das sei sie selbst. Ich nannte ihr meinen Namen, woraufhin sie sofort fragte, ob ich eine Nachricht für Mr Garvin hätte.«

Mason zündete sich eine Zigarette an und runzelte nachdenklich die Stirn.

»Nach Lage der Dinge«, meinte er, »glaube ich, dass ich heute Abend ohne weiteres vor Stephanie Falkner mit diesem Casselman reden sollte. Übrigens müssen wir ein Hochzeitsgeschenk für den jungen Garvin besorgen, Della. Vielleicht erledigen Sie mir das. So um fünfzig Dollar herum, ja?«

»Glauben Sie wirklich, Chef, dass Casselman Sie empfangen wird?«

»Das weiß ich nicht«, antwortete Mason. »Aber wenn er zu Hause ist, werde ich auf jeden Fall mit ihm sprechen.«

5

Es war genau acht Uhr, als Mason seinen Wagen gegenüber den Ambrose Apartments parkte und zum Eingang hinüberging.

Rechts von der Tür war eine lange Reihe von Klingelknöpfen. Neben jedem Knopf stand ein Name und die Nummer des Apartments.

Mason drückte auf die Klingel.

Einen Augenblick später ertönte das Summen des elektrischen

Türöffners. Mason stieß die Tür auf und stieg die Treppe bis zum ersten Stockwerk hinauf, wo im Türrahmen bereits ein Mann auf ihn wartete.

»Mr Casselman?«

»Richtig.«

»Ich bin Perry Mason und vertrete Homer Garvin. Ich wollte mich mit Ihnen über einige Geschäftsanteile unterhalten. Bedeutet Ihnen der Name Garvin etwas?«

Der Mann trat plötzlich einen Schritt zurück, so dass das Licht von drinnen seine scharfen, ausgeprägten Züge beleuchtete. Casselman war schlank, behende und ungefähr fünfunddreißig Jahre alt Er lächelte breit.

»Ja, ja, Mr Mason. Der Name bedeutet mir sogar sehr viel. Möchten Sie nicht eintreten?«

Casselman warf einen flüchtigen Blick auf seine Armbanduhr. »Darf ich fragen, wie Sie mich gefunden haben«, erkundigte er sich dabei.

»Ich bin Anwalt«, antwortete Mason kurz, so als ob diese Auskunft alles erklären würde.

Mason war eingetreten.

»Nehmen Sie bitte Platz«, lud Casselman ihn ein. »Darf ich Ihnen etwas zu trinken anbieten?«

»Nein, danke«, antwortete Mason verbindlich. »Ich habe nicht viel Zeit.«

Wieder blickte Casselman verstohlen auf seine Uhr. »Ich bin selbst ziemlich in Zeitdruck, Mr Mason. Ich habe noch eine Verabredung«, meinte er. »Sollen wir also gleich mit dem Geschäftlichen beginnen?«

Mason nickte, setzte sich und nahm eine Zigarette aus seinem Etui.

»Ich nehme an, Sie wissen über die Verteilung der Anteile der Gesellschaft Bescheid«, begann Casselman.

»Jawohl.«

»Ich vertrete fünfundvierzig Prozent dieser Anteile, Ihr Klient hat fünfzehn und eine gewisse Stephanie Falkner hat vierzig.«

»Ja«, sagte Mason und nickte. Er rauchte, legte die Beine übereinander und machte es sich bequem.

»In Nevada ist das Spielen legalisiert, wie Sie wissen.«

»Natürlich«, pflichtete Mason bei. »Spielbanken ziehen Spieler an«, fuhr Casselman fort.

»Genau.«

»Und nachdem Spielen in den anderen Staaten nicht gestattet ist, konzentriert sich alles auf Las Vegas, was zwangsläufig auch nicht ganz lupenreine Existenzen dorthin verschlägt.«

»Sicher.«

»Wie viel verlangt Garvin für seinen Anteil?«

»Wie viel bieten Sie?«

»Dreißigtausend Dollar und keinen Cent mehr.«

»Hm, nicht gerade viel.«

»Darüber kann man streiten. Sie vertreten Ihre Ansicht, ich die meine. Mir ist es dreißigtausend Dollar wert, aber nur deshalb, weil ich dadurch die Majorität bekäme.«

»Schön, ich werde dieses Angebot meinem Klienten unterbreiten, aber ich bezweifle jetzt schon, dass es ihm zufrieden stellend erscheinen wird.«

»Es ist das Äußerste, was wir bieten werden. Und ich kann Ihnen eines sagen, Mr Mason.«

»Nämlich?«

»Wenn wir auf andere Weise die Mehrheit bekommen können, gilt dieses Angebot nicht mehr.«

»Das glaube ich nicht«, antwortete Mason.

»Warum nicht?«

»Weil Sie offenbar die Schwierigkeiten, die Ihnen ein kleiner Teilhaber in einer solchen Körperschaft machen kann, übersehen.«

»Durchaus nicht. Es scheint mir eher, dass Sie sich nicht darüber im Klaren sind, mit wem Sie verhandeln«, erwiderte Casselman ironisch.

»Das ist sehr gut möglich«, meinte Mason, »aber das kann natürlich auch umgekehrt der Fall sein.«

»Hören Sie mal zu, Mason«, lenkte Casselman ein, »bleiben wir doch sachlich. Lassen wir persönliche Dinge beiseite. Sie könnten sich nämlich sonst die Finger verbrennen.«

»Ich habe keine Angst vor dem Feuer und einschüchtern gilt

nicht. Glenn Falkner wurde ermordet. Daraufhin konnten Sie drei Anteile für einen Pappenstiel kaufen. Bei Garvin beißen Sie auf Granit, er lässt sich nicht ins Bockshom jagen.«

»Ich will keinen Ärger, Mason«, sagte Casselman.

»Das ist klug von Ihnen. Zu Ihrer Information möchte ich Ihnen mitteilen, dass Garvin nicht daran denkt, Ihnen durch einen eventuellen Verkauf die Majorität in die Hände zu spielen, damit Sie Stephanie Falkner unter Druck setzen können ...«

In diesem Augenblick schrillte das Telefon. Nervös sprang Casselman auf. »Entschuldigen Sie mich«, stieß er hervor.

Er ging in das angrenzende Zimmer hinüber und Mason hörte, wie er sagte: »Hallo ... das kannst du nicht, Nein, jetzt nicht.«

Einen Augenblick entstand eine Pause, dann flüsterte Casselman, so dass Mason nichts mehr verstehen konnte. Laut sagte er dann wieder: »Gut, lass mir zwei Minuten Zeit«, dann legte er ohne sich zu verabschieden den Hörer auf.

Als Casselman in das Zimmer zurückkam, sah man ihm deutlich an, wie nervös er war.

»Mr Mason«, meinte er, »ich muss Sie bitten, mich zu entschuldigen. Ich habe um halb neun eine Verabredung und soeben ist eine wichtige Angelegenheit dazwischengekommen, die ich noch vorher erledigen muss.«

»Also gut«, sagte Mason und wandte sich zum Gehen. »Geben Sie mir Ihre Telefonnummer.«

»Tut mir Leid, ich habe eine Geheimnummer.«

Mason blieb stehen und sah ihn nur an.

»Na schön, sie ist Belding 6-9754.«

»Danke«, sagte Mason und drehte sich um. Casselman machte keine Anstalten, ihm die Hand zu reichen, sondern schloss hastig die Tür hinter ihm. Mason fiel dabei auf, dass die Tür kein Schnappschloss hatte.

Nachdem Mason das Haus verlassen hatte, setzte er sich in seinen Wagen und wartete. Nach ein paar Minuten sah er Homer Garvin sen. heranfahren, aus seinem Wagen springen und zur Tür des Apartmenthauses eilen.

Mason wollte schon auf die Hupe drücken, aber irgendetwas

in Garvins Verhalten veranlasste ihn, es nicht zu tun. Er blieb sitzen und beobachtete interessiert die Vorgänge.

Garvin öffnete die Haustür mit einem Schlüssel. Nach drei oder vier Minuten kam er wieder heraus, bestieg seinen Wagen und hatte einige Mühe, ihn aus der Parklücke herauszusteuern, da sich inzwischen ein anderes Auto vor ihn hingestellt hatte.

Mason hupte zweimal, aber Garvin war so beschäftigt mit seiner Rangiererei, dass er es entweder nicht hörte oder sich einfach nicht angesprochen fühlte.

Gerade in dem Augenblick, als Garvin es geschafft hatte, brauste Stephanie Falkner heran. Offenbar sah sie Garvin noch losfahren, aber sie tat nichts, um ihn auf sich aufmerksam zu machen. Mason schien sie nicht bemerkt zu haben, denn sie stieg aus, ohne sich auch nur umzudrehen.

Stephanie wollte gerade klingeln, als eine ziemlich füllige Frau herauskam und ihr freundlich die Tür aufhielt.

Während der ganzen Zeit, in der Mason das Haus beobachtet hatte, waren nur Homer Garvin sen. und Stephanie Falkner hineingegangen. Die dicke Frau war die einzige, die herausgekommen war.

Mason wartete noch ein paar Minuten, dann startete er den Wagen und fuhr langsam um den Block herum.

Es war bereits ziemlich dunkel. Eine Straßenlampe an der Ecke war die einzige spärliche Beleuchtung. Als Mason wieder vor dem Haus angekommen war, stand Stephanies Wagen noch immer an derselben Stelle.

Als Mason ein viertes Mal um die Ecke bog, sah er, wie eine Frau die Dienstbotentreppe am Hintereingang des Hauses hinuntergerannt kam. Der Anwalt fuhr noch langsamer. Die Frau hastete durch einen kleinen Seitenweg und kam dann auf die beleuchtete Straße hinaus. Sofort hörte sie auf zu rennen und ging langsam weiter.

Mason hielt neben ihr. »Kann ich Sie irgendwohin mitnehmen, Miss Falkner?«

Mit einem unterdrückten Aufschrei sprang sie zurück, hatte sich jedoch sofort wieder in der Gewalt.

»Oh, Sie haben mich aber erschreckt!«

»Tut mir Leid, das wollte ich nicht. Ist alles in Ordnung?«

»Ja, natürlich.«

»Steigen Sie ein, ich bringe Sie zu Ihrem Wagen. Haben Sie ein Angebot bekommen?«

»Ja.«

»Wie viel?«

»Dreißigtausend. Er sagte, das sei alles, was er zahlen könnte.«

»In bar?«

»Ja. Wie lange stehen Sie schon hier draußen, Mr Mason?«

»Ach, eine ganze Weile.«

»Was tun Sie hier?«

»Ich war bei Casselman.«

»Sie?«

»Ja.«

»Davon hat er mir nichts gesagt. Was hat er ihnen geboten?«

»Ich möchte lieber, dass Garvin Ihnen das sagt. Als Rechtsanwalt muss ich zwar Auskünfte einholen, darf sie aber nicht weitergeben.«

»Ich verstehe.«

»Haben Sie sein Angebot angenommen?« erkundigte sich Mason und fuhr im Schritttempo dahin.

»Natürlich nicht. Ich sagte Ihnen doch schon, dass ich das nicht tun würde. Casselman habe ich versprochen, ihn anzurufen und ihm Bescheid zu geben.«

»Sind Sie mit ihm zurechtgekommen?«

»Gewiss.«

»Hat er Ihnen irgendwie gedroht?«

»Natürlich nicht.«

»Ärger?«

»Nein, ganz und gar nicht.«

»Weshalb sind Sie dann nicht durch den Haupteingang herausgekommen?«

Erschrocken stieß sie hervor: »Wo waren Sie?«

»Hinter dem Haus.«

»Ich ... er ... er telefonierte. Ich wollte hören, was er sagt, und schlich mich in die Küche. Es schien, als würde das Gespräch eine ganze Weile dauern, doch plötzlich legte er auf, und ich konnte nicht mehr zurück. Ich hörte ihn wieder ins Wohnzimmer gehen. Es war eine peinliche Situation«, erklärte sie. »Es schien mir am besten, einfach zu verschwinden, schon um ihn nicht wissen zu lassen, dass ich gelauscht hatte. Ich verließ die Küche durch den zweiten Wohnungseingang, der zur Hintertreppe führt, und rannte hinunter. Später werde ich ihm einfach sagen, dass mir sein Telefonat zu lange gedauert habe und ich daher nach Haus gefahren sei.«

»Mit wem sprach er«, wollte Mason wissen.

»Das weiß ich nicht.«

Mason betrachtete sie aufmerksam. Dann meinte er: »Sie müssen einen triftigen Grund gehabt haben, dass Sie sein Gespräch belauschen wollten.«

»Den hatte ich auch«, antwortete sie. »Ich hörte, wie er den Namen Garvin nannte, und dachte ... nun, zuerst glaubte ich, dass er mit Mr Garvin sprach.«

»War er es?«

»Nein. Offenbar war es eine Frau.«

»Aber Sie wissen nicht, wer?«

»Nein.«

»Sie haben gar keine Ahnung?«

»Es könnte Juniors Frau gewesen sein. Sie haben sich in Chicago trauen lassen.«

»Konnten Sie aus seinem Ton nicht entnehmen, ob es etwas Geschäftliches war oder ob es sich um eine Privatsache handelte?«

»Nein.«

»Aber Sie konnten einen Teil der Unterhaltung verfolgen.«

»Nicht genug, um mir ein Urteil zu bilden.«

Mason nickte gedankenvoll.

»Hier steht mein Wagen«, sagte sie ohne Übergang. »Ich wohne in den Lodestar Apartments. Sie können mich dort anrufen, wenn Sie mit Mr Garvin gesprochen haben.«

Sie wollte sich nicht länger unterhalten und sprang aus Masons Wagen, kaum dass er angehalten hatte.

Als sie bereits in ihrem eigenen Wagen saß, rief sie zu Mason hinüber: »Es hört sich vielleicht nicht so an, aber ich bin Ihnen wirklich dankbar.«

Dann gab sie Gas.
Mason fuhr in sein Büro zurück.
»Haben Sie Casselman gesprochen?«, war Dellas erste Frage.
Mason nickte.
»Wie ist er? Gefährlich?«
»Wenn man ihm den Rücken zudreht, ja.«
»Homer Garvin hat angerufen. Er sagte, er wäre in einer halben Stunde hier. Er sei gerade aus Las Vegas zurückkommen.«
»Wann war das, Della?«
»Vor fünf Minuten.«
»Erinnern Sie mich daran, dass ich ihm zu seiner Schwiegertochter gratuliere«, bat Mason.
Della lachte, dann meinte sie. »In Garvins Stimme lag eine gewisse Dringlichkeit. Ich glaube, er hat andere Sorgen im Kopf.«
Nach einer Weile, während sie die Post erledigten, klopfte es an Masons Tür. Es war Homer Garvin, der, obwohl bereits einundfünfzig, nicht älter als vierzig aussah.
»Hallo, Della«, rief er und lächelte sie aus seinen grauen Augen an. Dann klopfte er ihr auf die Schulter.
Er ging zu Mason hinüber, drückte ihm die Hand und sagte: »Wir müssen uns beeilen, Perry. Hast du schon mit Casselman gesprochen?«
»Ja.«
»Und wie lautet sein Angebot?«
»Dreißigtausend Dollar für deine fünfzehn Prozent.«
»Was hat er Stephanie geboten?«
»Ebenfalls dreißigtausend für die vierzig Prozent, die sie hat.«
»Das kann doch nicht stimmen, Mason. Er würde doch nicht für fünfzehn Prozent den gleichen Preis wie für vierzig zahlen.«
»Warum denn nicht? Jeder der beiden Anteile für sich bedeutet für ihn die Majorität.«
»Aber ... nein, das ist einfach nicht richtig. Los, Perry, gehen wir zu Stephanie. Ich muss ihr etwas sagen. Was hältst du eigentlich von Casselman?«
»Für mich ist er ein kaltblütiger Gauner, aber einer von der hinterhältigen und feigen Art.«
»Den Auskünften nach, die ich bekommen habe«, berichtete

Garvin, »habe ich allen Grund zu der Annahme, dass er der Mann ist, der Stephanies Vater umgebracht hat.«

»Ist es stichhaltig genug, um damit zur Polizei zu gehen?«, fragte Mason scharf.

»Ich glaube, ja, Perry. Ein paar Stunden vor seinem Tod erzählte Glenn Falkner einem Freund, dass er eine geschäftliche Angelegenheit mit einem Mann namens George Casselman zu besprechen habe. Mir ist es endlich auch gelungen, den Wagen ausfindig zu machen, den Casselman zur Zeit des Todes von Glenn Falkner fuhr. Innerhalb von drei Tagen nach dem Mord gab ihn Casselman für ein neues Auto in Zahlung.

Du wirst dich daran erinnern, das Glenn Falkner, zusammen mit noch jemand, in einem Auto fuhr, als er ermordet wurde. Augenzeugen berichteten, dass es mit ziemlichem Tempo herangerast kam und dass sich plötzlich die rechte Tür öffnete und ein Mensch herausgestoßen wurde. Entsetzte Passanten, die sofort auf den Mann zueilten, konnten nur noch seinen Tod feststellen. Er war einmal in den Kopf und zweimal in den Körper geschossen worden. Alle Kugeln befanden sich noch in der Leiche.

Das Auto Casselmans war sehr sorgfältig gereinigt worden. Trotzdem konnte ich mit Hilfe eines Vergrößerungsglases zwischen Tür und Vordersitz ein paar verdächtige Stellen finden. Auch im Metall des Türrahmens ist eine Beule, die aller Wahrscheinlichkeit nach von einer der Kugeln stammt.

Ich habe in Las Vegas einen Detektiv beauftragt, einige Tests für mich anzustellen. Er ist ein ziemlich guter Mann und versteht allerhand von wissenschaftlichen Untersuchungen. Es gibt einen Luminoltest, der Blutflecken zum Vorschein bringt und verursacht, dass sie im Dunkeln leuchten. Um es kurz zu machen, dieser Mann entdeckte auf den Polstern des Vordersitzes Blutspritzer.«

»Das ist natürlich sehr interessant«, sagte Mason, »und genau das, was man verdächtige Umstände nennen könnte. Aber es ist noch kein Beweis.«

»Natürlich nicht. Aber wenn ich Casselman mit meinen Entdeckungen gegenübertrete und ihn in die Enge treibe, werde ich vielleicht die endgültigen Beweise bekommen.«

»Das solltest du lieber der Polizei überlassen, Homer.«

Garvin schob die rechte Hand unter sein Jackett. »Ich habe keine Angst vor diesem Kerl«, sagte er. »Ich schieße ihn nieder wie einen tollwütigen Hund, wenn er auch nur einen Finger gegen mich erhebt.«

»Hast du einen Waffenschein für das Ding da?«, fragte Mason.

»Sei nicht albern, Perry«, antwortete Garvin. »Ich habe noch etwas viel Besseres als einen Waffenschein. Ich bin vom Sheriff bevollmächtigt, ja sogar verpflichtet worden, bewaffnet zu sein. Ich habe mehrere Revolver, und glaube ja nicht, dass ich so dumm bin, auch nur einmal ohne eine Waffe fortzugehen. Wenn mich mal jemand überfallen will, kann er sein blaues Wunder erleben.«

Mason betrachtete Garvin aufmerksam. »Wo bewahrst du deine Waffen auf, Homer?«

»An verschiedenen Stellen«, antwortete Garvin. »Junior hat einen Revolver; einer liegt ständig bei mir im Safe. Und einen trage ich stets bei mir. Weißt du, ich habe unter anderem auch ein Sportartikelgeschäft.«

Della Street gab ihrem Chef ein verstohlenes Zeichen. Mason verstand das Signal und wandte sich an Homer Garvin. »Übrigens«, sagte er, »möchte ich dir noch zu deiner neuen Schwiegertochter gratulieren.«

Garvin seufzte. »Danke. Bis jetzt habe ich sie noch nicht gesehen. Ich sprach nur am Telefon mit ihr.«

»Sie sieht sehr gut aus«, meinte Della Street.

»Ja, das muss man meinem Sohn lassen. Er sucht sich nur hübsche Mädchen. Wenn er nur ein bisschen beständiger wäre, könnte man ihm gratulieren. Leider ist er in Gefühlsdingen zu flatterhaft. Vor einem Jahr oder so musste es unbedingt Eva Elliott sein. Er wollte sie heiraten. Dann platzte die Geschichte. Mir tat Eva Leid und als Marie ging, bot ich ihr den Posten an. Junior war zu dieser Zeit bereits bis über beide Ohren in Stephanie Falkner verliebt.

Vielleicht weißt du es nicht, Perry, aber damit fing mein Interesse an dem Falkner-Unternehmen überhaupt an. Noch vor sechs Monaten glaubte ich, dass Stephanie ein Mitglied unserer

Familie würde und, verflixt noch mal, ich wünschte heute noch, sie wäre es geworden. Sie ist ein feines, kluges Mädchen und wäre genau das Richtige für Junior gewesen. Na ja, ich hoffe, dass er jetzt vernünftig ist. Es war höchste Zeit für ihn zu heiraten und eine Familie zu gründen. Er ist so impulsiv. Mason, was zum Teufel werden wir mit Casselman anfangen?«

»Am besten, wir sprechen zuerst einmal mit Stephanie Falkner«, antwortete der Anwalt.

»Glaubst du nicht, dass es schon zu spät dazu ist?«

»Das werden wir ja sehen. Della, rufen Sie doch bitte die Lodestar Apartments an und stellen Sie fest, ob Miss Falkner noch zu sprechen ist. Sie brauchen ihr ja nicht zu sagen, dass Mr Garvin bei mir ist. Sagen Sie einfach, ich würde gern noch auf einen Sprung bei ihr vorbeikommen.«

»Werden Sie mich brauchen, Chef?«, fragte Della.

Mason nickte. »Vielleicht muss ein Verkaufsvertrag ausgeschrieben werden.«

Als Della das Büro verlassen hatte, um im Vorzimmer zu telefonieren, meinte Garvin seufzend: »Hoffentlich weißt du auch zu schätzen, was du an Della Street hast?«

Mason lächelte.

»Ich kann dir gar nicht sagen, wie sehr mir Marie Arden fehlt.«

»Sie heißt jetzt Barlow«, erinnerte ihn Mason.

Garvin runzelte die Stirn. »Es sollte ein Gesetz geben, das Sekretärinnen verbietet zu heiraten. Verdammt, Mason, verstehst du, weshalb sie seit ihrer Heirat nicht ein einziges Mal bei mir gewesen ist? Ich kann das einfach nicht verstehen.«

»Wie kommst du denn darauf, dass sie dich nicht besucht hat?«

»Weil sie nicht da war. Ich habe nie wieder ein Wort von ihr gehört. Nicht einmal angerufen hat sie.«

»Zu deiner Information, Homer: Sie war zweimal bei dir. Aber deine neue Sekretärin hat ihr jedes Mal eine kalte Dusche gegeben, so dass Marie überzeugt war, man legt auf ihren Besuch keinen Wert.«

»Willst du damit sagen, dass die Elliott ... Sie hat mir kein Wort gesagt!«, rief Garvin ungläubig aus.

»Eva Elliott hat Marie erklärt, du hättest keine Zeit.«

»Also ... nein ... na ja, da fällt mir fast ein Stein vom Herzen.«

»Wieso?«

»Weil ich Eva heute Abend hinausgeworfen habe. Ich kam zurück und frage sie, was zum Teufel sie sich dabei gedacht hat, dir nicht zu sagen, wo ich bin. Sie behauptete, ich hätte befohlen, niemandem zu sagen, wohin ich gefahren bin, und sie habe nichts anderes getan, als meine Anweisungen befolgt.

Weißt du, Perry, dieses Mädchen ist sowieso total überspannt. In jeder Situation versucht Sie die Filmdiva zu spielen. Glaube mir, die versäumt kein Stück, in dem eine Sekretärin mitspielt. Zu Hause übt sie die Hollywood-Masche der Leinwandsekretärinnen und dann kommt sie ins Büro und ... Na ja, sie ist ein hoffnungsloser Fall. Mir hat es jetzt gereicht, und ich ...«

Della kam zurück. »Miss Falkner sagt, wir könnten gleich zu ihr kommen.«

»Los«, sagte Mason, »gehen wir.«

6

Stephanie Falkner öffnete die Tür und rief: »Hallo, Mr Mason, Miss Street ... und Sie auch, Homer!«

»Ich bin einfach mitgekommen, Stephanie«, sagte Garvin.

Sie gab ihm beide Hände. »Ich gratuliere«, sagte sie. »Haben Sie sie schon gesehen?«

»Noch nicht. Ich bin gerade erst aus Las Vegas zurückgekommen und seitdem hatte ich zu tun.«

»Sie wird Ihnen gefallen, Homer. Sie ist wirklich sehr nett. Kommen Sie doch herein. Ich bringe noch ein paar Stühle. Ich wollte mich nämlich gerade hinlegen. Kann ich Ihnen was zu trinken anbieten?«

»Nein, danke«, antwortete Garvin, »wir sind geschäftlich hier.«

»Ach so«, meinte sie enttäuscht.

»Ich will gleich die Katze aus dem Sack lassen, Stephanie«, begann Garvin. »Es handelt sich um Ihren Vater.«

»Um Daddy?«

»Ja. Ich war in Las Vegas und habe ein paar sehr interessante Dinge ausgegraben.«

»Was?«

»Bis jetzt reicht's leider noch nicht um damit zur Polizei zu gehen«, berichtete Garvin weiter, »aber ich weiß, dass George Casselman Ihren Vater getötet hat.«

Es entstand eine kurze Pause.

›Ich wünschte, ich hätte das gewusst, bevor ich heute Abend zu ihm ging«, sagte sie mit spröder Stimme.

»Kann ich verstehen«, antwortete Garvin. »Aber bleiben wir beim Geschäft. Ich habe diesen einen Anteil übernommen um Ihnen zu helfen, weil ich damals glaubte, Sie würden meinen Sohn heiraten. Das Motel ist in seinem jetzigen Zustand nicht lukrativ. Der Grund ist zu teuer geworden. Die Steuern sind zu hoch. Man müsste die ganze Sache im großen Stil aufziehen. Dazu braucht man aber mehr Grund und gerade der ist nicht zu bekommen. Es ist also an der Zeit, das Sie verkaufen.«

»Ja«, stimmte sie zu, »ich bin ganz Ihrer Meinung. Hier hält mich auch nichts; im Gegenteil, ich hatte sowieso vor, meine Zelte hier abzubrechen.«

»Ich glaube, Casselman ist ein Betrüger«, fuhr Garvin fort. »Ich bezweifle nämlich, dass er tatsächlich das Syndikat vertritt. Ich nehme vielmehr an, dass er auf eigene Faust arbeitet. Mein Plan ist, direkt zum Syndikat zu gehen um herauszufinden, welches das höchste Angebot ist. Dazu muss ich aber in der Lage sein, den Verkauf abschließen zu können. Und darum müssen Sie mir jetzt sagen, Stephanie, wie viel Sie tatsächlich für Ihre Beteiligung haben wollen.«

»Casselman hat mir dreißigtausend Dollar geboten«, antwortete sie. »Wenn ich nicht mehr bekommen kann, nehme ich es, obwohl ich glaube, dass mein Anteil eigentlich mehr wert ist.«

»Mit wie viel wären Sie zufrieden?«

»Mit jedem Betrag über dreißigtausend Dollar.«

»Schön«, meinte Garvin. »Geben Sie mir eine Option auf zehn Tage um Ihren Anteil für achtzigtausend Dollar zu verkaufen. Wenn ich auf dieser Basis abschließen kann, teilen wir den Profit,

Sie die Hälfte und ich die Hälfte. Ich biete dem Syndikat meinen Anteil zur gleichen Zeit und auf der gleichen Preisbasis an.«

»Das ist ein anständiger Vorschlag«, sagte Stephanie Falkner, »nur glaube ich nicht, dass Sie für meinen Anteil tatsächlich achtzigtausend Dollar bekommen können.«

»Haben Sie eine Schreibmaschine hier?«

Sie nickte.

»Dann wollen wir es gleich schriftlich festlegen. Am besten, du diktierst es gleich, Perry. Wir unterschreiben dann.«

»Das kann ich auch morgen früh in meinem Büro besorgen«, sagte Mason.

»Aber ich möchte es lieber noch heute Abend erledigt wissen.«

»Also gut«, meinte Mason und gab Della einen Wink.

Stephanie Falkner besorgte Schreibpapier, Kohlebogen, und Della setzte sich an die Maschine und tippte, was Mason ihr diktierte.

Als sie fertig war, reichte sie je eine Kopie Perry Mason, Stephanie Falkner und Homer Garvin.

»In Ordnung?«, fragte Garvin Stephanie, als sie es gelesen hatte.

»Ich denke, ja.«

»Dann unterschreiben wir.«

»Gut«, sagte Mason, als die Verträge unterzeichnet waren, »ich glaube, das ist alles, was wir heute Abend erledigen können. Rufst du mich morgen an, Homer?«

»Wahrscheinlich.«

»Wie ist es mit Ihnen, Miss Falkner? Kann ich Sie hier erreichen?«, erkundigte sich der Anwalt.

»Wenn sich irgendetwas ergeben sollte, sicher.«

Garvin zögerte.

Della Street warf Mason einen Blick zu und sagte: »Also ich bin berufstätig und sollte wirklich machen, dass ich jetzt nach Hause komme.«

»Ich bringe Sie heim«, bot Mason an.

Garvin zögerte noch einen Augenblick, dann wandte er sich an Stephanie: »Jetzt würde ich den Drink gern annehmen, Stephanie«, sagte er.

Miss Fallkner brachte Mason und Della zur Tür, sah ihnen nach, bis sie im Korridor verschwunden waren, und schloss dann leise die Tür.

7

Es war am nächsten Morgen. Mason hatte gerade seinen Wagen geparkt. Er nickte dem Parkwächter zu und überquerte die Straße. Als er das Foyer des Bürogebäudes betreten wollte, merkte er, dass Della Street neben ihm herging.

»Guten Morgen, Chef«, sagte sie leise. »Ich dachte, ich fange Sie ab, bevor Sie ins Büro gehen. Können wir noch ein Stück spazieren gehen?«

Mason sah sie überrascht an. »Was ist passiert, Della?«

»Eine ganze Menge.«

»Sollen wir zum Auto zurückgehen?«

»Nein, laufen wir lieber geradeaus weiter.«

»Was ist los«, fragte Mason, während sie in dem Passantenstrom hin und her geschoben wurden.

»Lieutenant Tragg war im Büro und hat Sie gesucht. Im Foyer steht er sicher noch und wartet auf Sie. Ich habe versucht, Sie zu Hause anzurufen, aber Sie waren schon weg.«

»Was will Tragg?«

»George Casselman ist tot. Sein Dienstmädchen hat ihn am Boden liegend gefunden. In seiner Brust war ein Loch, das zweifellos von einem Schuss stammt.«

»Wann?«, fragte Mason nur.

»Das kann ich Ihnen nicht sagen.«

»Kommen Sie«, sagte Mason. »Ich muss etwas sehr Wichtiges erledigen. Nehmen wir uns ein Taxi, bevor wir eine Menge Fragen beantworten müssen.«

Es dauerte eine ganze Weile, bis Mason ein freies Taxi bekam.

»Zu den Lodestar Apartments, bitte«, wies er den Fahrer an.

Della warf ihm einen besorgten Blick zu. »Wollen wir nicht vorher anrufen?«

Mason schüttelte den Kopf.

»Aber Chef, Sie glauben doch nicht ernstlich, das . . .«

»Ich glaube gar nichts. Zuerst brauche ich ein paar Auskünfte, dann werde ich anfangen, nachzudenken, Della.« Er schwieg einen Augenblick, dann fuhr er fort. »Zu Ihrer privaten, vertraulichen und exklusiven Information, Della: Homer Garvin war gestern Abend gegen acht Uhr fünfzehn bei George Casselman. Er schien es nicht für nötig zu halten, mir davon zu berichten. Also habe ich auch nicht weiter danach gefragt.

Ich werde Ihnen noch etwas sagen, worüber Sie sich Gedanken machen können: Falls Stephanie Falkner Casselman bereits tot vorfand, musste sie sich irgendeine Summe ausdenken, die er ihr angeboten haben könnte. Ihr war ja klar, dass wir sie danach fragen würden. Das könnte der Grund für die Diskrepanz zwischen der Summe sein, die mir Casselman für Garvins Anteil bot, und jener, die er ihr angeblich für ihre vierzig Prozent geben wollte.«

»Ach du lieber Himmel«, stieß Della hervor. »Von der Seite habe ich es noch gar nicht beleuchtet. Ich glaube, ich bin ein bisschen schwerfällig heute Morgen.«

»Das würde ich nicht sagen«, entgegnete Mason lächelnd. »Die Art, wie Sie mich auf der Straße abfingen, damit ich Tragg nicht in die Arme laufe, ist recht beachtlich gewesen. Ich hätte Sie nie bemerkt. Sie haben das Zeug zu einem tüchtigen Detektiv.«

Dann schwiegen sie, bis der Taxifahrer vor den Lodestar Apartments hielt.

»Warten Sie auf uns«, sagte Mason zu ihm. »Wir kommen in ein paar Minuten zurück, dann fahren wir noch woanders hin.«

»Geht in Ordnung«, antwortete der Chauffeur.

Mason und Della Street betraten das Haus. Mason nickte dem Mann am Empfang zu und ging so selbstbewusst zu den Fahrstühlen hinüber, dass niemand auf die Idee kam, ihn zu fragen, wohin er möchte.

Im zweiten Stock angelangt, klopfte Mason leise gegen die Tür von Stephanie Falkners Wohnung.

»Wer ist da?«, kam es von innen.

»Mason.«

»Sind Sie allein?«

»Miss Street ist bei mir.«

Behutsam wurde die Kette ausgehängt, dann öffnete Stephanie die Tür. Sie hatte einen Hausmantel und Pantoffel an. »Es sieht noch ziemlich wüst hier aus«, meinte sie entschuldigend. »Ich brauche morgens immer erst einige Zeit, bis ich in Schwung komme. Bis jetzt habe ich nur gefrühstückt, aber noch nicht aufgeräumt. Kann ich Ihnen eine Tasse Kaffee anbieten?«

»Nein, danke«, antwortete Mason. »Wir wollen nur eine kleine Auskunft.«

»Ich nehme an, dass es sehr wichtig ist, wenn Sie so zeitig zu mir kommen«, meinte Stephanie.

»Kann sein«, antwortete Mason kurz.

»Also gut. Was kann ich für Sie tun?«

»Als wir gestern Abend von hier fortgingen, blieb Homer Garvin noch. Stimmt das?«

Sie nickte.

»Wie lange?«

Einen Augenblick schien sie verärgert zu sein. »Das geht Sie überhaupt nichts an«, meinte sie dann kühl.

»Tut mir Leid«, entgegnete Mason. »Ich bin da anderer Meinung. Zu Ihrer Information möchte ich Ihnen sagen, dass Ihnen George Casselman keine Angebote mehr machen wird; er ist tot.«

Ihre grauen Augen blickten fragend auf Mason, dann sah sie Della Street an. »Nehmen Sie bitte Platz«, sagte sie leise.

Das Bett war noch nicht gemacht. Mason blickte auf die zerknitterten Kopfkissen. Plötzlich sprang er auf, ging zum Bett hinüber, riss eines der Kissen hoch. Darunter lag ein Revolver.

»Was ist das?«

»Was glauben Sie wohl? Eine Zahnbürste?«

»Wenn ich mich nicht sehr täusche«, sagte Mason, »sieht dieser hier dem Revolver sehr ähnlich, den Homer Garvin gestern Abend in seinem Schulterhalfter trug.«

Sie antwortete nicht.

Mason bückte sich und nahm den Revolver.

»Falls es Sie interessiert«, sagte sie einen Augenblick später, »machte Homer sich um meine persönliche Sicherheit Sorgen. Er wollte ein Geschäft mit dem Syndikat abschließen, und ... nun, Sie wissen ja, was das Syndikat schon einmal getan hat.«

»Also ließ er Ihnen den Revolver zur Verteidigung hier?«

»Richtig.«

Mason besah sich die Waffe, roch am Lauf, runzelte die Stirn, klappte die Trommel seitlich heraus und meinte: »Sie haben eine leere Hülse in dem Revolver, Miss Falkner.«

»Ich habe weder leere Hülsen noch einen Revolver«, antwortete sie schnippisch. »Die Waffe gehört mir nicht. Ich sage Ihnen doch, dass Mr Garvin sie gestern Abend zu meinem Schutz hier gelassen hat. Ich wollte sie nicht und ich will sie auch jetzt nicht.«

»Aber Sie haben die Waffe unter Ihr Kopfkissen gesteckt, nicht wahr?«

»Wo würden Sie so etwas wohl hinlegen?«, erkundigte sie sich sarkastisch.

Mason legte den Revolver wieder dahin, wo er ihn weggenommen hatte.

»Und nun?«, fragte sie.

»Ich vertrete Sie nicht«, sagte Mason. »Ich bin weder Ihr Anwalt noch bin ich Polizeibeamter und habe daher kein Recht, Sie zu verhören. Aber ich will wissen, ob Sie, nachdem wir Sie verlassen haben, noch einmal weggegangen sind.«

»Nein.«

Mason gab Della Street ein Zeichen.

»George Casselman ist tot. Er war der Mörder meines Vaters. Was erwarten Sie eigentlich von mir? Dass ich zusammenbreche oder einen hysterischen Anfall bekomme? Sehen Sie, Sie sind Anwalt, Sie sind klug und wissen Bescheid. Sie vertreten Homer Garvin und nicht mich. Sie tun alles, was in Ihrer Macht steht, um Ihre Klienten zu schützen. Mich würden Sie doch den Wölfen vorwerfen, wenn Sie damit Garvin retten könnten, nicht wahr?«

»Das ist eine ziemlich ungenaue Schilderung meiner Arbeitsweise«, antwortete Mason. »Aber lassen wir es dabei. Kommen Sie, Della.«

»Und wohin jetzt?«, erkundigte sich Della, als sich die Wohnungstür hinter ihnen geschlossen hatte.

»Wir werden uns Homer Garvin vorknöpfen«, antwortete Mason, »und zwar schnell. Hoffentlich kommen wir noch vor der Polizei dort an.«

»Ist sie ihm denn schon auf den Fersen?«

»Sobald Stephanie den Beamten etwas von diesem Revolver erzählt, werden sie es sein.«

»Und Sie glauben, dass sie das tut?«

»Das kann man schwer voraussagen«, meinte Mason. »Wenn sie klug ist, bleibt sie bei der Wahrheit. Stellen Sie sich nur einmal vor, was das bedeuten würde, wenn sich herausstellt, dass es die Mordwaffe war.«

»Hätten Sie sie nicht mitnehmen sollen?«

Mason hielt Della die Fahrstuhltür auf. »Um keinen Preis«, antwortete er. »Es ist im wahrsten Sinne des Wortes ein viel zu heißes Eisen.«

Mason gab dem Chauffeur die Anschrift von Homer Garvins Büro.

»Glauben Sie, dass er dort sein wird?«, fragte Della.

»Wenn wir ihn nicht treffen, werden wir jedenfalls erfahren, wo er ist«, antwortete Mason. »Diesmal werden wir wenigstens nicht mit Ausflüchten einer blonden Sekretärin aufgehalten werden.«

Als das Taxi vor dem Bürogebäude hielt, befahl Mason dem Fahrer wieder zu warten.

Die Tür mit der Aufschrift *Homer H. Garvin-Investitionen* war verschlossen.

Mason blickte auf die Uhr. »Verflixt!«, rief er. »Garvin müsste längst hier sein. Zumindest sollte eine Angestellte das Büro geöffnet haben. Sie ...«

»Er hat doch gesagt, das er Eva Elliott hinausgeschmissen hat«, erinnerte ihn Della. »Vielleicht hatten sie einen Krach, so dass sie nicht einmal die Kündigungsfrist einhält. Vielleicht hat er sie aber auch fristlos entlassen.«

»Aber irgendjemand müsste doch da sein«, beharrte Mason. Er ging den Korridor entlang, wo an einer anderen Tür die Aufschrift *Homer H. Garvin-Privat* stand. Auch hier klopfte er an.

»Das nenne ich Pech. Kommen Sie, Della, vielleicht können wir in der Halle telefonieren.«

»Wir brauchen Garvins Privatnummer, nicht wahr, Chef? Leider habe ich sie nicht im Kopf und es ist eine Nummer, die nicht im Buch steht.«

»Macht nichts. Gertie wird sie uns heraussuchen«, sagte Mason.

Als Della die Telefonnummer besorgt hatte, rief sie an, bekam aber keine Antwort.

»Versuchen Sie es bei Homer Garvin jun.«, meinte Mason.

»Ist er nicht auf Hochzeitsreise?«

»Nicht bei seinem Beruf«, antwortete Mason. »Das kann er sich bei seinem Autogeschäft nicht leisten. Er hat seine Flitterwochen schon in Chicago verlebt. Länger wird er nicht ausbleiben können. Sagen Sie, dass Sie ihn persönlich sprechen wollen, aber nennen Sie niemand Ihren Namen.«

Della nickte und stellte die Verbindung her. Nachdem sie sich mit einem Verkäufer herumgestritten hatte, öffnete sie die Tür der Telefonzelle und sagte: »Er kommt jetzt an den Apparat.«

Dann gab sie Mason den Hörer.

Eine Stimme meldete sich: »Hallo? Hier Garvin.«

»Homer, hier ist Perry Mason.«

»Guten Tag, Herr Rechtsanwalt, wie geht's?«

»Gut, danke. Herzlichen Glückwunsch.«

»Vielen Dank, herzlichen Dank«, antwortete der junge Garvin. »Es kam ziemlich plötzlich, nicht wahr? Na ja, so mache ich es mit allen Dingen.«

»Werden Sie in einer Viertelstunde noch in Ihrem Büro sein?«

»Sicher. Ich bleibe den ganzen Vormittag hier. Was kann ich für Sie tun?«

»Wir kommen hinaus. Ich möchte mit Ihnen sprechen.«

»Wollen Sie ein Auto kaufen?«, erkundigte sich Garvin.

»Nein, es handelt sich um eine persönliche Sache.«

»Na gut. Ich werde auf Sie warten.«

Mason legte den Hörer auf, nickte Della Street zu und ging mit ihr zum Taxi zurück.

Der Chauffeur fuhr langsamer, als sie in die angegebene Straße einbogen.

»Ist es hier?«, fragte er.

»Ja. Fahren Sie dort hinüber, bitte.«

Der Fahrer bog in einen überdachten Weg ein, über dem zwei Meter hohe knallrote Buchstaben verkündeten: *Auto Garvin.*

In einer langen Halle stand Auto an Auto. Auffallend waren die vielen zündenden Werbeslogans, mit denen Garvin seine Wagen anbot.

»Wollen Sie ins Bürogebäude?«, fragte der Fahrer.

»Ja.«

Die Büros waren in einem einstöckigen Flachbau untergebracht. Verkäufer führten Wagen vor oder warteten auf Interessenten. Mason bat den Chauffeur zu warten, wandte sich an einen der Verkäufer, lächelte und sagte: »Ich suche den Chef.«

Ohne eine Antwort abzuwarten betrat er das Büro.

Homer Garvin jun. war siebenundzwanzig Jahre alt, ungewöhnlich groß und hatte dunkles Haar und braune, unruhige Augen. Auch seine Bewegungen waren fahrig und nervös. Er trug einen teuren, maßgeschneiderten Anzug und telefonierte gerade, als Mason eintrat.

»Schon gut, schon gut«, rief Garvin in die Muschel und blickte auf. »Mein Anwalt ist gerade gekommen. Ich werde die Sache mit ihm besprechen und Sie dann zurückrufen . . . nein, das weiß ich noch nicht . . . ich hab zu tun. Wiedersehen!«

Garvin donnerte den Hörer auf die Gabel, stieß seinen Drehstuhl zurück, sprang auf die Beine und kam Mason mit ausgestreckten Händen entgegen. »Nein, so was! Wie geht's Ihnen, Mr Mason? Ich habe Sie eine Ewigkeit nicht mehr gesehen.«

»Ja, es ist schon ziemlich lange her«, antwortete Mason. »Ich gratuliere.«

Der junge Garvin verbeugte sich geschmeichelt. »Sie ist eine wunderbare Frau, Mr Mason. Ich weiß heute noch nicht, wie es mir gelungen ist, sie zu hypnotisieren. Und wie geht's Ihnen, Miss Street? Sie sehen wie immer wunderbar aus.«

»Danke sehr.«

»Wir wollten Ihren Vater sprechen«, schaltete sich Mason ein, »aber sein Büro ist geschlossen.«

»Was? Aber das gibt's ja gar nicht. Eva Elliott müsste doch dort sein.«

»Sie arbeitet nicht mehr für Ihren Vater. Wissen Sie, wo er ist?«

»Nein. Ich habe ... um ehrlich zu sein, ich habe Daddy überhaupt noch nicht gesehen, seit wir zurück sind. Ich hatte eine kleine Meinungsverschiedenheit mit ihm, aber er wird schon wieder vernünftig werden. Wissen Sie, er ist der Meinung, dass ich unzuverlässig bin und ... na ja, Reibereien gibt es überall einmal. Es ist schwer für die ältere Generation, die Jungen zu verstehen. Ich möchte wetten, Daddy hatte mit seinem Vater die gleichen Probleme.

Wir führen heute ein schnelleres Leben, die Zeiten haben sich eben geändert. Betrachten Sie nur einmal die Art, wie ich mein Geschäft führe. Ich muss ganz einfach verdammt schnell sein. Ich muss mich bewegen. Manchmal komme ich mir vor wie ein Eisläufer. Nun ja, und das wirkt sich eben auch auf das Privatleben aus.«

»Sie sprachen von einer Reiberei mit Ihrem Vater. War es eine geschäftliche Angelegenheit?«, wollte Mason wissen.

»Nein, durchaus nicht«, antwortete Garvin. »Es tut mir Leid, dass ich Ihnen nicht weiterhelfen kann, Mr Mason. Aber wie wär's, wenn Sie sich inzwischen ein paar Autos ansehen? Ich meine, wo Sie schon mal da sind. Ich habe genau das Richtige für Sie, gut, groß, stark, mit Klimaanlage, ein Wagen, der praktisch neuwertig ist und Ihnen obendrein Geld sparen hilft.«

»Ich fürchte, daraus wird nichts«, sagte Mason. »Was ist mit Eva Elliott? Wenn sie nicht im Büro ist, wo könnte sie sonst stecken?«

»Ich nehme an, in ihrer Wohnung.«

»Wissen Sie, wo das ist?«

»Sicher, einen Augenblick bitte.«

Garvin öffnete eine Schublade, nahm ein kleines schwarzes Adressenbuch heraus, schlug eine Seite auf und sagte: »Monadnock Apartments, Nummer 317. Ihre Telefonnummer ist Pacific 7-2481. Aber sie muss im Büro sein. Vielleicht hat sie nur rasch eine Besorgung gemacht. Sicher ist sie schon wieder zurück. Das Mädchen ist zuverlässig. Ich habe sie Vater empfohlen. Sie ist eine sehr gute Sekretärin, ungemein tüchtig und immer auf Draht. Außerdem ist sie hübsch. Gehen Sie mal in das Büro und schauen Sie sich an, wie sie mit ihrem blonden Haar vor der dunklen Wand sitzt. Es ist ein schönes Bild.«

»Ja, das werden wir uns mal ansehen«, versprach Mason. »Und wenn Ihr Vater Sie anrufen sollte oder herkommt, sagen Sie ihm doch bitte, dass ich ihn in einer dringenden Angelegenheit sprechen muss.«

»Gern«, entgegnete Garvin. »Wie wär's mit einem Auto für Sie, Miss Street? Wir haben einige Schmuckstücke hier, kann ich Ihnen sagen. Und ich bin in der Lage, Ihnen wirklich einen Ausnahmepreis zu machen. Nicht nur, dass ich Ihnen das günstigste Angebot mache, nein, ich kann Ihnen auch die ganze Geschichte des Wagens verraten. Jedes Auto, das Sie da draußen sehen, hatte erst einen Besitzer.«

»Ein andermal«, wehrte Della lächelnd ab. »Augenblicklich bin ich im Dienst.«

»Na gut. Aber behalten Sie die Adresse. Hier, nehmen Sie eine Geschäftskarte mit. Sie brauchen ein Auto. Für eine berufstätige Frau ist es einfach eine Notwendigkeit.«

»Vielen Dank«, sagte Della. »Ich komme mal vorbei.«

»Ja, das müssen Sie unbedingt tun.«

Er begleitete Mason und Della Street zum Taxi hinaus. »Ich werde also Dad bitten, sich bei Ihnen zu melden, falls er anruft.«

Der Taxifahrer schlug die Tür zu und fuhr los. »Wohin jetzt?«, fragte er.

»Monadnock Apartments. Wissen Sie, wo das ist?«

Der Fahrer nickte nur. »Wird ungefähr zehn Minuten dauern«, brummte er.

»In Ordnung.«

»Der Krach mit seinem Vater«, sagte Della leise, »muss mit seiner Heirat zusammenhängen.«

Mason nickte.

»Vielleicht hat ihm der Senior übel genommen, dass er Miss Falkner vor den Kopf stieß?«

»Kann sein«, antwortete Mason. »Tatsache ist, dass die Spannung zwischen den beiden größer ist, als Junior sie hinstellt. Es wird interessant werden zu sehen, was Eva Elliott zu dieser Hochzeit sagt.«

»Machen Sie sich gefasst darauf«, warnte Della lächelnd, »dass Sie von ihr nicht allzu freundlich empfangen werden.«

»Wenn sie uns überhaupt hereinlässt«, sagte Mason.

Die Monadnock Apartments hatten an der Haustür Klingelknöpfe und eine Sprechanlage. Mason fand an seinem Schlüsselbund einen Schlüssel, der passte. Zusammen mit Della betrat er das Haus und ging zu Wohnung Nummer 317.

Er klopfte an die Tür, und zwar einmal lang, Pause, viermal kurz, Pause, und noch zweimal kurz. Fast augenblicklich wurde die Tür aufgerissen. Eva Elliott, bereits zum Ausgehen angekleidet, stieß hervor: »Na, du hast vielleicht einen Nerv, hier ...«

Abrupt hielt sie inne und trat einen Schritt zurück, als sie Mason und Della vor sich sah. »Oh, ich dachte, es wäre jemand anderes«, stammelte sie verlegen.

»Ich möchte Sie gern eine Minute sprechen«, bat Mason. »Dürfen wir hereinkommen? Das ist Miss Street, meine Sekretärin.«

»Ich habe nicht viel Zeit. Ich habe eine Verabredung und ...«

»Es wird nur ein paar Minuten dauern.«

Um Höflichkeit bemüht, antwortete sie: »Nun ja, kommen Sie herein.«

Als Mason und Della eingetreten waren, fragte Mason: »Sie sind nicht mehr bei Mr Garvin, nicht wahr?«

»Das habe ich Ihnen zu verdanken«, antwortete sie, aber es klang nicht bitter.

Mason hob erstaunt die Augenbrauen. »Mir?«

»Ja. Mr Garvin war der Meinung, ich hätte Ihnen sagen müssen, wo er ist.«

»Dann wussten Sie es also?«

»Natürlich, aber er hatte mir aufgetragen, es niemandem zu sagen. Und in meinem Vokabularium heißt das eben überhaupt niemandem.«

»Ich verstehe.«

»Wie würden Sie es denn auslegen?«

»Nun«, sagte Mason lächelnd, »ich würde mich eher an fast niemand halten. Sind Sie mir sehr böse?«

»Ach was. Wenn Sie mich fragen, sage ich Ihnen, dass mir die ganze Garvin-Familie stinkt. Ich dachte, dass nur der Sohn nichts taugt, aber ich glaube, dass hier das Sprichwort zutrifft: der Apfel fällt nicht weit vom Stamm.«

»Ich finde es nicht richtig, dass er Sie meinetwegen entlassen hat. Vielleicht . . .«

»Vergessen Sie es«, unterbrach sie ihn. »Ich kann Besseres erreichen, als in diesem stumpfsinnigen Laden meine besten Jahre zu vertrödeln. Ich habe eine Menge Pläne und es wurde langsam sowieso Zeit, dass ich damit anfange.«

»Wollen Sie mir erzählen, was vorgefallen ist?«

»Warum nicht? Mr Garvin kam aus Las Vegas zurück. Er hatte sich über irgendetwas geärgert, das wusste ich in der Sekunde, wo er die Tür aufschloss. Er hatte mich vorher angerufen und gebeten, auf ihn zu warten. Ich sollte inzwischen auf Geschäftskosten essen gehen. Nicht ein Wort wegen der Überstunden! Nein, ein Abendessen. Und das, wo ich doch auf meine Figur achten muss.«

»Und weiter?«

»Wie Sie vielleicht gesehen haben, hat sich Mr Garvin sein Privatbüro wie eine kleine Wohnung eingerichtet, mit einer Dusche, einer Ankleide-Ecke, Einbauschränken und einem elektrischen Kocher. Auch eine Bar mit Kühlfach hat er, denn er benutzt das Büro manchmal als Stadtwohnung und bleibt über Nacht, wenn er beispielsweise auf ein Ferngespräch warten muss.

Wie gesagt, ich sah ihm sofort an, dass er sauer war. Ich dachte, er würde mir gleich erzählen, weshalb ich hatte dableiben müssen. Ich hatte gehofft, wenigstens einen Teil des Abends für mich privat zu haben. Aber er ist genauso egoistisch wie sein Sohn. Zuerst verschwand er im Badezimmer und duschte sich. Ich musste warten. Endlos später kam er dann fein gebadet und umgezogen wieder heraus und begann mich auszuschimpfen.«

»Und Sie?«, fragte Mason.

»Ich habe ihm erklärt, dass ich mir das nicht gefallen lasse«, antwortete sie. »Schließlich hatte ich nichts weiter getan, als seine Anordnungen ausgeführt. Ich habe ihm gesagt, er solle sich eine andere Sekretärin suchen.«

»Und was antwortete er?«

»Er meinte, das wäre ihm recht. Also ging ich.«

»Um welche Zeit war das?«

»Er kam relativ früh an, so gegen dreiviertel neun, glaube ich. Aber dann ließ er mich so lange warten, und das nur, um mich später zur Schnecke zu machen. Er war so wütend, dass ...«

»Einen Augenblick mal«, unterbrach Mason sie. »Wann fand diese Unterredung statt?«

»Es muss nach neun gewesen sein.«

»Und er erzählte Ihnen, dass er gerade aus Las Vegas zurückgekommen sei?«

»Ja, das hat er gesagt.«

»Fuhr er mit dem Wagen oder kam er per Flugzeug?«

»Das weiß ich nicht. Er hatte seinen Wagen dabei, aber das will nichts heißen. Er hat immer vier oder fünf Autos, und wenn er eins braucht, holt er sich einfach eines von seinem Sohn.«

»Wie lange ist er in Las Vegas gewesen?«

»Zwei Tage.«

»Darf ich fragen, was Sie jetzt tun werden, Miss Elliott?«

»Das, was ich schon längst hätte tun sollen«, antwortete sie, »mich auf meine Bühnenkarriere vorbereiten.«

»Ich wusste gar nicht, dass Sie Schauspielerin sind.«

»Nun ... ich habe zwar noch nie auf einer Bühne gestanden, aber ich hatte Schauspielunterricht. Und heute Vormittag habe ich eine Besprechung wegen einer kleinen Rolle. Ich muss jetzt wirklich gehen, Mr Mason. Es tut mir Leid. Ich trage Ihnen nichts nach, aber ich bin der Meinung, dass ich ungerecht behandelt worden bin.«

»Dann sind Sie also mit der Büroarbeit fertig?«

»Das kann man wohl sagen. Wirklich, ich möchte Sie nicht hinauswerfen, aber ich muss jetzt gehen. Weshalb fragen Sie Mr Garvin nicht, was passiert ist? Er wird es Ihnen sicher gern erzählen.«

»Ich wollte lieber Ihre Version hören.«

»Nun, die kennen Sie jetzt. Und wenn ich Ihnen alles erzählen würde, säßen Sie den ganzen Vormittag hier. Sein sauberer Herr Sohn lief mir wie ein Hund hinterher und als er meiner überdrüssig wurde, zog er sich ganz einfach aus der Affäre, indem er mir diese Stelle als Sekretärin besorgte. Die Falkner hat er auch nicht viel besser behandelt. Und jetzt heiratet er irgendein Mädchen in Chicago, das er kaum kennt. Sie ist eine Puppe aus Las Vegas, die einmal rein zufällig in seinen Autoladen kam. Er verkaufte ihr einen Gebrauchtwagen, aber das bessere Geschäft hat im Endeffekt doch sie gemacht.

Trotzdem glaube ich, dass er sie in spätestens sechs Monaten wieder gegen ein neues Modell eintauscht. Dieser Mann weiß ja nicht, was er will ... Kommen Sie jetzt. Es tut mir schrecklich Leid, aber ich muss gehen. Seien Sie nett, ja?«

»Haben Sie einen Wagen?« fragte Mason.

»Ich nehme mir ein Taxi.«

»Fahren Sie nach ...«

»Hollywood, falls es Sie interessiert«, vollendete sie seinen Satz.

»Ich habe draußen ein Taxi warten. Sie können bis zu meinem Büro mitfahren, wenn Sie möchten. Das liegt auf Ihrem Weg und erspart Ihnen die Mühe.«

»Der Teufel soll mich holen«, sagte Eva Elliott und blickte Mason nachdenklich an, »wenn Sie nicht am Ende doch menschlich sind. Abgemacht, ich fahre mit.«

Als sie bei Masons Büro angekommen waren, bat der Anwalt den Taxifahrer: »Rechnen Sie noch eine Fahrt nach Hollywood dazu und sagen Sie mir, was meine Rechnung ausmacht.«

Der Mann nannte einen Preis und Mason gab ihm darüber hinaus ein Trinkgeld.

»Die junge Dame wird Ihnen sagen, wohin sie möchte.«

Der Chauffeur tippte an die Mütze und bedankte sich, und Mason und Della waren noch nicht ganz ausgestiegen, als Lieutenant Tragg von der Mordkommission auf sie zukam.

»Sieh mal einer an«, sagte er. »Morgenstund hat Gold im Mund. Haben Sie Gold geschürft?«

»Ach, das ist für unsere Begriffe gar nicht früh«, antwortete Mason.

»Nein? Ich hätte geglaubt, dass Sie im Büro waren, Miss Street«

»War ich auch.«

»Sie kommen ganz schön herum, wirklich wahr, alles, was recht ist«, meinte Tragg. »Gut. Fahren wir hinauf, wo wir uns unterhalten können.«

»Worüber denn?«, wollte Mason wissen.

»Ach, nur über einen Mord«, antwortete Tragg trocken. »Das ist schließlich ein genauso gutes Gesprächsthema wie jedes andere, finden Sie nicht auch?«

Schweigend gingen sie zum Fahrstuhl und fuhren zu Masons Etage hinauf, wo der Anwalt die Tür zu seinem Büro aufschloss. Er bot Tragg eine Zigarette an, reichte ihm Feuer, nickte Della verstohlen zu und lehnte sich in seinem Sessel zurück. »Nun?«

»George Casselman«, sagte Tragg.

»Was ist mit ihm?«

»Tot.«

»Wie starb er denn?«

»Durch eine Kugel, Kaliber .38.«

»Wann?«

»Gestern Abend.«

»Wo?«

»In seiner Wohnung, in der Sie ihn, wie ich hörte, gegen acht besuchten.«

»Tatsächlich!«, rief Mason aus. »Woher wissen Sie denn das?«

»Geschäftsgeheimnis«, erwiderte Tragg lächelnd. »Ich behalte gewisse Quellen gern für mich. Auf diese Weise erfahren Sie nicht, wie viel oder wie wenig ich weiß. Und mir gibt es den Vorteil, Fragen stellen zu können.«

»Damit ich bei meinen Antworten von der Wahrheit abweiche, wie?«

»Richtig. Nicht dass Sie lügen werden, Mason«, sagte Tragg, »aber Sie haben eine teuflisch clevere Art Antworten zu geben, die gar keine sind. Also Sie sahen Casselman gestern Abend. Weswegen?«

»Wegen eines Geschäftsabschlusses.«

»Was war das für ein Geschäft?«, erkundigte sich Tragg.

»Es hat mit den Interessen eines Klienten zu tun.«

»Da haben wir's schon wieder«, stellte Tragg fest. »Ich möchte wissen, wovon Sie gesprochen haben.«

Mason lächelte. »Sehen Sie, die Geschäfte meiner Klienten sind vertraulich. Es gibt ein Gesetz über die Schweigepflicht eines Rechtsanwalts.«

»Und dieses kommt Ihnen bei einem Mordfall wunderbar zupass, wie?«

»Zeitweise schon«, gab Mason zu.

Tragg betrachtete den Anwalt nachdenklich. »Casselman hatte für gestern Abend noch andere Verabredungen.«

»So?«

»Wissen Sie, mit wem?«

»Ich weiß nur, dass er noch andere Leute erwartete.«

»Und wen zum Beispiel?«

»Ich fürchte, hier kann ich Ihnen nicht helfen, Lieutenant.«

»Was heißt das, Sie können mir nicht helfen?«

»Nun einfach, dass ich es nicht kann.«

»Ich habe also die Möglichkeit, es mir auszusuchen, was? Entweder Sie wissen es nicht oder wollen es mir nur nicht sagen.«

»Es gibt auch noch eine dritte Möglichkeit«, sagte Mason. »Wissen Sie, Beweismaterial, das auf Hörensagen beruht, ist vor Gericht nichts wert. Wenn ich eben sagte, ich könne Ihnen nicht helfen, kann das auch bedeuten, dass meine Informationen auf Hörensagen beruhen und daher für Sie wertlos sind.«

»Sehen Sie jetzt, was ich meine«, sagte Tragg und wandte sich an Della Street. »Was soll man von so einer Antwort halten?« Er blickte wieder auf Mason. »Ich wollte Sie heute Morgen sprechen, bevor Sie Gelegenheit hatten, sich mit Ihrem Klienten zu unterhalten«, fuhr er fort. »Es tut mir Leid, dass es nicht geklappt hat. Vielleicht hat das auch mit der enormen Tüchtigkeit von Miss Street zu tun. Ich weiß es nicht.

Aber wir von der Polizei sind auch nicht ganz dumm. Als ich merkte, dass Sie zur gewohnten Zeit nicht in Ihrem Büro aufkreuzten und dass Miss Street plötzlich eine sehr dringende Angelegenheit zu erledigen hatte, habe ich mir so meine Gedanken gemacht und einfach gewartet.

Sie hätten Ihr Taxi ein Stück vor dem Eingang halten lassen und den Rest des Weges zu Fuß gehen sollen. Jetzt habe ich die Nummer des Wagens. Wenn ich es für notwendig halte, wird sich der Fahrer dieses Wagens bei mir melden und mir einen lückenlosen Fahrtenbericht geben.«

»Ohne Zweifel«, meinte Mason. »Ich danke Ihnen für den Hinweis auf meinen Fehler.«

»Keine Ursache«, beruhigte ihn Tragg. »Aus Ihrem Gesicht erkenne ich, dass Sie sich im Geiste selbst dafür ohrfeigen. Sicher hätten Sie den Rest des Weges zu Fuß zurückgelegt, wenn es nicht wegen dieser niedlichen Blondine gewesen wäre. Sie wollten vermeiden, dass sie sich wundert, weshalb Sie vorher aussteigen, nicht wahr? Und das wiederum bringt die nächste auf der Hand liegende Frage mit sich: Wer war die blonde Schönheit und warum stieg sie nicht mit Ihnen aus?«

»Das Mädchen heißt Eva Elliott«, erwiderte Mason, »und bewohnt Nummer 317 in den Monadnock Apartments. Ihre Telefonnummer ist Pacific 7-2481. Sie war früher Sekretärin von Homer Horatio Garvin, einem Klienten von mir, und fuhr heute Morgen nach Hollywood. Sie glaubt, dort Karriere zu machen.«

»Soso. Vielen Dank für die Auskunft. Das kann ich also streichen.«

»Was heißt, das können Sie streichen?«

»Sie kann keine Verbindung zu dem Mord haben, sonst hätten Sie mir nicht von ihr erzählt. Wollen Sie mir bitte auch noch berichten, wo Sie noch gewesen sind?«

»Ich glaube«, meinte Mason, »dass es sich hier um eine Sache handelt, die zu diskutieren ich momentan noch nicht in der Lage bin.«

»Ich verstehe, verstehe vollkommen«, sagte Tragg sarkastisch. »Und diese Eva Elliott war Sekretärin bei Homer Garvin, sagten Sie?«

»Stimmt.«

»Und Homer Garvin ist Ihr Klient?«

»Ja.«

»Wann konsultierte er Sie das letzte Mal?«

»Ich besorge sämtliche Rechtsangelegenheiten für ihn, glaube ich«, antwortete Mason. »Manchmal habe ich allerhand für ihn zu tun, dann vergehen wieder Monate, bis ich etwas von ihm höre.«

Tragg wandte sich wieder an Della. »Hören Sie sich diesen Burschen nur an, Miss Street. Zahlreiche meiner Kollegen würden durch seine Antworten auf die falsche Fährte gelockt werden und zum Schluss vergessen, was sie überhaupt gefragt haben. Also warten Sie mal, hatte meine Frage nicht damit zu tun, wann Homer Garvin Sie das letzte Mal konsultiert hat? Ich glaube, Miss Street, Sie müssen mir doch ein wenig helfen, damit ich nicht in seinem Redeschwall untergehe.«

»Wie es der Zufall will«, sagte Mason, »bin ich derjenige, der versucht hat, Mr Garvin am Montag zu erreichen, und das versuche ich immer noch.«

Tragg überlegte einen Augenblick. »Sie wollten ihn am Montagnachmittag erreichen?«

»Stimmt.«

»Und Sie versuchen es immer noch?«

»Richtig«, antwortete Mason.

»Soso. Würde es Ihnen etwas ausmachen, wenn Sie mir nur noch kurz erklären würden, ob es Ihnen gelungen ist, Mr Garvin zwischen Montagnachmittag und heute zu sprechen?«

Mason lächelte.

Tragg schüttelte den Kopf. »Bei Ihnen muss man ständig auf der Hut sein, Mason. Es ist weniger das, was Sie sagen, sondern vielmehr das, was Sie verschweigen. Aber zu Ihrer Beruhigung: Ich weiß schon, dass Homer Garvin George Casselman gestern Abend besucht hat.«

»Ach, dann war er es!«, rief Mason aus.

Tragg nickte. »Und jetzt möchte ich Ihnen eine Gewissensfrage stellen.«

»Bitte sehr.«

»Waren Sie gestern Abend bei Casselman in der Wohnung, haben dann bei der Hintertreppe gewartet, eine junge Dame angesprochen und diese dann in Ihrem Wagen mitgenommen? Eine Zeugin glaubt das nämlich. Die Beleuchtung war nicht die beste, aber sie sah Sie trotzdem gut genug, um Sie erkannt zu haben.«

»Tatsächlich?«

»Und könnte es möglich sein«, fuhr Tragg ungerührt fort, »dass dieselbe junge Dame Casselman einen Revolver in die Rippen stieß, abdrückte, Sie dann anrief und sagte, oh, Mr Mason, kommen Sie sofort her. Etwas Schreckliches ist passiert. Könnte es weiterhin möglich sein, dass Sie sie daraufhin fragten, was denn geschehen sei, und sie Ihnen erklärte, dass sie mit Casselman eine Meinungsverschiedenheit hatte und ihm, natürlich nur, um ihn zu erschrecken, den Revolver vorgehalten habe, dass Casselman sie jedoch angegriffen habe und zu ihrem allergrößten Erstaunen plötzlich der Schuss losging?

Um mein Garn zu Ende zu spinnen: Könnte es unter diesen Umständen möglich sein, dass Sie ihr rieten, den Hintereingang zu benutzen, und ihr versprachen, sofort zu kommen? Der Rat, dass sie in der Zwischenzeit mit niemand sprechen dürfte, verstünde sich von selber?«

Mason verdaute das soeben Gehörte. »Sie meinen, dass ich ihr geraten habe, der Polizei nichts zu sagen?«, erkundigte er sich.

»Ich ziehe diese Möglichkeit in Betracht.«

»Wäre das nicht sehr stümperhaft von mir?«

»Kommt drauf an, wie Sie die Dinge beleuchten«, sagte Tragg. »Ein Gesetz hat vielerlei Auslegungsmöglichkeiten. Ich weiß jedenfalls gut genug, dass Ihre Diktion immer zugunsten Ihrer Klienten ist. Sie würden niemals zulassen, dass ein Klient sich selbst diskriminiert, nicht wahr? Egal, wie das Gesetz auch lautet.«

Mason tat, als überlege er angestrengt. »Ich nehme an«, meinte er, »Sie wollten damit zum Ausdruck bringen, Lieutenant, dass ich, obgleich mir die Sicherheit meiner Klienten am Herzen liegt, doch die Berufsethik nicht verletze.«

»So ungefähr.«

»Das ist ja eine sehr interessante Theorie«, sagte Mason.

»Sie haben meine Fragen noch nicht beantwortet«, erinnerte ihn Tragg.

»Dann werde ich es jetzt tun. Die Antwort ist nein.«

»Sie wollen mich auch nicht verschaukeln, nein?«

»Nein.«
»Seit wann wissen Sie, dass Casselman tot ist?«
»Miss Street las es heute Morgen in der Zeitung.«
»Und sagte es Ihnen gleich?«
»Ja.«
»Wann?«
»Sehr zeitig.«
»Daraufhin fuhren Sie sofort los um aktiv zu werden?«
»Um einen Klienten zu sprechen, wenn Sie das meinen«, antwortete Mason.
»Garvin?«
»Ja.«
»Warum?«
»Ich wollte ihm sagen, dass Casselman tot ist, weil ich annahm, das könnte einige seiner Pläne ändern.«
»Haben Sie Garvin gesprochen?«
»Nein.«
»Danke, Mason. Ich wollte Sie nur fragen. Ich habe nämlich den Auftrag, Sie zu verhören.«
»Ich freue mich immer, wenn ich mit der Polizei zusammenarbeiten kann«, versicherte ihm Mason.
Tragg zog eine Grimasse. »Wenn jeder so gut mit der Polizei zusammenarbeitet wie Sie, Mason, brauchte sich der District Attorney nie wieder Sorgen zu machen.«
»Nein?«
»Nein. Wir würden dann nämlich nie jemand erwischen, also brauchte er keine Anklage zu erheben, keine Prozesse zu führen und ... nun ja, ich dachte mir, ich gebe Ihnen Gelegenheit mit der Sprache herauszurücken.«
»Verbindlichen Dank«, sagte Mason lächelnd.
»Sie hatten Ihre Chance, Mason. Wenn Sie jetzt noch versuchen, die Geschichte zu verdunkeln, dann tun Sie es, nachdem Sie wissen, was wir suchen. Und das wäre schlecht.«
Mason nickte.
»Wenn Sie Garvin treffen, sagen Sie ihm, er soll sofort die Mordkommission anrufen und sich bei mir melden. Es ist sehr wichtig für ihn.«

Tragg stand auf, streckte sich, gähnte und meinte. »Nochmals schönen Dank für Ihre Unterstützung, Mason. Nicht dass Sie mir bewusst geholfen hätten, aber unbewusst. Ich darf Ihnen versichern, dass es beachtlich war.«

Er drehte sich an der Tür noch einmal um. »Ach übrigens, wir haben die Karteien durchgeblättert und dabei festgestellt, dass Garvin sich zum Beauftragten des Sheriffs machen ließ, damit er einen Revolver tragen kann. Spezialbeauftragter, Sie kennen das doch ... persönlicher Schutz, große Summen, spät nachts unterwegs und so etwas. Sie wissen wohl nicht zufällig, wo Garvins Revolver im Augenblick ist, wie?«

»Welcher Revolver?«

»Der, den er gewöhnlich bei sich hat.«

»Glauben Sie nicht, dass er ihn jetzt auch bei sich hat?«

»Keine Ahnung. Ich weiß es wirklich nicht«, sagte Tragg. »Aber«, verkündete er unheilvoll, »wir werden es herausbekommen, darauf können Sie sich verlassen, Mason. Also guten Morgen. Ich will Sie nun wirklich nicht länger aufhalten. Ich weiß, dass Sie sicher viel zu telefonieren haben.«

»Sie haben doch meine Leitung nicht etwa angezapft, oder?«, fragte Mason lächelnd.

»Nein, nein!«, rief Tragg. »So weit würden wir niemals gehen. Also, auf bald, Herr Rechtsanwalt. Wiedersehen.«

Tragg hatte kaum das Büro verlassen, als Mason Della Street bat, ihn mit Marie Barlow zu verbinden.

»Marie Barlow? Ach so, ja. Ich kann mich an ihren neuen Namen immer noch nicht gewöhnen.«

»Marie«, sagte Mason, als sie sich meldete, »entschuldigen Sie, dass ich Sie schon wieder störe, aber es ist allerhand geschehen. Es ist möglich, dass Garvin Sie anruft. Wenn er es tut, sagen Sie ihm doch bitte, er soll sich sofort mit mir in Verbindung setzen, und vor allem soll er sich ein bisschen vorsehen. Die Polizei sucht ihn.«

»Um Gottes willen!«, rief Marie Barlow. »Die Polizei?«

»Ja.«

»Wie kommen Sie darauf, dass er mich anrufen könnte?«

»Weil ich ihm gestern Abend erzählt habe, dass Sie zweimal

bei ihm waren. Er hat sich sehr darüber gefreut. Seine Sekretärin hatte es ihm verschwiegen.«

»So etwas! Diese verflixte Hexe! Das ist doch . . .«

»Vorsichtig«, warnte Mason, »bringen Sie Ihren Blutdruck nicht unnötig in die Höhe. Er hat sie gestern Abend hinausgeschmissen. Sie arbeitet nicht mehr für Garvin.«

»Großartig. Und wen hat er jetzt?«

»Niemand.«

»Hören Sie zu, Mr Mason, dann gehe ich zurück.«

»Was?«

»Nun, ich werde ihn doch nicht im Stich lassen. Selbstverständlich arbeite ich für ihn, bis er jemand gefunden hat.«

»Das können Sie doch nicht tun«, sagte Mason.

»Weshalb denn nicht? Ich habe immer noch den alten Schlüssel zum Büro. Ich kenne das Geschäft und seine Kunden. Wenn auch eine ganze Weile vergangen ist, seit ich bei ihm war, werde ich mich trotzdem schnell zurechtfinden. Ich bin zwar in meinem Zustand nicht gerade ein Schmuckstück für das Büro wie Eva Elliott, aber ich weiß, worum es geht, und kann den Laden schmeißen. Überdies werde ich dafür sorgen, dass die Leute, die ihn sprechen müssen, ihn auch erreichen.«

»Das ist vielleicht gar nicht mal so ratsam«, meinte Mason.

»Wieso?«

»Nun, verschiedene Leute, wissen Sie.«

Sie lachte. »Ich lasse nur die richtigen an ihn heran.«

»Die Situation ist vielleicht doch ein wenig anders, als Sie erwarten«, warnte Mason. »Einige von den Leuten, die ihn sprechen wollen, könnten Druck dahinter setzen.«

Sie überlegte einen Moment. »Danke für den Tipp, Mr Mason«, sagte sie dann. »Mein Mann ist heute mit dem Auto unterwegs, ich werde mir also ein Taxi rufen. Und sollte sich Mr Garvin bei Ihnen melden, dann sagen Sie ihm bitte, dass ich in seinem Büro sitze und dass er mir dafür nichts als eine Taxifahrt hin und nach Hause schuldet.«

»Fein«, sagte Mason. »Das ist wunderbar.«

Er legte den Hörer auf und wandte sich an Della Street. »Ich habe einiges zu erledigen. Diesmal nehme ich meinen Wagen.«

»Brauchen Sie eine Zeugin?«

»Nein, ich glaube, dass es im Moment ratsamer ist, wenn Sie hier die Stellung halten und . . .«

Er brach ab, als das Telefon schrillte.

»Wer ist es, Gertie?«, fragte Della. »Ja, stellen Sie durch. Ich bin überzeugt, dass Mr Mason ihn sprechen will. Es ist Homer Garvin«, fügte sie, zu Mason gewandt, hinzu.

Mason nahm den Hörer. »Homer? Wo bist du?«

»Hör gut zu, Perry«, sagte Garvin. »Ich habe vielleicht nur auf ein paar Worte Zeit.«

»Schieß los!«

»Es ist möglich, dass Stephanie Casselman in Notwehr erschossen hat. Ich will, dass du sie vertrittst.«

»Gut«, antwortete Mason, »in Ordnung. Aber wo zum Teufel steckst du und was . . .«

»Ich spiele ein wenig Katze und Maus.«

»Was soll das heißen?«

»Ich werde die Polizei auf die falsche Fährte locken und dafür sorgen, dass sie mir auf den Fersen bleibt. Sollen sie mich ruhig beschuldigen, Hauptsache, wir gewinnen Zeit.«

»Warte mal«, sagte Mason, »das ist gefährlich. Du bist selbst noch nicht aus dem Schneider.«

»Macht nichts.«

»Man wird dir die Flucht als Schuld ankreiden«, warnte Mason.

»Das will ich ja gerade.«

»Aber es ist totaler Blödsinn«, protestierte Mason. »Ich glaube, du verkennst die Situation. Das kann dich Kopf und Kragen kosten.«

»Macht auch nichts. Kümmere dich nur um Stephanie. Ich passe schon auf mich selber auf. Tu alles, was du kannst, um sie zu beschützen, egal, wie die Würfel fallen.«

»Selbst, wenn du dadurch hineingezogen wirst?«

»Ja, sogar dann.«

»Was denkst du dir dabei? Nur, weil dein Sohn und diese Falkner mal miteinander . . .«

»Ich liebe sie«, unterbrach ihn Garvin. »Ich glaube, ich habe sie schon immer geliebt. Ich hatte nur Angst, es zuzugeben. Ich sage es auch nur dir, Perry. Und wenn du es irgendjemand weiter plauderst, sei es auch nur Della Street, dann breche ich dir den Hals. Du wolltest meine Gründe wissen, jetzt weißt du sie.«

Mason schwieg nachdenklich.

»Hallo! Bist du noch dran?«, fragte Garvin.

»Ja. Ich habe eine Neuigkeit für dich. Mit Eva Elliott kannst du nicht mehr rechnen.«

»Um Himmels willen«, stöhnte Garvin, »ausgerechnet jetzt. Ich habe ein Dutzend Geschäfte laufen. Hör mal, du musst mir jemand besorgen.«

»Hab ich schon«, antwortete Mason. »Marie Barlow wird sich um deinen Laden kümmern.«

»Mir fällt ein Stein vom Herzen«, seufzte Garvin. »Sie ist wirklich eine treue Seele. Hast du nicht gesagt, sie bekommt ein Baby?«

»Ja, ungefähr in zwei Monaten.«

»Bitte sie, so lange zu bleiben, wie sie kann, Perry. Es ist möglich, dass du eine Weile nichts von mir hörst. Ich werde schwer zu finden sein.«

»Verdammt!«, schrie Mason. »Das kannst du nicht machen. Du . . .«

Am anderen Ende wurde der Hörer aufgelegt.

Della Street hob fragend die Augenbrauen.

»Vielleicht führt er mich an der Nase herum«, schimpfte Mason. »So ein Quatsch. Er will den Köder spielen und ich soll Stephanie Falkner vertreten und dafür sorgen, dass sie nicht hineingezogen wird.«

»Ich habe nur gehört, was Sie gesagt haben, Chef«, meinte Della. »Was antwortete er auf die Frage, weshalb er das alles für sie tut?«

Mason lächelte. »Er dreht mir den Hals um, wenn ich das verrate. So, ich gehe jetzt, Della. In ungefähr einer Stunde bin ich wieder zurück. Wenn jemand nach mir fragt, so haben Sie nicht die leiseste Ahnung, wo ich stecke.«

»Darf ich raten?«

»Sicher.«

»Sie wollen vor der Polizei in Homer Garvins Büro sein und dort nach eventuellem Belastungsmaterial suchen.«

»Das wäre eine Idee, eine sehr gute sogar«, antwortete Mason. »Leider hat die Sache einen Haken und geht aus zweierlei Gründen nicht.«

»Warum?«

»Erstens darf ich als Rechtsanwalt kein Beweismaterial zurückhalten oder vernichten und zweitens habe ich etwas noch viel Wichtigeres zu tun. Und noch eines. Ein guter Anwalt braucht Fantasie und die Überzeugung, dass sein Klient unschuldig ist. Dann kann er eine ganze Menge für ihn tun. Wir haben zwei Dinge, für die wir dankbar sein müssen.«

»Und die wären?«

»Erstens wissen wir von vornherein, dass die Polizei unsere Taxifahrt nachprüfen wird. Und zweitens ist es wunderbar, dass Mrs Garvin einst darauf bestand, ihren Sohn Homer zu taufen.«

Della Street zog die Stirn in Falten. »Wenn Sie mir das auf Chinesisch erklärt hätten, wäre ich genauso schlau wie jetzt.«

»Ich bin in einer Stunde zurück«, sagte Mason lächelnd und ging hinaus.

8

Ein zweites Mal fuhr Mason an diesem Tag zu Garvin jun. hinaus. Er war noch nicht richtig ausgestiegen, als schon ein Verkäufer auf ihn zutrat.

»Guten Tag, Sir. Wollen Sie Ihren Wagen verkaufen?«

Mason schüttelte den Kopf. »Ich möchte Garvin sprechen«, antwortete er und ging zum Büro hinüber. Aber der Verkäufer blieb ihm auf den Fersen.

»Ihr Wagen sieht gut aus«, lobte er. »Wir könnten Ihnen einen prima Preis machen, besonders wenn Sie der erste Besitzer sind.«

Mason beachtete ihn gar nicht, sondern ging ins Büro, an Garvins Sekretärin vorbei und öffnete eine Tür mit der Aufschrift *Privat*.

Homer Garvin jun. sah von seinem Schreibtisch auf.

»Entschuldigen Sie meine Unhöflichkeit«, bat Mason, »aber es ist sehr wichtig. Ich muss Sie unter vier Augen sprechen. Sagen Sie mir nur eines: Wie werde ich diesen Mann da draußen los? Er weicht mir nicht von den Fersen.«

»Da gibt's nur eine Möglichkeit«, antwortete Garvin trocken. »Sie müssen ein Auto von uns kaufen.«

Mason wandte sich an den Verkäufer, der prompt hinterhergekommen war. »Passen Sie mal auf, junger Freund«, sagte er, »ich habe nicht vor, Autos zu kaufen oder zu verkaufen. Ich möchte vielmehr mit Ihrem Chef ein privates Wort sprechen.«

»Sind Sie mit dem Wagen hier oder mit einem Taxi«, mischte sich Garvin ein.

»Mit meinem Wagen, warum?«

Garvin gab dem Mann ein Zeichen. »Mach 'ne kleine Probefahrt, Billy, und stell fest, in welchem Zustand er ist. Unser Schätzer soll dir sagen, was wir bieten können. Mr Mason ist ein Freund des Hauses und wird dementsprechend bedient. Räumen wir ihm die besten Bedingungen ein, verstanden?«

»Tun Sie, was Sie wollen«, sagte Mason ungeduldig, »nur verschwinden Sie endlich. Inzwischen werden wir zwei eine Spazierfahrt machen, Homer. Wenn Sie den Mann mit meinem Auto losschicken, müssen Sie für das Transportmittel sorgen.«

»Das ist genau das, was ich gehofft habe«, meinte Garvin. »Also, was kann ich für Sie tun?«

Mason wartete, bis sich die Tür hinter dem Verkäufer geschlossen hatte, dann fragte er unvermittelt: »Haben Sie einen Revolver?«

»Was soll das?«

»Ich will wissen, ob Sie einen Revolver haben«, beharrte Mason. »Ich nehme an, ja. Ich weiß, dass Sie immer viel Bargeld hier haben und . . .«

»Ja, ich habe einen«, unterbrach ihn Garvin.

»Haben Sie einen Waffenschein?«

»Selbstverständlich. Sie glauben doch nicht im Ernst, dass ich hier draußen in meinem Geschäft sitze und mich so mir nichts dir nichts von jedem Gangster ausrauben lasse? Ich . . .«

»Zeigen Sie mir den Revolver, den Sie in Ihrem Schreibtisch haben«, fuhr ihm Mason dazwischen.

Einen Augenblick sah Garvin den Rechtsanwalt neugierig an, dann zog er die rechte obere Schublade seines Schreibtischs auf und nahm einen Revolver hervor, den er zu Mason hinüberschob.

Mason nahm die Waffe und wog sie sachkundig in der Hand. »Das ist eine ausgezeichnete Waffe«, lobte er. »Ihr Vater hat die gleiche, nicht wahr?«

»Ich habe nur das Beste«, sagte Garvin stolz. »Ja, Daddy hat ihn mir geschenkt. Er ist wie . . .«

Mason drückte ab.

Das Krachen der Explosion erfüllte den kleinen Büroraum.

»He! Sie verdammter Narr!«, brüllte Garvin. »Legen Sie das Ding weg.«

Mason blickte verdutzt auf den Revolver und dann auf die polierte Mahagoniplatte von Garvins Schreibtisch, in der die Kugel eine tiefe Rinne hinterlassen hatte, bevor sie sich in die Wand bohrte. Im gleichen Augenblick wurde die Tür aufgerissen und ein breitschultriger Verkäufer drängte sich an der erschrockenen Sekretärin vorbei.

»Schmeißen Sie es weg!«, brüllte er Mason an. »Los! Werfen Sie die Waffe weg oder ich schlage Ihnen die Zähne ein.«

Mason, den Revolver noch immer in der Hand, trat einen Schritt zurück. »Lieber Himmel!« stieß er hervor. »Ich hatte keine Ahnung, dass er geladen war.«

Garvin bedeutete dem anderen, hinauszugehen. »Ist schon gut«, sagte er. »Das ist Perry Mason, der Rechtsanwalt.«

»Dann handelt es sich nicht um einen Überfall?«, fragte der Mann.

Carvin schüttelte den Kopf.

Mason blickte schuldbewusst auf den Schreibtisch. »Mein Gott«, sagte er, »ich habe nur den Abzug ein bisschen ausprobieren wollen und . . . also das ist wirklich ein toller Mechanismus!«

»Na klar. Deshalb habe ich die Waffe auch hier. Sie ist gut geölt. Ein wunderbarer Revolver. Und weil ich ihn zu meinem Schutz hier habe, ist er auch geladen. Oder glauben Sie, dass es einen Zweck hätte, einen Banditen mit einem leeren Revolver in Schach halten zu wollen?«

»Ich glaube, ich bin ziemlich ungeschickt«, meinte Mason und schob die Waffe zu Garvin hinüber.

»Na, im Gericht scheinen Sie jedenfalls immer eine ganze Menge über Waffen zu wissen«, meinte Garvin trocken.

Mason wandte sich der Sekretärin und dem Verkäufer zu, die beide immer noch zögernd in der Tür standen. »Es tut mir sehr Leid, wenn ich Sie erschreckt habe. Ich schulde Ihrem Chef einen neuen Schreibtisch.«

»Sie können jetzt gehen«, sagte Garvin zu den beiden. »Und machen Sie die Tür zu.«

Widerwillig kam der Verkäufer dieser Aufforderung nach.

»Wissen Sie, Mason«, sagte Garvin, als sie wieder allein waren, »jedem anderen hätte ich diese Schau abgekauft. Aber nicht Ihnen.«

Mason lächelte. »Stecken Sie den Revolver ein und kommen Sie mit«, sagte er.

»Mit dem Revolver?«

»Ja, vielleicht brauchen Sie ihn.«

»Gut. Warten Sie, ich lade ihn nur wieder nach.«

»Nein, nein, nehmen Sie ihn so mit, wie er ist! «

»Also gut. Und wohin gehen wir?«

»Nun, ich dachte, Sie wollten mich zu einer kleinen Spazierfahrt einladen?«

»Aber natürlich«, sagte Garvin und nahm den Hörer ab. »Ralph«, sagte er, »ich mache persönlich eine kleine Vorführfahrt. Hole mir den X 60, den wir gestern hereinbekommen haben ... ja, stell ihn vor die Tür. Richtig. Wenn ich sage gleich, dann meine ich auch gleich.«

Zerstreut betrachtete Garvin den demolierten Schreibtisch. »Sieht scheußlich aus, nicht? Ich wusste gar nicht, dass das Furnier so dünn sein kann. Darf ich fragen, was Sie damit bezweckt haben, Mr Mason?«

»Ich bin direkt gespannt, was für einen Superwagen Sie mir zeigen werden«, antwortete der Anwalt ohne auf die Frage des jungen Garvin einzugehen.

»Oh, der wird Ihnen gefallen«, beeilte sich Garvin zu erwidern. »Es ist ein Sportwagen und hat mehr PS unter der Haube, als Sie je gebrauchen können. Sein Vorteil zeigt sich auf der Autobahn, wenn Sie jemand überholen wollen. Ein leichter Druck aufs Gas und Sie rauschen vorbei, dass es eine wahre Pracht ist. Er hat ein fantastisches Anzugsvermögen; vor jeder Kurve können Sie . . .«

»Ich überhole vor Kurven nie«, unterbrach Mason seinen Redeschwall.

»Glaube ich Ihnen, aber . . .«

»Da gibt es kein Aber«, unterbrach Mason ihn wieder. »Fahren wir?«

»Natürlich. Hier entlang, bitte«, antwortete Garvin.

Im Vorzimmer stand seine Sekretärin mit einem Glas Wasser in der Hand. Ihr Gesicht war kreidebleich und sie sah Mason an, wäre er Al Capone persönlich.

Draußen bat Garvin den Anwalt: »Steigen Sie ein, Mr Mason. Setzen Sie sich hinters Steuer!«

Mason zögerte, als er das Sportmodell sah.

»Schon mal so einen gefahren?«, fragte Garvin.

»Nein.«

»Dann werden Sie es jetzt tun. Es ist wirklich das Beste, was momentan auf dem Markt ist. Ein Modell, das Ihnen wie auf den Leib geschneidert ist.«

»Unsinn!« antwortete Mason. »In so einem Auto wäre ich so auffällig wie ein schwarzes Schaf. Jeder würde den Wagen irgendwo stehen sehen und rufen, seht mal, in dem Haus ist der Mason.«

Der junge Garvin lächelte. »Und das wäre schlecht?«

»Nein, tödlich«, antwortete Mason.

»Ach was, es gibt keinen Grund und kein Gesetz, das besagt, dass die Leute nicht über Sie reden dürfen. Setzen Sie sich hinters Steuer, Mr Mason. Los, nun machen Sie schon. Ich habe schließlich auch getan, was Sie wollten, und mich hat es einen Schreibtisch gekostet. Das hier kostet Sie keinen Cent, es sei denn, Sie kaufen den Wagen.«

Mason setzte sich ans Steuer.

»Drehen Sie den Schlüssel ganz nach rechts«, instruierte ihn Garvin. »So und jetzt legen Sie den Gang ein und dann geben Sie Gas, aber langsam!«

Mason befolgte diese Anweisungen, aber als er das Gaspedal nur mit der Fußspitze berührte, schoss der Wagen vorwärts, als wäre er von einem Katapult abgeschossen worden.

»Ich habe doch gesagt, langsam«, meinte Garvin.

Mason konnte das Steuer gerade noch rechtzeitig herumreißen.

»Dieser Wagen ist wie ein Rennpferd«, belehrte ihn Garvin. »Schon der leichteste Druck aufs Gaspedal und die geringste Bewegung am Steuer genügen.«

»Das kann man wohl sagen«, schnaufte Mason.

»Er wird Ihnen sicher gefallen.«

»Wenn ich lange genug am Leben bleibe«, antwortete Mason zweifelnd.

»Darf ich fragen, wohin Sie fahren«, erkundigte sich Garvin.

»Spazieren.«

»Na fein. Dann fahren Sie mal um die Ecke, wo nicht so viel Verkehr ist. Sie müssen sich an die Steuerung gewöhnen ... um Himmels willen, nicht so viel Gas!«

»Also wissen Sie, Garvin«, sagte Mason, »ich glaube, für diesen Wagen müßte ich zehn Jahre jünger sein.«

»Ganz im Gegenteil«, ereiferte sich Garvin. »Er sollte an junge Leute überhaupt nicht verkauft werden dürfen. Ein so schnelles Fahrzeug erfordert Vernunft und Urteilsvermögen, wie sie nur jahrelange Erfahrungen mit sich bringen.«

Mason sah ihn überrascht an. »Ist das wirklich Ihre Meinung?«

»Natürlich nicht. Es ist nur mein Verkaufstalent«, antwortete Garvin lächelnd. »Wohin fahren wir?«

»Spazieren«, wiederholte Mason.

»Gut. Was halten Sie davon, einmal auf der Autobahn zu fahren? Dann werden Sie schon sehen, was in der Kiste steckt.«

»Nein«, entgegnete Mason. »Das sehe ich auch so. Ich mache mich nur mit dem Auto vertraut.«

Nach ein paar Minuten bog Mason in eine Seitenstraße ein. Plötzlich rief Garvin aus: »He! Warten Sie mal! Was soll das?«

Da hielt der Anwalt auch schon, und zwar genau vor den Lodestar Apartments. »Wir haben hier etwas zu erledigen«, verkündete er.

»Augenblick malt! Warten Sie!«, sprudelte Garvin hervor. »Ich weiß zwar nicht, was Sie im Schilde führen, aber meine Antwort ist von vornherein nein.«

»Nun kommen Sie schon.«

»Ich bin verheiratet«, erinnerte ihn Garvin.

»Wie fühlen Sie sich als Eheknecht?«, neckte Mason.

»Das weiß ich noch nicht. Bis jetzt macht es einen Riesenspass. Ich weiß schon, dass es Vor- und Nachteile gibt, aber ich habe die wunderbarste Frau der Welt gefunden und ich werde ganz gewiss nichts tun, um ihr oder mein Glück zu gefährden.«

»Das würde ich Ihnen auch gar nicht zumuten. Kommen Sie nur mit.«

»Was soll das alles? Wollen Sie, dass ich eine Aussage mache, oder . . .«

»Ich will nichts weiter, als dass Sie den Mund halten«, unterbrach ihn Mason. »Sie sollen mir nur zuhören. Wenn Sie wollen, können Sie ja mit dem Kopf nicken.«

»Und wenn ich nicht will?«

»Dann lassen Sie es bleiben.«

»Ich hoffe nur, Sie wissen, was Sie tun, Mr Mason«, meinte Garvin.

»Das hoffe ich auch. Ich habe nicht viel Zeit, los, kommen Sie mit!«

Zielstrebig ging Mason voran. Vor Stephanie Falkners Wohnung blieb er stehen und klopfte.

»Wer ist da?«, erkundigte sich Stephanie und öffnete die Tür einen Spalt. »Ach, Sie sind es, Mr Mason.«

Erst als sie die Tür ganz geöffnet hatte, bemerkte sie Homer Garvin jun. Eine steile Falte erschien auf ihrer Stirn.

»Bitte, Stephanie, verstehe das richtig«, beeilte sich Garvin zu versichern. »Ich habe keine Ahnung, was hier vor sich geht. Das ist alles Masons Idee, nicht meine.«

»Halten Sie den Mund!«, befahl Perry Mason. »Kommen Sie herein!«

Noch immer misstrauisch, bat Stephanie die beiden Männer herein.

»Ich gratuliere dir, Homer«, sagte sie leise, als sie die Tür geschlossen hatte.

»Bitte, lassen Sie den sentimentalen Quatsch und hören Sie mir zu«, befahl Mason. »Wir haben nicht viel Zeit. Also Stephanie, Homer Garvin hat sich um Ihre Sicherheit Sorgen gemacht. Das hat nichts mit seiner Heirat zu tun, er möchte, dass Sie befreundet bleiben. Im Hinblick auf das, was Ihrem Vater passierte, und weil er durch mich erfahren hat, dass Verhandlungen mit dem Syndikat geführt werden sollen, ist er der Meinung, dass Sie etwas zu Ihrem Schutz brauchen.«

»Zu ihrem Schutz?«, rief Garvin.

»Halten Sie den Mund! Geben Sie ihr den Revolver!«

Garvin zögerte einen Moment, doch dann griff er in die Tasche und zog die Waffe hervor.

»Nehmen Sie sie!«, befahl Mason«.

»Was soll ich denn damit?«

»Sie zum Beispiel unters Kopfkissen legen«, schlug Mason vor.

»Ein Schuss ist schon abgefeuert worden«, begann Garvin. »Mr Mason hat . . .«

»Ruhe!« befahl der Anwalt. »Zuerst wollten Sie kein Wort sagen und jetzt möchten Sie die ganze Unterhaltung führen. Stephanie, Homer Garvin ist tatsächlich nur um Ihre Sicherheit besorgt und möchte, dass Sie diese Waffe nehmen. Was schauen Sie mich so an? Es ist nichts Geheimnisvolles daran. Wenn Sie jemand fragt, von wem Sie diesen Revolver haben, dann können Sie ruhig sagen, dass Sie ihn von Homer Garvin bekommen haben. Es könnte sogar sein, dass sich jemand besonders dafür interessiert und ihn mitnehmen will. Geben Sie ihn ruhig her.

Und nun etwas anderes: Sie werden feststellen, dass aus dieser Waffe ein Schuss abgefeuert wurde. Sie haben keine Ahnung, wer das tat oder wann das geschah. Das ist die Wahrheit. Wenn jemand eine Antwort auf diese Frage braucht, so muss er sich an Homer Garvin wenden.

So und jetzt danke ich Ihnen für Ihre Aufmerksamkeit. Ich

halte es für eine ausgezeichnete Idee von Homer Garvin, sich darum zu kümmern, dass Sie beschützt werden. Das wäre alles. Kommen Sie, Homer, wir müssen uns beeilen.«

Stephanie Falkner sah die beiden erstaunt an. Der Revolver lag auf dem Tisch.

»Ich habe es dir selber erzählt, bevor du es in den Zeitungen gelesen hast«, begann Garvin. »Ich ... Stephanie, ich habe nur ...«

»Du brauchst mir nichts zu erklären, Homer«, unterbrach sie ihn. »Ich verstehe dich besser, als du glaubst. Ich kenne dich und deine Unrast, deinen ständigen Versuch, deine Umgebung zu sprengen. Und ich finde, es gibt keinen Grund, weshalb wir nicht trotzdem Freunde bleiben können.«

Homer Garvin drängte sich an Mason vorbei und ergriff Stephanies Hände.

»Garvin«, fuhr Mason ihn an, »wenn Sie nicht augenblicklich mitkommen, gehe ich hinunter und nehme mir ein Taxi!«

»Um Gottes willen! Stephanie, ich bin dabei, diesem Menschen einen Wagen anzudrehen. Entschuldige mich bitte.«

»Ich wünsche dir viel Erfolg. Du wirst ihn brauchen können«, sagte Stephanie leise.

Sie nahmen den Fahrstuhl bis zum Parterre und wollten gerade durch die Halle hinausgehen, als Mason Garvin plötzlich am Arm ergriff und flüsterte: »Hier entlang!«

Mason zog ihn zu den Sitzecken, wo auf den Tischen Magazine und Zeitschriften lagen. Er drückte Garvin wortlos eine Zeitschrift in die Hand, dann nahm er selbst eine und versteckte sich dahinter.

In diesem Moment betraten Lieutenant Tragg von der Mordkommission, Sergeant Holcomb und der Taxichauffeur, der Mason am Vormittag gefahren hatte, das Haus und steuerten auf den Empfang zu. Nach ein paar Worten mit dem Portier verschwanden sie im Fahrstuhl.

»So«, sagte Mason, »gehen wir. Ich hoffe nur, dass sie den Sportwagen draußen nicht gesehen haben.«

»Na, Sie sind gut!«, rief Garvin. »Das wäre ja genauso , als erwarteten Sie von jemand, in Paris den Eiffelturm zu übersehen.«

»Das habe ich befürchtet«, meinte Mason. »Wenn Sie mit mir ins Geschäft kommen wollen, müssen Sie mir was Dunkles, Unauffälliges und Konservatives besorgen«, fügte er lächelnd hinzu.

»Da habe ich genau das Richtige für Sie an der Hand«, antwortete Garvin eilig.

»Was ist es für einer?«

»Ein Leichenwagen, garantiert aus erster Hand.«

9

Um zwei Uhr fünfzehn klingelte in Masons Privatbüro das Telefon.

»Marie Barlow ist am Apparat«, meldete Della Street.

Mason nickte, nahm den Hörer ab und meldete sich.

»Ach, Mr Mason, ich bin froh, dass ich Sie erreicht habe. Zwei Beamte von der Mordkommission sind hier, ein Lieutenant Tragg und ein Sergeant Holcomb. Sie haben einen Haussuchungsbefehl, der sie autorisiert, in Mr Garvins Büro nach Blutflecken, blutbefleckten Kleidungsstücken oder anderen Dingen zu suchen die in Verbindung mit den Ermittlungen im Mordfall George Casselman stehen könnten. Was soll ich tun?«

»Stauben Sie die Stühle ab«, riet Mason, »und bitten Sie die Herren, sich wie zu Hause zu fühlen. Sagen Sie ihnen, sie sollen suchen so lange es ihnen Spass macht. Aber lassen Sie sich eine Empfangsbestätigung über jeden Gegenstand ausschreiben, den sie mitnehmen wollen. Und grüßen Sie mir besonders Sergeant Holcomb. Richten Sie ihm aus, er möge versuchen, seine Zigaretten einmal ausnahmsweise nicht auf Tisch- oder Schreibtischkanten liegen zu lassen.«

»Das reicht, glaube ich«, meinte sie.

»Ich hoffe«, erwiderte Mason lachend. »Rufen Sie mich wieder an, wenn die beiden weg sind, ja?«

Dann legte er den Hörer auf und wandte sich an Della Street: »So, die Lawine rollt. Ich bin bei Paul Drake. Rufen Sie hinüber, wenn etwas los ist.« Damit ging er.

»Ist Paul da?«, fragte er das Vorzimmermädchen der Drake-Detektivagentur.

Sie nickte.

»Ist er beschäftigt?«

»Nein, Mr Mason, gehen Sie nur hinein. Soll ich Sie anmelden?«

»Ist nicht nötig, es sei denn, er hat Besuch.«

»Nein, er ist allein.«

Drakes Allerheiligstes lag am Ende des Ganges. Es hatte Platz für einen Schreibtisch, auf dem in einer Reihe vier Telefone standen, und für ein paar Stühle.

Als Mason eintrat, las Drake gerade einen Bericht

»Tag, Paul.«

»Hallo, Perry.«

»Möchtest du einen Auftrag?«

»Na klar.«

»George Casselman.«

»Er ist gestern Abend ermordet worden.«

»Du bist auf dem Laufenden, wie ich sehe«, lobte Mason.

»Genau wie du, wenn ich mir die Bemerkung erlauben darf«, erwiderte der Detektiv lächelnd.

Mason musste auch lächeln. »Was mich besonders interessiert, sind die Tatzeit, die Namen aller von der Polizei Verdächtigten und alles, was man über Casselmans Vergangenheit besorgen kann. Ich würde dir vorschlagen, mit deiner Nachforschung in Las Vegas zu beginnen, denn ich glaube, dass er von dort kommt.«

Drake nickte.

»Ich habe keine Ahnung«, fuhr Mason fort, »wie lange er schon in der Wohnung lebt, in der man seine Leiche gefunden hat. Nun, du weißt ja selber, wie du es anstellen musst.«

»Etwas kann ich dir sofort erzählen«, meinte Drake. »Casselman war ein professioneller Glücksritter.«

»Ein Spieler?«

»Eher ein Schmalspurganove«, sagte Drake.

»Na ja, sieh zu, was du herauskriegst, Paul. Aber ich will dir noch einen Tipp für deine Arbeit geben.«

»Welchen?«

»Erinnerst du dich an einen Mann, der hier vor einigen Monaten umgebracht wurde. Er hieß Glenn Falkner.«

»Ach ja, der war irgendeiner Gang im Wege, nicht wahr?«

»Das glaubte die Polizei. Deshalb hat sie auch nicht allzu viel herausbekommen. Es ist das alte Lied. Ja und der Umstand, dass Casselman ebenso wie Glenn Falkner Verbindungen zu Spielhöllen hatte, brachte nun die Polizei auf Glenns Tochter Stephanie.«

»Vertrittst du sie?«

»Ich nehme Ihre Interessen wahr, Paul.«

»Okay. Ich fange gleich an. In welchem Umfang soll ich einsteigen?«

»Ich brauche die Informationen«, antwortete Mason. »Aber deshalb brauchst du ja nicht gleich ein ganzes Detektiv-Korps zu beschäftigen.«

»Verstehe, Perry«, sagte Drake und zog sich ein Telefon heran. »Ich werde den Apparat gleich ankurbeln. Einer meiner Männer sitzt im Pressezimmer des Polizeipräsidiums und meldet mir alles.«

»Sag ihm, er soll die Ohren spitzen, und sobald du was erfährst, gibst du es mir durch.«

»In Ordnung. Bin schon dabei.«

Als Mason zurück in sein Büro ging, hörte er Schritte hinter sich. Er drehte sich um und sah, dass es Stephanie Falkner war.

»Na, was bringt Sie denn hierher?«, erkundigte sich der Anwalt.

»Bin ich froh, dass ich Sie erreiche. Kann ich Sie einen Moment sprechen?«, fragte Miss Falkner.

»Aber natürlich. Wo brennt's denn? Kommen Sie in mein Büro.« Als er aufgeschlossen hatte, rief er: »Della, wir haben Besuch. Also, was gibt's, Miss Falkner?«

»Kurz nachdem Sie gegangen waren, kam die Polizei in meine Wohnung. Der Revolver lag noch immer auf dem Tisch«, erzählte sie. »Ich hatte vergessen, ihn wegzutun. Erst als die Beamten schon da waren, versuchte ich, ihn zu verstecken, indem ich einen Schal darüber legte. Ich glaube, ich war nicht sehr geschickt.«

»Und dann?«

»Sie nahmen die Waffe, rochen daran, klappten die Trommel aus und wollten wissen, woher ich sie habe.«

»Und was haben Sie geantwortet?«, fragte Mason.

»Dass Homer Garvin sie mir zu meinem Schutz überlassen habe, weil er glaubte, dass mein Leben in Gefahr sei.«

»Haben Sie dazu gesagt, ob es Garvin jun. oder sen. war?«, forschte Mason.

»Hätte ich das tun müssen?«

»Weiß ich nicht.«

»Nun ja, Ihrem Besuch nach zu schließen ... also, ich habe nichts weiter gesagt. Sie wollten dann noch wissen, wann ich Mr Garvin zum letzten Mal getroffen hatte.«

»Und?«

»Ich antwortete, dass er am Vormittag bei mir gewesen sei. Das schien sie so aufzuregen, dass sie gleich ein paar Telefonate führten und daraufhin eiligst verschwanden.«

»Keine weiteren Fragen?«

»Nein.«

»Gut«, sagte Mason. »Sie werden noch mal kommen und Sie verhören. Dazu ist es wichtig, dass Sie eines beherzigen.«

»Was?«

»Verweigern Sie jede Auskunft, wenn ich nicht dabei bin.«

»Aber Mr Mason, ist das nicht genauso, als ob – nun, ich, meine, bedeutet das nicht ... ist das nicht wie ein Schuldbekenntnis?«

»Das glaubt die Polizei vielleicht«, antwortete Mason. »Aber wir spielen ein Spiel mit unbegrenztem Einsatz. Beantworten Sie auf keinen Fall weitere Fragen. Nicht mal die Uhrzeit! Auch nicht, wie das Wetter ist oder wann Sie geboren sind. Haben Sie mich verstanden?«

»Ja.«

»Glauben Sie, dass Sie das schaffen werden?«

»Wenn Sie es für richtig halten, natürlich.«

»Das tue ich. Garvin hat mich beauftragt, ihre Interessen wahrzunehmen.«

»Mr Mason, es gibt noch etwas, was ich Ihnen sagen muss. Homer Garvin kam gestern Abend noch einmal zurück.«

»Wer? Vater oder Sohn?«

»Vater.«

»Aha. Also er kam zurück. Weiter?«

»Er sagte, er könne nicht schlafen und wolle mit mir sprechen. Wir haben uns noch lange sehr nett unterhalten.«

»Wann ging er?«

»Das ist es ja, was ... nun, er ging gegen Mitternacht.«

»Wunderbar«, meinte Mason. »Also Sie beantworten keine weitere Frage, verstanden? Und seien Sie auch nicht ständig greifbar.«

»Was meinen Sie damit?«

Mason nickte Della Street zu. »Della, gefällt Ihnen das Kleid von Miss Falkner?«

»O ja, sehr gut«, antwortete Della.

»Mir gefällt es nicht«, meinte Mason. »Ich halte es für nicht sehr fotogen. Wie lange würde es dauern, um etwas zu kaufen, das auffallende weiße und schwarze Streifen hat? So eines mit einem tiefen V-Ausschnitt, das sich gut fotografieren lässt und die Figur hervorhebt?«

»Ach, das ist keine Affäre«, meinte Della. »So etwas ist schnell besorgt«, aber als sie Masons Gesicht sah, fügte sie hastig hinzu: »Andererseits kann es natürlich sehr lange dauern, um genau das zu bekommen, was Sie sich vorstellen.

»Also dann nichts wie los«, sagte Mason zu Stephanie Falkner. »Kaufen Sie sich etwas Hübsches.«

»Wann?«

»Jetzt gleich. Haben Sie Geld bei sich?«

»Ja.«

»Gut. Und benehmen Sie sich auffällig bei ihren Einkäufen. Ich meine, probieren Sie viele Kleider an. Seien Sie schwierig. Die Verkäuferinnen sollen sich an Sie erinnern können.«

»Und dann?«

»Dann bleiben Sie telefonisch mit mir in Verbindung. Wenn Sie mich nicht im Büro erreichen, können Sie, egal um welche Zeit, bei der Drake-Detektiv-Agentur eine Nachricht für mich hinterlassen. Ich muss immer wissen, wo ich Sie erreichen kann.«

»Bei der Drake-Detektiv-Agentur?«

»Richtig. Das ist hier im selben Stockwerk. Geben Sie ihr eine Karte von Paul, Della.«

»Und mit der Polizei soll ich nicht sprechen?«

»Auf keinen Fall. Auch nicht mit Reportern, mit keinem Menschen, wenn ich nicht dabei bin. Verweigern Sie einfach jede Auskunft und berufen sich darauf, nur in meinem Beisein zu reden.«

»Ja.«

»Wo ist der andere Revolver?«

»Versteckt, wo ihn niemand finden kann.«

»Sind Sie sicher?«

»Absolut.«

»Also gut«, meinte Mason. »Dann lassen Sie sich nicht mehr aufhalten und machen Sie die Kleidergeschäfte unsicher. Ich nehme doch mit Recht an, das Sie damit bis Ladenschluss beschäftigt sein werden?«

Als Stephanie Falkner das Büro verlassen hatte, sah Della Street ihren Chef fragend an. »Ist es strafbar, Beweismaterial zurückzuhalten?«

»Selbstverständlich«, antwortete Mason. »Aber es verstößt gegen kein Gesetz, einem Klienten zu raten, nicht zu sprechen. Und es ist ein Vertrauensbruch seitens eines Anwalts, wenn er verabsäumt, seinem Klienten den bestmöglichen Rat zu geben.«

Della sah Mason einen Moment an, dann begann sie zu lachen.

10

Das Telefon auf Dellas Schreibtisch schrillte.

Mason nahm den Hörer ab und fragte: »Ja, Gertie, was gibt's?«

»Mrs Barlow«, sagte Gertie.

»Della ist nicht da, verbinden Sie mich mit ihr.«

»Hallo«, meldete sich Marie Barlow einen Augenblick später.

»Nun, wie geht's?«

»Gut.«

»Ist die Polizei wieder weg?«

»Ja.«

»Haben die Leute etwas mitgenommen?«

»Nein, nichts. Sie schnüffelten herum, schienen sehr enttäuscht zu sein und gingen wieder.«

»Das kann eine Falle sein«, warnte Mason. »Wie geht's im Büro?«

»Ich habe in meinem ganzen Leben noch nie so ein Durcheinander gesehen«, sagte Marie.

»Wieso Durcheinander?«

»Dieses Mädchen hatte nicht die geringste Ahnung von Büroarbeit, ich meine von der Ablage und allem, was dazu gehört. Sie hat Vorgänge in falsche Ordner geheftet und ihr System, bezahlte Rechnungen zu buchen, ist mir völlig schleierhaft.«

»Was zum Beispiel?«

»Nun, sagen wir mal das Mietshaus in der Seaforth Avenue, das Mr Garvin kaufte, kurz bevor ich ging. Ich habe hier Rechnungen für Elektroarbeiten über mehr als dreitausend Dollar. Finden Sie das nicht auch zu hoch?«

»Vielleicht ist in manchen Wohnungen Fernsehen eingebaut worden«, sagte Mason.

»Ich prüfe das gerade nach.«

»Zum Glück sind Sie ja jetzt wieder da«, meinte Mason. »Bringen Sie die Dinge, so gut Sie können, wieder in Ordnung. Und bleiben Sie mit mir in Verbindung. Wenn Garvin sich meldet, sagen Sie ihm, ich möchte ihn sprechen.«

»Soll ich ihm von dem Besuch der Polizei berichten, wenn er anruft?«

»Natürlich«, antwortete Mason. »Sagen Sie ihm alles, was Sie wissen.«

»Ich befürchte, dass vielleicht die Leitung angezapft sein könnte«, gab sie zu bedenken.

»Das ist auch möglich, aber dieses Risiko müssen wir auf uns nehmen.«

»Also gut. Ich werde versuchen, dieses Tohuwabohu weiter zu entwirren.«

Mason hatte kaum aufgelegt, als Drakes Geheimklopfzeichen

an der Tür ertönte. Er öffnete die Tür und sagte: »Komm herein, Paul.«

»Danke, Perry.« Drake setzte sich in den Besuchersessel und zog ein Notizbuch aus der Tasche.

»Also das ist ein Durcheinander«, begann er.

»Was?«

»Ich glaube, du hast eine nicht gerade freundliche Presse zu befürchten, Perry.«

»Wieso? Was ist denn los?«, erkundigte sich Mason und hob fragend die Augenbrauen.

»Du kennst doch den Kolumnisten Jack Hahn mit seiner täglich erscheinenden Spalte *Der Hahn kräht*?«

Mason nickte.

»Es ist dumm«, fuhr Drake fort, »aber jemand aus Garvins Autogeschäft hat ihm eine Story über dich verkauft, derzufolge du mit einem Revolver herumgespielt hättest, ohne zu bemerken, dass das Ding geladen war. Angeblich habe sich dabei ein Schuss gelöst, wobei der Schreibtisch des jungen Garvin ruiniert worden sei.«

»Lieber Himmel, Paul!«, rief Mason aus, als habe er soeben eine Riesenneuigkeit erfahren. »Sag bloß nicht, dass das in die Zeitung kommt!«

»Warum denn nicht?«, entgegnete Drake. »So ein Knüller für die Klatschspalte? Was glaubst du wohl! Ich finde, viel dümmer hättest du das gar nicht anstellen können, um auf diese Art Publicity . . .« Abrupt brach Drake mitten im Satz ab.

»Was hast du denn?«

Nervös zupfte sich Drake am Ohr. »Das war doch das Blödeste, was ich seit langem von mir gegeben habe«, meinte er. »Jetzt habe ich ein bisschen was zum Nachdenken.«

»Was denn?«

»Na ja, bei der ganzen Sache stimmt doch etwas nicht. Zuerst habe ich die Geschichte für reinen Blödsinn gehalten, aber jetzt fange ich an, sie zu glauben.«

»Ich war unvorsichtig«, sagte Mason scheinheilig.

»Zu deiner Information: Hahn ist gerade dabei, einen Artikel über einen gewissen Rechtsanwalt zu schreiben, der zwar technisch gesehen über ein immenses Wissen über Feuerwaffen verfügt, das ausreicht, sogar Ballistikexperten beim Kreuzverhör in die Enge zu treiben, der sich andererseits in der Praxis aber so dämlich anstellt, dass er nicht merkt, ob eine Waffe geladen ist oder nicht.«

»Das wäre aber sehr, sehr peinlich für mich«, sagte Mason.

»Das habe ich auch geglaubt, als ich es hörte.«

»Und jetzt hast du deine Meinung geändert?«

Drake starrte aus dem Fenster und dachte angestrengt nach. Mit einem Ruck sprang er plötzlich auf. »Wie kannst du nur glauben, Perry, dass du mit diesem Theater durchkommst?«

»Ich weiß es noch nicht.«

»Weshalb versuchst du's dann überhaupt erst?«

»Schließlich ist es eine nette Geschichte für die Klatschspalte, findest du nicht? Und wenn Hahn einmal angebissen hat, wird er sicher auch noch eine Fortsetzung schreiben wollen.«

»Also wirklich, Perry«, meinte Drake ratlos, »ich weiß nicht mehr, was ich denken soll. Ich komme hierher und denke, Wunder was für eine tolle Nachricht ich dir bringe, und du ... Hör mal, Perry, bist du sicher, dass das gut geht?«

Mason lächelte. »Du siehst zu schwarz, mein Junge«, meinte er, »das einzige, was man mir wirklich ankreiden kann, ist, dass ich innerhalb der Stadtgrenzen eine Schusswaffe abgefeuert habe.

11

Als Mason am Donnerstagmorgen sein Büro betrat, hatte Della Street eine Ausgabe der Morgenzeitung auf seinem Schreibtisch ausgebreitet. Die Zeitung war so gefaltet, dass nur die Spalte mit der Überschrift *Der Hahn kräht* deutlich zu lesen war.

Mason hatte gerade begonnen, sich mit dem Artikel zu befassen, als Della aus dem Vorzimmer hereinkam.

»Guten Morgen, Chef«, begrüßte sie Mason aufgeräumt.

»Guten Morgen, Della. Ich nehme an, dass ich diesmal die Zielscheibe für Mr Hahns spitze Feder bin.«

»Das kann man wohl sagen.«

Mason las: »Perry Mason, der brillante Strafverteidiger, dessen Prozesse die Tendenz haben, stets zu Feuerwerken auszuarten, und der viele Gerichtsschlachten dadurch gewann, dass er während Kreuzverhören mit einem enormen Fachwissen über Gerichtsballistik überraschte, das mindestens genauso groß war wie das der Sachverständigen, bewies, dass er beim praktischen Gebrauch von Feuerwaffen noch nicht ganz so sattelfest ist.

Wie es scheint hat Stephanie Falkner, die attraktive junge Frau, deren Vater vor einiger Zeit ermordet wurde – ein Fall, der übrigens nie aufgeklärt wurde –, Drohungen erhalten, die Perry Masons Aktivität auf volle Touren brachten.

Homer Garvin, der erfolgreiche Gebrauchtwagenhändler, und Stephanie Falkner waren noch bis vor kurzem eng liiert. Es ist anzunehmen, dass Garvins kürzlich stattgefundene Hochzeit das Ende dieser Romanze, jedoch nicht einer nach wie vor bestehenden Freundschaft war.

Als Mason Homer Garvin darüber aufklärte, dass Stephanie in Gefahr sein könnte, übergab dieser Miss Falkner, angeblich zu ihrem Schutz, einen Revolver.

Perry Mason, offenbar der geistige Vater dieser Idee, verabsäumte nicht, die Waffe vorher noch einmal zu überprüfen, ob sie auch geladen sei.

Sie war es.

Das Resultat war eine beachtliche Aufregung im Büro des Gebrauchtwagenhändlers, ferner eine lange Schramme in seinem Schreibtisch und ein ziemlich dummes Gesicht unseres Anwalts.

Für alle, die Mason aus dem Gerichtssaal kennen, wird dieser Umstand als epochal gewertet werden. Aber Ende gut, alles gut. Nachdem sich die Polizei den Kopf darüber zerbrochen hat, ob der Revolver, den sie in Stephanie Falkners Wohnung mit einer leeren Hülse in der Trommel fand, vielleicht in Zusammenhang mit einem Mord zu bringen sei, macht es dem Kolumnisten besonderen Spass, darauf hinzuweisen, dass sich die Polizei nicht weiter als bis zu Garvins Schreibtisch zu bemühen braucht, um die Kugel zu finden.

Wie wir erfahren, wollte der Gebrauchtwagenhändler umgehend einen neuen Schreibtisch aufstellen, aber da dieser sich als Attraktion und psychologisches Verkaufsmoment erwies, das die Umsätze gewaltig in die Höhe trieb, beschloss Garvin als smarter Geschäftsmann, diesen Kundenmagnet nicht zu entfernen.«

Mason war gerade mit dem Studium dieses Artikels fertig, als das Telefon auf Dellas Schreibtisch läutete. Sie nahm das Gespräch entgegen, lauschte eine Weile und legte dann den Hörer wieder auf.

»Es war Paul Drake«, sagte sie, »er kommt herüber.«

»Haben Sie schon etwas von Homer Garvin gehört?«

»Sen. oder jun.?«

»Von beiden.«

»Ja, der junge Garvin hat angerufen. Er ist außer sich vor Freude über diese Reklame. Fünf Wagen hat er schon verkauft und die an Leute, die eigentlich nur kamen, um sich den beschädigten Schreibtisch anzusehen.«

»Ich werde eine Provision von ihm verlangen«, sagte Mason lächelnd. »Und Miss Falkner? Haben wir von ihr etwas gehört?«

»Kein Wort«, antwortete Della.

»Das ist aber sonderbar.«

»Vielleicht ist sie eine Langschläferin?«

Mason runzelte die Stirn. »Rufen Sie mal an. Wecken Sie sie ruhig auf.«

Während Della auf eine Verbindung mit Stephanie Falkner wartete, klopfte Drake draußen an die Tür.

Mason stand auf und ließ ihn herein.

»Sie scheint nicht da zu sein, Chef«, sagte Della nach einer Weile.

»Bitten Sie Gertie, es laufend weiter zu versuchen. – Guten Tag, Paul, was gibt's Neues?«

»George Casselman war vorbestraft«, begann Drake. »Einmal wegen Kuppelei, das andere Mal wegen Erpressung. Er wurde am Dienstagabend zwischen neunzehn und dreiundzwanzig Uhr dreißig durch eine Kugel vom Kaliber .38 ermordet. Der Revolver wurde gegen seine Brust gedrückt und verursachte, wie man es medizinisch nennt, eine Kontaktwunde. Eine ekelhafte Sache so etwas. Zusammen mit der Kugel dringen dabei nämlich

Explosionsgase in den Körper ein, was große innere Verletzungen zur Folge hat.«

»Hat jemand den Schuss gehört?«, fragte Mason.

»Offenbar nicht. Weißt du, Perry, bei dieser Art, jemand umzulegen, ist der Knall nicht viel lauter, als wenn du eine Papiertüte zum Platzen bringst.«

»Es hat also niemand gehört?«

»Nein.«

»Was sonst noch, Paul?«

Bevor Paul Drake antworten konnte, läutete das Telefon. »Ja?«, meldete sich Della. »Ja, er ist hier. Einen Augenblick.«

Sie reichte Paul Drake den Hörer. »Für Sie, Paul.«

»Ja bitte?«, fragte Drake. Er wartete einen Moment. »Nein«, rief er dann aus.

Wieder entstand eine längere Pause. »Sind Sie sicher? In Ordnung.«

Er legte den Hörer auf und stand einen Augenblick verdattert da.

»Nun?«, fragte Mason ungeduldig.

»Das ist wirklich ein tolles Ding«, berichtete Drake. »Die Polizei wusste es schon gestern. Donnerwetter! Diesmal haben die Burschen aber dichtgehalten.«

»Was denn, zum Teufel!«

»Kugeln, die aus dem Revolver zur Probe abgefeuert wurden, den man in Stephanie Falkners Wohnung fand, gleichen der, die George Casselman tötete.«

»Aus welchem Revolver?«, fragte Mason scharf.

»Aus welchem?«, wiederholte der Detektiv erstaunt »Es gibt doch nur einen: den, den Garvin ihr gab.«

Mason starrte geradeaus.

»Das bedeutet«, fuhr Drake fort, »dass du die Mordwaffe in den Händen hattest, als du dein Feuerwerk bei Garvin veranstaltet hast. Natürlich nahm die Polizei zuerst einmal an, dass du wieder mit einem deiner berühmten Tricks die Tatsachen verwirren wolltest. Sie haben den jungen Garvin jetzt bei sich und nehmen ihn in die Zange. Ursprünglich glaubten sie, dass du die Mordwaffe in seinen Schreibtisch hineinpraktiziert hast.«

»Und jetzt haben sie ihre Meinung geändert?«, fragte Mason tonlos.

»Sie sind dabei«, berichtete Paul. »Im Moment sind sie auf einer ganz anderen Fährte, und zwar verdächtigen sie Juniors Frau. Sie war früher in einem der großen Kasinos in Las Vegas als Showgirl, Gesellschaftsdame und Badeschönheit engagiert. Sie kannte Casselman, aber keiner scheint zu wissen wie gut. Man hat Casselmans Geheimnummer auf einem Block neben ihrem Telefon gefunden.«

Mason nickte.

»Casselman war bekanntlich ein Erpresser. Die junge Dame hat gerade geheiratet. Du brauchst diesen Gedankengang nur zu verfolgen und bekommst ein plausibles Mordmotiv. Das macht aus deinem plumpen Versuch, um mal mit den Worten der Polizei zu sprechen, einen teuflisch cleveren Versuch, die Ballistikexperten irrezuleiten. Und dass das die Herren von der Mordkommission nicht gerade freundlich stimmt, kannst du dir ja selber denken. Sie untersuchen nun jeden Beweisfetzen doppelt gründlich. Der District Attorney würde dich am liebsten verhaften. Es wäre ein Festessen für ihn, dir nachweisen zu können, dass du mit Beweismaterial jongliert hast. Er wird Himmel und Hölle in Bewegung setzen um dich wegen dieser Geschichte zu überführen.«

»Sagen Sie Gertie, ich möchte den Junior sprechen«, wandte sich Mason an Della. »Wahrscheinlich wird er nicht in seinem Büro sein. In diesem Fall soll sie hinterlassen, dass er mich sofort zurückruft. Irgendetwas ist an der Sache faul«, fügte er, zu Drake gewandt, hinzu und begann nervös auf und ab zu gehen. »Paul! Ich muss wissen, was gespielt wird. Ich brauche eingehendere Informationen darüber, was die Polizei tut. Stephanie Falkner und Garvin jun. haben sie in der Zange. Gott sei Dank ist der alte Garvin nicht in der Stadt. Da müssen sie sich schon etwas mehr anstrengen, um auch ihn hineinziehen zu können. Ich weiß nicht, aber ich habe kein gutes Gefühl.«

»Pass bloß auf«, warnte Drake. »Die Polizei wird ganz sicher wissen wollen, was dich veranlasst hat, zu Garvin jun. hinauszufahren, ihn um seinen Revolver zu bitten und dann eine Kugel in seinen Schreibtisch zu feuern. Ein bisschen sonderbar, wenn man bedenkt, dass du dann dieselbe Waffe zu Stephanie brachtest, wo es außer Zweifel stand, dass die Polizei sie finden musste.«

»Du sagst mir nichts Neues«, antwortete Mason. »Aber glaube mir, ich habe die Sache wirklich mit Überlegung eingefädelt. Kümmere dich nicht darum, sondern beeil dich lieber, mir die gewünschten Informationen zu besorgen.«

Drake nickte und verließ das Büro.

Mason lief noch eine Weile auf und ab, dann wirbelte er plötzlich herum. »Es gibt nur eine Erklärung dafür, Della«, sagte er unvermittelt. »Homer Garvin sen. muss einen Schlüssel zum Büro seines Sohnes haben. Garvin sen. hatte die Mordwaffe in seinem Besitz. Er wusste, wo sein Sohn seinen Revolver aufbewahrte, also fuhr er hinaus, vertauschte die Waffen in der Meinung, dass die Polizei sie dort nie finden würde. Aus dem Revolver seines Sohnes gab er einen Schuss ab und brachte ihn dann zu Stephanie Falkner. Er glaubte wohl, dass die Polizei, wenn sie die Waffe bei Stephanie fände, mit Sicherheit annehmen musste, dass es die Mordwaffe ist, weil ja ein Schuss abgegeben worden war. Später müßten die Techniker dann eindeutig feststellen, dass es doch nicht die Mordwaffe sein konnte. Das ist auch der Grund, weshalb er mich unbedingt zu Stephanies Schutz engagieren wollte.«

»Und weiter?«, fragte Della interessiert.

»Ich habe unbeabsichtigterweise alles umgeworfen, was er aufgebaut hat«, fuhr Mason fort. »Ich war sicher, dass die Polizei Stephanie zum Verhör mitnehmen wird. Mein Plan resultierte aus der Annahme, dass die Beamten inzwischen wussten, dass Homer Garvin sen. ihr einen Revolver gegeben hatte und dass die Polizei danach suchen würde. Ich dachte, es wäre gut, wenn Garvin jun. ihr ebenfalls einen Revolver gibt, und war davon überzeugt, dass sich die Polizei damit zufrieden geben würde, wenn sie eine Waffe bei ihr gefunden hatte. Auf Verlangen hätte Stephanie dann den Revolver des jungen Garvin vorzeigen können, und das gewünschte Durcheinander wäre fertig gewesen. Leider hat sich meine brillante Idee als Bumerang erwiesen. Ich fuhr hinaus und nahm genau den Revolver, den Garvin sen. unter allen Umständen nicht in Verbindung mit Stephanie Falkner bringen wollte.«

»Werden Sie deshalb Ärger bekommen, Chef?«, erkundigte sich Della besorgt.

»Wenn ich das wüsste. Die Polizei kann nicht behaupten, ich hätte Beweismaterial zurückgehalten, denn schließlich verdankt sie es ja mir, dass sie das, was sie suchte, so schnell fand. Und das noch dazu bei der Frau, die sie sowieso als Hauptverdächtige ansieht. Im Moment mache ich mir also weniger Sorgen um mich als um meine Klienten.«

»Und wer, glauben Sie, hat den tödlichen Schuss auf George Casselman abgegeben?«, fragte Della.

»Ja, das ist eine schwierige Frage, Della. In den Augen der Polizei ist die junge Frau von Garvin jun. sehr verdächtig. Vielleicht auch Junior selbst, was die Herren der Mordkommission bestimmt als Minuspunkt für mich buchen; denn sie werden von der Überlegung ausgehen, ich hätte zugunsten Garvin jun. und dessen Frau versucht, Stephanie Falkner zu belasten.

Doch genau das Gegenteil wird sich der junge Garvin denken. Er wird glauben, ich habe das ganze Theater in seinem Büro nur zu dem Zweck aufgeführt, um die Mordwaffe gegen seinen Revolver auszutauschen. Auch Garvin sen. wird mich für einen ziemlichen Trottel halten, wenn er die Zeitungen liest.«

»Und Lieutenant Tragg und Sergeant Holcomb?«

»Die sind selbstverständlich überzeugt davon, dass alles, was ich getan habe, nur einem Zweck galt, nämlich die Tatsachen zu verwirren. Sie werden mir beweisen, dass ich die Mordwaffe hatte, und mir so viel Schwierigkeiten machen, wie sie nur können.«

»Aber wie kann man Ihnen denn nachweisen, dass es die Mordwaffe war, Chef?«, erkundigte sich Della.

»Nun, ganz einfach durch die Kugel, die ich in Garvins Schreibtisch feuerte. Wenn es die nicht gäbe, würde es den Herren von der Polizei verdammt viel Mühe machen, mir nachzuweisen, dass ich die Mordwaffe je in meiner Hand hatte. Warten Sie nur ab, Della, zum Schluss wird der District Attorney noch behaupten, ich hätte Casselman umgebracht.«

Della Street überlegte einen Moment. Dann sagte sie: »Ich habe Sie doch recht verstanden: Wenn es die bewusste Kugel im Schreibtisch nicht gäbe, könnte man Ihnen nicht nachweisen, dass Sie die Mordwaffe in Ihrem Besitz hatten.«

»So ungefähr.«

»Chef, könnte ich nicht Paul hinausschicken und die Kugel holen lassen? Wenn die Polizei nicht rechtzeitig daran denkt und die Kugel inzwischen verschwindet, wäre doch ...«

Mason schüttelte den Kopf.

»Warum denn nicht?«

»Della, Paul muss an seine Lizenz denken. Er kann sich einfach nicht erlauben, derartige Dinge zu machen.«

»Wohin haben Sie eigentlich gezielt, Chef?«, wollte Della wissen.

»Auf die Ecke des Schreibtischs. Ich hoffte, dass die Kugel abprallen und in der Wand stecken bleiben würde.«

»Und?«

»Ich glaube, sie steckt tatsächlich in der Wand.«

»Und weshalb haben Sie nun wirklich geschossen?«

Mason lächelte. »Damit in dem Revolver, den die Polizei in Stephanies Wohnung finden sollte, eine Kugel fehlt.«

»Und was machen wir jetzt?«, fragte Della.

»Im Moment können wir gar nichts weiter tun als warten.«

»Und gerade das ist das Schwierigste für mich«, antwortete Della. »Ich fürchte, meine Nerven werden mich im Stich lassen. Am besten gehe ich rasch hinunter und besorge mir ein paar Kopfschmerztabletten. Ich bin gleich wieder da.«

»Was ist los?«

Sie wich seinem Blick aus. »Ich habe letzte Nacht sehr schlecht geschlafen und musste immerzu an Stephanie Falkner denken. Es muss doch schrecklich für sie gewesen sein, dass Garvin einfach eine andere geheiratet hat und ... Nun ja, ich weiß es auch nicht Ich glaube, ich bekomme ...«

»Sie sind überarbeitet, Della, und sitzen zu lange im Büro. Sie haben eine zu große Verantwortung. Es geht nicht mehr so weiter, dass Sie die ganze Büroarbeit überwachen, die Post erledigen, den Stenotypistinnen ihre Arbeit zuweisen und überprüfen, praktisch das ganze Büro leiten und fast immer mit mir herumgondeln.«

»Nun ja, es ist manchmal ein wenig viel«, gab sie zu. »Aber bis jetzt habe ich es doch immer geschafft. Nein, es ist sicher nur, weil ich mich dummerweise so in Stephanies Unglück hineingesteigert habe, dass ich weinen musste. Es sind die Nerven.«

»Della«, sagte Mason mitfühlend, »gehen Sie nach Hause. Vergessen Sie für einen Tag das Geschäft und ruhen Sie sich aus. Ich rufe Sie an, wenn sich etwas Dringendes ergibt. Morgen wird wahrscheinlich ein hektischer Tag werden, aber heute ist noch Ruhe vor dem Sturm. Die Polizei hat fürs Erste zu wenig in der Hand um etwas zu unternehmen. Sie dürfte noch immer damit beschäftigt sein, das Durcheinander aufzuklären.«

»Aber sowie sie anfängt, etwas zu unternehmen, wird es gegen Sie sein, oder?«

»Sicher«, antwortete Mason. »Dafür sorgt schon Hamilton Burger, der District Attorney. Und Sergeant Holcomb hilft ihm nur zu gern dabei. Verdammt!«, fuhr er fort, »daran kann man sehen, wie die Umstände und Zufälle sich gegen einen verschwören können. Gehen Sie jetzt nach Hause, Della.«

»Versprechen Sie mir, mich anzurufen, wenn Sie mich brauchen?«

»Ehrenwort«, antwortete Mason.

»Na ja«, willigte Della endlich ein, »ich glaube, ich werde wirklich gehen. Ich fühle mich wie ein Häufchen Elend.«

»Vielleicht haben Sie sich erkältet«, meinte Mason besorgt. »Sie sollten vorsichtshalber zu einem Arzt gehen.«

»Nein, nein. Ich glaube, ein paar Stunden Schlaf sind alles, was ich brauche. Ich hätte gestern Abend eine Tablette nehmen sollen. Aber ich habe so lange damit gewartet, dass ich gegen Morgen nichts mehr einnehmen wollte, aus Angst, ich käme dann nicht pünktlich ins Büro.«

»Gut, Della, nehmen Sie eine Tablette und legen Sie sich hin. Und wenn Sie Fieber bekommen, rufen Sie sofort einen Arzt an, verstanden?«

12

Kurz vor Mittag rief Homer Garvin sen. an.

»Gute Arbeit Perry«, lobte er.

»Wovon redest du?«, fragte Mason.

»Solltest du doch selber wissen.«

»Wo bist du?«

»In Las Vegas.«

»Ich fürchte«, sagte Mason, »das einige Dinge eingetreten sind, Komplikitionen, die du noch nicht kennst, Homer, und die . . .«

»O doch«, unterbrach Garvin den Anwalt. »Deshalb rufe ich ja an. Ich bin zwar in Nevada, aber ich habe meine eigenen Informationsquellen.«

»Wusstest du schon, dass die Polizei deinen Sohn und deine Schwiegertochter zum Verhör abgeholt hat?«, fragte Mason. »Weißt du, dass ich versehentlich mit einem Revolver geschossen habe, der . . .«

»Ich weiß alles«, unterbrach Garvin wieder. »Du machst das ganz wunderbar, Perry. Denke nur immer daran, dass du um jeden Preis Stephanie beschützen musst.«

»Aber was ist mit deinem Sohn und seiner Frau?«

»Tu, was du kannst, aber mach dir um die beiden keine Sorgen. Die Polizei kann weder ihr noch ihm etwas nachweisen und wird die Hände von ihnen lassen, wenn sie mit ihren Ermittlungen erst ein bisschen weitergekommen ist.«

»Wünschst du, dass ich sie vertrete?«

»Mir egal«, antwortete Garvin. »Vertrete, wen du willst. Aber zuerst kommt Stephanie, verstanden?«

»Und wie steht's mit dir?«

»Ich sorge schon für mich selber. Aber ich möchte etwas über meine Rechte wissen.«

»Was denn?«

»Ich bin hier im Double-O-Motel und trug mich unter eigenem Namen ein. Ich habe also keinen Fluchtversuch unternommen, denn ich kann beweisen, dass ich geschäftlich hier zu tun habe. Ich erwarte die Polizei jeden Augenblick. Und jetzt hör zu, Perry.

Ich möchte einfach die Aussage verweigern mit der Behauptung, dass ich keinerlei Informationen besitze, die für die Behörden von Wert sind, und dass ich nicht beabsichtige, ohne meinen Anwalt irgendwelche Erklärungen abzugeben. Geht das?«

»Das kann dich, was die Öffentlichkeit betrifft, in eine peinliche Situation bringen«, antwortete Mason. »Außerdem verärgerst du die Polizei damit. Sie wird dann sicher nach einer Chance suchen, dir etwas anzuhängen.«

»Das ist mir egal.«

»Weißt du«, gab Mason zu bedenken, »wenn sie etwas gegen dich finden wollen, finden sie schon etwas.«

»Dazu werde ich den Herren bald noch mehr Grund geben«, meinte Garvin ungerührt. »Du vertrittst jedenfalls Stephanie. Sie ist diejenige, die Schutz braucht, verstanden?«

»Ich glaube, ja.«

»Tu alles, was du kannst«, fuhr Garvin fort, »um die Polizei zu hindern, gegen sie einen Mordprozess aufzubauen. Um mich brauchst du dir keine Sorgen zu machen. Ich muss ja nicht reden, wenn ich nicht will, oder?«

»Nein, aber du musst sagen, dass du ohne deinen Anwalt keine Erklärungen abgibst«, antwortete Mason.

»Und mein Anwalt bist du«, fuhr Garvin fort. »Ich nehme an, es wäre dir im Augenblick außerordentlich ungelegen, wenn du nach Las Vegas reisen müsstest, oder irre ich mich da?«

»Ungelegen ist gar kein Ausdruck«, antwortete Mason lächelnd. »Mir wächst die Arbeit hier wirklich über den Kopf.«

»Das dachte ich mir gleich«, erwiderte Garvin, »und jetzt gib mir noch einen Rat, was ich tun soll, wenn sie massiv werden?«

»Du bist in einem anderen Bundesstaat«, erklärte ihm Mason. »Aber sie können dich des Mordes anklagen und deine Auslieferung verlangen.«

»Das dauert aber doch eine ganze Weile, nicht wahr?«

»Stimmt. Die Polizei muss zuerst sicher sein, dass sie genügend Beweismaterial gegen dich zusammengetragen hat!«

»Na, fein«, meinte Garvin heiter.

»Aber vielleicht glauben die Herren bereits, genügend Material gegen dich zu haben«, warnte Mason.

»In diesem Fall verhalte ich mich ruhig und überlasse es ihnen, mir den Mord nachzuweisen«, antwortete Garvin.

»Verlass dich nicht zu sehr auf eine Verzögerung bei der Auslieferung.«

»Ich verlasse mich auf nichts weiter, als nur auf mich selbst.«

»Hör mal, Homer«, sagte Mason ernst, »ich glaube, dass Stephanie Falkner gerade in diesem Augenblick von der Polizei verhört wird.«

»Na, soll sie doch. Die Polizei verhört meinen Sohn und dessen Frau auch und ich sag dir noch was, Perry: Je mehr Spuren die Polizei verfolgt, desto komplizierter wird es für sie. Ich weiß noch nicht sicher, wie du es geschafft hast, aber du hast ganze Arbeit geleistet. Wenn du mich erreichen willst, brauchst du nur hier anzurufen und eine Nachricht für mich bei Lucille zu hinterlassen.«

»Fein«, antwortete Mason. »Und wenn du mich sprechen willst und ich bin nicht im Büro, dann ruf bei Paul Drake an. Übrigens, Homer, die Sache wird dich einiges kosten.«

»Na wenn schon.«

»Ich habe ein paar Detektive angestellt, weil ich sicher sein will, dass . . .«

»Unternimm, was du für richtig hältst«, unterbrach ihn Garvin. »Ich habe noch nie wegen deiner Rechnungen Theater gemacht und werde es auch jetzt nicht tun. Hauptsache, du beschützt Stephanie. Auf Wiedersehen!«

Mason hatte gerade den Hörer auf die Gabel gelegt, als er hörte, wie ein Schlüssel ins Schlüsselloch geschoben wurde. Er wirbelte herum und sah Della Street vor sich stehen.

»Was ist denn nun los?«, fragte Mason. »Habe ich Ihnen nicht gesagt, Sie sollen sich hinlegen und . . .«

»Ach, wissen Sie, Chef«, antwortete Della, »ich habe mir unten eine Tablette geben lassen, bin nach Haus gefahren und habe mich ein bisschen ausgeruht. Jetzt geht's mir schon viel besser. Wissen Sie, ich habe mir überlegt, dass Mr Garvin wegen des Autokaufs doch Recht hatte und . . .«

»Nur weiter!«, rief Mason und richtete sich auf seinem Stuhl auf.

»Nun, ein Autokauf ist schließlich eine Vertrauenssache. Man will ja nicht allzu viel beim Verkauf des alten Wagens verlieren und da er mir doch seinerzeit versprach, mir ein gutes Angebot zu machen, dachte ich . . .«

»Della! Soll das heißen, dass Sie, statt zu schlafen, zu Garvin hinausfuhren und . . .«

»Aber Chef, ich war ja nicht wirklich krank. Ich hatte nur Kopfschmerzen. Die Tablette hat wunderbar gewirkt.«

»Fahren Sie fort«, sagte Mason. »Was haben Sie getan?«

»Garvins Angebot ging mir durch den Kopf. Mein Wagen schien in letzter Zeit sowieso nicht mehr richtig zu laufen. Ich fuhr jedenfalls vorbei, es liegt ja auf dem Weg, nicht wahr?«

»Weiter.«

»Mr Garvin war nicht da«, berichtete sie, »aber ich habe einen sehr, sehr netten Verkäufer kennen gelernt. Er wusste, dass Mr Garvin mit Ihnen befreundet ist. Kurz und gut, er hat mir einen Wagen gezeigt. Also ich sage Ihnen, Chef, einfach ein Traum.«

»Haben Sie ihn gekauft?«, wollte Mason wissen.

»Noch nicht. Aber ich ziehe es ernsthaft in Erwägung. Ich wollte Sie schon anrufen und Ihre Meinung hören, aber ich bekam beim besten Willen keine Verbindung.«

Bevor Mason noch irgendetwas antworten konnte, ertönte Drakes Klopfzeichen an der Tür.

»Lassen Sie Paul herein, Della.«

»Hallo, Della«, sagte Drake, als sie ihm die Tür geöffnet hatte. »Perry, ich bin gekommen, um dir zu sagen, dass du dich auf offiziellen Besuch vorbereiten solltest.«

»Wieso?«

»Die Polizei beißt sich die Nägel ab, rauft sich die Haare und spielt verrückt«, berichtete Drake. »Aber ich habe einen Tipp, der dir helfen könnte. Darum bin ich rasch herübergeeilt.«

»Schieß los!«

»Die Bullen haben einen Fehler gemacht. Sie kamen nicht auf die Idee, die Kugel draußen bei Garvin sicherzustellen. Erst vor ein paar Minuten fiel es ihnen ein. Und was glaubst du wohl, was sie gefunden haben?«

»Na, was denn?«

»Nichts. Irgendein Andenkensammler hat die Kugel geklaut. Sie hatte den Schreibtisch an der Ecke getroffen und war in der Wand stecken geblieben. Und nun hat sie jemand fein säuberlich aus dem Putz herausoperiert.«

Mason runzelte einen Augenblick die Stirn, dann wirbelte er zu Della Street herum.

»Na, so was! Kann man sich das vorstellen«, meinte Della. »Wer auf der Welt kommt auf so eine verrückte Idee?«

»Irgendein Andenkensammler«, erwiderte Drake. »Nun, das kann dem ganzen Fall eine andere Wendung geben.«

»Ich verstehe nicht, wieso«, sagte Della ganz nebenbei.

»In der Beweiskette fehlt jetzt ein Glied«, belehrte sie der Detektiv. »Und das gefällt der Polizei ganz und gar nicht. Außerdem sind die Herren wütend, weil man ihnen vorwerfen wird, dass sie wieder einmal geschlafen haben.«

»Woher weist du das alles, Paul?«, erkundigte sich Mason.

»Ach, ich habe da so meine Quellen«, gab Paul ausweichend zur Antwort.

»Heraus damit!«

»Nun, dieser Hahn, du weißt schon, der Reporter, hat natürlich mit seinem Artikel eine Menge Staub aufgewirbelt. Er war verständlicherweise darauf aus, noch mehr Stoff über die Sache auszugraben.«

Mason nickte.

»Nun«, fuhr Drake fort, »er kennt den Generalvertreter von Garvin jun. sehr gut. Und als die Polizei hinausfuhr und feststellen musste, dass die Kugel verschwunden war, hat der Verkäufer diese Neuigkeit gleich an Hahn weitergegeben. Er wird morgen eine Story darüber veröffentlichen. Die Polizei wird sich wundern.«

»Danke, Paul«, sagte Mason. »Bleib am Ball und halte mich auf dem Laufenden. Stell, wenn notwendig, so viele Leute ein, wie du brauchst.«

»Innerhalb vernünftiger Grenzen, wie?«, ergänzte Drake lächelnd.

»Nein, es gibt keine Grenzen«, antwortete Mason. »Ich will Tatsachen, verstehst du.«

»Okay, ich werde weitergraben.«

»Nochmals schönen Dank für den Tipp, Paul. Er kann sehr wichtig für mich werden.«

»Prima«, meinte Drake erfreut. »Also, ich melde mich wieder.«

Als die Tür hinter ihm zuschlug, wandte sich Mason an seine Sekretärin. »Los, Della, und nun will ich die Wahrheit wissen!«

Die Tür des Vorzimmers wurde aufgestoßen und Sergeant Holcomb trat unangemeldet herein.

»Soso«, sagte er, »eine kleine Privatkonferenz, wie?«

»Richtig.«

»Schon gut, machen Sie nur weiter«, meinte Holcomb grinsend. »Ich habe Gertie angewiesen, mich nicht anzumelden.«

»Es geht doch nichts über einen zwanglosen Besuch«, stichelte Mason.

»Stimmt«, gab Holcomb zurück und lehnte sich mit dem Rücken an die Wand. »Ich vertrete Seine Majestät das Gesetz. Und das wartet nicht in irgendeinem Vorzimmer. Wenn wir mit jemand zu sprechen haben, dann tun wir es, verstanden?«

»Sie lassen einen nicht einmal wissen, das Sie kommen, nicht wahr?«

»Manche Kollegen tun das«, antwortete der Sergeant, »aber ich nicht. Ich halte nichts von Vorwarnungen, wissen Sie. Es gibt nichts Interessanteres, als das Gesicht eines Mannes zu beobachten, dem ich ganz unerwartet gegenüberstehe.«

»Hoffentlich haben Sie aus meinem Gesicht auch irgendwelche Schlüsse ziehen können«, erkundigte sich Mason höflich.

»Ich glaube schon. Eines weiß ich jedenfalls verdammt sicher, nämlich dass es Ihnen nicht passt, dass ich hier bin.«

»Aber da Sie nun schon mal gekommen sind, können Sie auch genauso gut den Hut abnehmen und sich setzen. Das werden wir sehen, ob ich etwas für Sie tun kann.«

»Mir ist es so bequem genug«, antwortete Holcomb.

»Auch recht. Also, was wünschen Sie?«

»Sie wissen genau, was ich will, Mason.«

»Ich bin kein Gedankenleser, Sergeant. Und ich habe auch nicht vor, meine Zeit damit zu vergeuden, indem ich anfange, mir zu überlegen, was Sie wohl im Sinn haben. Aus Erfahrung weiß ich nämlich zufällig sehr gut, dass Sie in der Lage sind, Ihre Wünsche, Forderungen und auch das, was Ihnen nicht passt, auszudrücken. Also, sprechen Sie.«

»Sie sind derjenige, der reden wird«, schnaubte Holcomb. »Sie fuhren in Homer Garvins Gebrauchtwagengeschäft hinaus und feuerten einen Schuss in seinen Schreibtisch.«

»Die Waffe ist versehentlich losgegangen, mein lieber Sergeant«, korrigierte ihn Mason. »Ich werde Mr Garvin den Schreibtisch selbstverständlich ersetzen. Es ist niemand verletzt worden und ich kann mir nicht vorstellen, weshalb die Polizei sich eigens dafür interessieren sollte.«

»Das Interesse der Polizei«, antwortete Holcomb sarkastisch, »beruht auf einer von Ihnen sicher für nebensächlich gehaltenen Tatsache, nämlich dass dieser Revolver eine Mordwaffe ist, die dazu benutzt wurde, George Casselman am Abend vorher in seiner Wohnung in den Ambrose Apartments niederzuschießen.«

»Sind Sie sicher?«, fragte Mason.

»Natürlich«, antwortete Holcomb kurz, »und jetzt will ich von Ihnen wissen, wo Sie die Waffe herhatten.«

»Mr Homer Garvin jun. gab sie mir«, erwiderte Mason. »Ich fragte ihn, ob er eine Schusswaffe habe und er antwortete, ja. Er brauche sie als Schutz gegen eventuelle Raubüberfälle. In seinem Geschäft nimmt er manchmal sehr viel Bargeld ein. Außerdem hat Garvin, wie ich glaube, einen Waffenschein. Aber das können Sie ja viel leichter feststellen als ich.«

»Also Garvin gab Ihnen den Revolver?«

»Er gab ihn mir, oder besser gesagt, er zeigte ihn mir. Ich nahm ihn in die Hand und prüfte ihn. Dabei habe ich offenbar versehentlich am Abzug gedrückt. Garvin hatte mir nämlich nicht gesagt, dass er geladen war.«

»Haben Sie geglaubt, er würde sich mit einer ungeladenen Waffe verteidigen wollen?«

»Darüber habe ich, ehrlich gesagt, nicht nachgedacht. Ich will ja nicht behaupten, dass ich absichtlich abgedrückt habe. Andererseits will ich auch das Gegenteil nicht sagen. Ich habe mit dem Ding ganz einfach herumgespielt und dabei ist es losgegangen.«

»Und was geschah dann?«

»Stephanie Falkner ist eine Klientin von mir. Sie ist in Gefahr, das fühlte ich. Ihr Vater ist ermordet worden und so viel wir wissen, ist der Mörder noch frei. Ich schlug vor, dass der junge Garvin ihr für kurze Zeit seinen Revolver überlassen solle. Sehen Sie, Sergeant, er und Stephanie waren doch lange Zeit befreundet, bevor er geheiratet hat.«

»Das weiß ich selber«, antwortete Holcomb. »Sie wissen verdammt gut, Mason, dass der Revolver, den Sie von Garvin bekamen, die Waffe war, mit der Casselman erschossen wurde.«

»Es freut mich, dass Sie das sagen, Sergeant. Ich habe es zwar nicht geglaubt, aber nachdem es die Polizei so dogmatisch behauptet, fühle ich mich außerstande, ihr zu widersprechen.«

»Wollen Sie mich auf den Arm nehmen?«, wetterte Holcomb. »Sie haben die Waffen vertauscht. Das ganze Theater, das Sie bei Garvin aufführten, war doch nur ein Ablenkungsmanöver. Oder glauben Sie ernstlich, wir hätten Ihnen das geglaubt? Sie sind zwar ein verteufelt kluger Bursche, Mason, aber diesmal haben Sie einen Fehler gemacht.«

»Dann glauben Sie jetzt also, dass Garvins Revolver die Mordwaffe ist?«

»Richtig.«

»Und Sie sind der Meinung, dass ich die Mordwaffe bei mir hatte und sie gegen Garvins Revolver austauschte?«

»Genau das.«

»Nun, Sie können die Richtigkeit Ihrer Schlussfolgerungen sehr leicht nachprüfen«, meinte Mason. »Sie brauchen nur die Fabrikationsnummer der Mordwaffe und ihren Eigentümer festzustellen.«

»Das haben wir bereits getan, Sie Neunmalkluger. Der Revolver wurde von Homer Garvin sen. gekauft.«

»Und wie kam er in den Besitz seines Sohnes?«

»Der Alte hatte ein Sportartikelgeschäft. Dort besorgte er sich drei gleiche Revolver und behielt zwei für sich, einen gab er seinem Sohn.«

»Er hatte zwei?«, fragte Mason interessiert.

»Das hat uns der junge Mann jedenfalls gesagt.«

»Dann müsste also im Schusswaffenregister vermerkt sein, dass der Revolver, den ich dem jungen Garvin abnahm, eine Waffe war, die ihm sein Vater gab, stimmt's?«

»Reden Sie keinen Blödsinn! Aus dem Feuerwaffenregister ersehen Sie nichts weiter, als dass die Mordwaffe eine von drei gleichen Waffen war, die der alte Garvin erworben hat. Sie wissen genauso gut wie ich, Mason, dass der Revolver, den Ihnen Garvin jun. gab, nicht die Mordwaffe war.«

»Woher soll ich denn das wissen?«, fragte Mason beleidigt.

»Weil der junge Garvin einwandfrei nachweisen konnte, das sein Revolver zur Tatzeit in seinem Schreibtisch war.«

»Ja, dann kann es die Mordwaffe nicht gewesen sein«, meinte Mason.

»Das sage ich doch«, brauste Holcomb auf.

»Sie müssen sich jetzt aber entschließen, Sergeant, was Sie wollen. Zuerst behaupten Sie, es war die Mordwaffe, jetzt sagen Sie das Gegenteil.«

»Sie wissen genau, was ich meine! Sie haben gewusst, dass die Mordwaffe von Homer Garvins Vater erworben wurde. Er hat sie Stephanie Falkner gegeben. Sie hat Casselman umgebracht und bat Sie um Hilfe. Daraufhin nahmen Sie den Revolver, gingen zu Garvin jun., feuerten aus seinem Revolver einen Schuss ab und vertauschten die Waffen. Anschließend veranlassten Sie ihn, seine Waffe der Falkner zu bringen.«

»Können Sie mir einen vernünftigen Grund nennen«, fragte Mason, »weshalb ich ausgerechnet die Mordwaffe liegen lassen würde, damit die Polizei sie findet?«

Sergeant Holcomb kratzte sich am Kinn. »Ich weiß noch nicht, weshalb Sie das alles getan haben«, sagte er grimmig, »aber ich weiß verdammt genau, dass Sie es taten. Und jetzt werde ich Ihnen noch etwas verraten. Sie selbst sind auch noch nicht aus dem Schneider.«

»Nein?«, fragte Mason erstaunt.

»Nein«, wiederholte Holcomb. »Nach dem gerichtsmedizinischen Befund könnte Casselman auch zu der Zeit ermordet worden sein, als Sie ihn besuchten.«

»Soll das heißen, ich habe ihn umgebracht?«, fragte Mason.

»Das soll heißen, das Sie Gelegenheit dazu hatten. Ich will Ihnen eines zugestehen, Mason. Sie sind bestimmt nicht hingegangen, um ihn vorsätzlich umzulegen, aber ich könnte mir vorstellen, dass Sie aus Notwehr handelten. Bestimmt hat er Sie bedroht.«

Mason schüttelte lächelnd den Kopf. »Nein, Sergeant. Da müssen Sie sich schon was Besseres einfallen lassen. Sie brauchen etwas mehr als reine Spekulation. Als ich George Casselman verließ, war er gesund und munter. Ich weiß aber, dass er einen geheimnisvollen Besucher erwartete.«

»Das war Stephanie Falkner«, platzte Holcomb heraus.

»Irrtum, Sergeant. Ihre Verabredung mit Casselman war für später. Es war jemand, der ihn anrief und sagte, er käme sofort herauf.«

»Woher wissen Sie das?«

»Casselman bat mich zu gehen. Er sagte, er erwarte jemand. Er sprach auch noch von eventuellen Komplikationen.«

»Und Sie gingen?«

»Ja.«

»Aber dann fuhren Sie um das Haus herum, um auf die mysteriöse junge Dame zu warten, die die Hintertreppe hinuntergelaufen kam und die Sie mitnahmen?«

»Habe ich das getan?« Mason tat unschuldig.

»Genau das«, antwortete Holcomb. »Und diese mysteriöse Dame war die Mörderin. Sie versuchen nur, sie zu decken. Sie wussten, dass sie zu Casselman ging. Wollen Sie leugnen, dass Sie Ihnen gestanden hat, Casselman umgebracht zu haben? In ihrer panischen Angst gab sie Ihnen die Mordwaffe und bat Sie, sie zu beschützen. Sie beruhigten sie und versprachen, die Sache in Ordnung zu bringen und die Mordwaffe verschwinden zu lassen. Sie hätten sie ja wegwerfen können, aber dazu sind Sie zu raffiniert. Mit Ihrer Manipulation glaubten Sie, die Dinge völlig zu verwirren.«

»Das ist zwar eine sehr interessante Theorie«, meinte Mason lächelnd. »Leider glaube ich, werden Sie allerhand Mühe haben, sie zu beweisen. Sehen Sie, Sergeant, ich weiß zufällig genau, dass sie nicht stimmt.«

»Wir haben die Beweise«, donnerte Holcomb.

»Tatsächlich?«

»Jawohl! Wir haben Zeugen, die Sie gesehen haben, als Sie vor Casselmans Haus warteten und dann die junge Frau mitnahmen. Wir haben weiter Zeugen für die Tatsache, dass Sie die Mordwaffe in Ihrem Besitz hatten und aus dieser einen Schuss in Garvins Schreibtisch abfeuerten.«

»Und wie wollen Sie beweisen, dass es tatsächlich ein und dieselbe Waffe war?«, fragte Mason.

»Durch die Kugel! Unser Ballistikexperte kann genau nachweisen, ob die Kugel, die Sie in Garvins Büro abfeuerten, aus der Mordwaffe stammt oder nicht. Wenn es der Fall ist, so liegt es auf der Hand, dass Sie den Revolver von der jungen Dame in Empfang nahmen, die aus Casselmans Wohnung gerannt kam. Andererseits, wenn sich herausstellen sollte, dass diese Kugel nicht aus der Mordwaffe abgegeben wurde, ist es ein Beweis dafür, dass Sie die Waffen vertauscht haben.«

»Soso«, meinte Mason. »Ich sitze also in jedem Fall in der Tinte, wie?«

»Das passt Ihnen wohl nicht?«

»Nein, ich finde es irgendwie unfair«, antwortete Mason zerknirscht. »Es ist doch sehr unfair zu behaupten, dass – wenn die Kugel aus der Mordwaffe stammt – ich schuldig bin, Beweismaterial vertauscht zu haben. Dass ich aber selbst dann noch schuldig sein soll, wenn sie nicht aus der Mordwaffe stammt, halte ich für ein bisschen voreingenommen, mein lieber Sergeant.«

»Es ist immer wieder das alte Lied mit Ihnen«, schimpfte Holcomb. »Jedes Mal, wenn wir einen Mordfall haben, in dem eine Schusswaffe eine Rolle spielt, kommen Sie mit Ihren Spiegelfechtereien und verdrehen die Tatsachen.«

»Das passt Ihnen wohl nicht?«, fragte Mason höflich.

»Es ist ungesetzlich, das ist alles.«

»Dann darf ich also annehmen, dass ich dieses Verbrechens, wie immer Sie es auch bezeichnen mögen, beschuldigt werde?«

»Worauf Sie sich verlassen können«, wetterte Holcomb. »Diesmal sind Sie nämlich einen Schritt zu weit gegangen.«

»Also eines muss ich ja sagen«, meinte der Anwalt, »Sie trauen mir eine geradezu teuflische Genialität zu.«

»Das hat damit nichts zu tun. Ich habe Sie eben durchschaut. Was ist jetzt: Wollen Sie endlich den Mund aufmachen und mir sagen, was passiert ist? Wollen Sie zugeben, dass es so war?«

Mason schüttelte den Kopf.

»Wenn Sie es tun«, versprach Holcomb, »können wir Ihnen vielleicht helfen. Wenn nicht, werden wir die Kugel, die wir aus der Wand geholt haben, mit dem Revolver vergleichen. Und dann werde ich Sie fertig machen, Mason, so wahr mir Gott helfe!«

Della Street schien einen Hustenreiz bekommen zu haben.

»Das scheint mir eine ziemlich massive Drohung zu sein«, sagte Mason.

»Das ist es auch«, antwortete Holcomb.

»Nun gut. Ich habe verstanden, worauf Sie hinauswollen, Sergeant. Es tut mir Leid, aber ich kann Ihnen nicht helfen. Alles, was ich Ihnen sagen kann, ist, dass ich keine Waffen vertauscht habe und dass der Revolver, den der junge Garvin mir zeigte, meines Wissens genau derselbe ist, den er zu Stephanie Falkner brachte.«

»Durch diese Behauptung haben Sie sich soeben zum Komplizen nach der Tat gemacht«, frohlockte Holcomb. »Sie halten Beweismaterial zurück und spielen die Rolle eines Komplizen.«

Mason schüttelte wieder den Kopf. »Leider, Sergeant, ich hasse es, Ihnen widersprechen zu müssen, aber ich habe die Wahrheit gesagt.«

»Also gut, Sie Besserwisser! Wenn Sie es nicht anders haben wollen, bitte.«

Er drehte sich auf dem Absatz um und stürmte aus dem Büro.

»Della«, sagte Mason zu seiner Sekretärin, »heraus mit der Wahrheit! Haben Sie die Kugel geholt?«

»Aber Chef«, meinte sie mit weit aufgerissenen Augen, »wie in aller Welt kommen Sie denn auf so etwas!«

»Ja oder nein? Ich nehme an, Holcomb wollte mich mit seinem Bluff nur einschüchtern.«

»Wenn ich mir die Kugel als Andenken genommen hätte, wäre das schlimm?«

»Es könnte gefährlich werden.«

»Verstehe. Das bedeutete also, dass ich Sie in eine sehr peinliche Lage bringen könnte, falls ich es Ihnen erzähle, nicht wahr?«

Mason überlegte einen Augenblick, lächelte und meinte dann: »Das können Sie halten wie ein Dachdecker.«

»Vielen Dank, Chef«, antwortete Della.

13

Kurz nach halb drei kam Della Street ins Büro. »Junior ist draußen«, sagte sie besorgt.

»Garvin?«

»Ja.«

»Will er was von mir?«

»Ja, er möchte Sie dringend sprechen, Chef.«

»In Ordnung«, meinte Mason.

»Seinem Benehmen nach zu urteilen, ist er in denkbar schlechter Stimmung. Er sieht mir verflixt nach Streit aus.«

»Dann führen Sie ihn nur sofort herein.«

»Soll ich nicht lieber vorher Paul Drake holen?«, fragte Della.

»Ach was, dann glaubt er am Ende noch, ich hätte Angst vor ihm. Er wird schon vernünftig sein.«

»Wie Sie wünschen«, sagte Della, »aber sagen Sie nicht, ich hätte Sie nicht gewarnt.«

Einen Augenblick später wurde die Tür aufgestoßen.

»Was zum Teufel versuchen Sie eigentlich, Mason«, donnerte Garvin jun. los.

»Setzen Sie sich«, entgegnete der Anwalt beherrscht. »Und dann erzählen Sie mir, welche Laus Ihnen über die Leber gelaufen ist.«

»Ich möchte wissen, was Sie sich dabei denken, den guten Namen meiner Frau in den Dreck zu ziehen!«

»Ich bin mir gar nicht bewusst, dass ich so etwas getan habe.«

»Aber das sieht doch jeder Mensch!«, wetterte Garvin.

»Was habe ich denn angestellt?«

»Sie haben aus ihr die Hauptverdächtige gemacht.«

»Wie denn?«

»Dadurch, dass Sie mich überredet haben, Stephanie Falkner meinen Revolver zu geben. Zum Teufel, Mason, ich habe nicht vor, mir das gefallen zu lassen. Ich werde Sie sowohl als Anwalt als auch als Mann dafür zur Rechenschaft ziehen. Wenn Sie mir nicht auf der Stelle eine einleuchtende juristische Erklärung dafür geben können, werden Sie sich nach einem guten Zahnarzt umsehen müssen.«

Mason sah den jungen Mann mit stahlhartem Blick an. »Halten Sie das für angebracht?«, fragte er ruhig.

»Es würde mir jedenfalls persönlich die allergrößte Genugtuung verschaffen.«

»Darüber hinaus könnte es Ihnen aber auch einen gebrochenen Unterkiefer einbringen«, warnte ihn Mason. »Die Frage ist nur die, ob das für Ihre Frau von Nutzen ist. Wenn die Zeitungen Wind davon bekommen, dass wir uns hier geprügelt haben, werden sie uns durch den Wolf drehen.«

»Das tun Sie sowieso«, antwortete Garvin störrisch.

»Nein, bis jetzt noch nicht«, antwortete Mason. »Die Presse wird sich hüten, die Sache breitzutreten, wenn Sie ihr nicht den Aufhänger dazu liefern. Also, entweder Sie setzen sich hin und erzählen mir in Ruhe, was das alles zu bedeuten hat, oder Sie verschwinden schleunigst aus meinem Büro und lassen mich die Sache allein überlegen.«

Voller Wut ging Garvin zwei Schritte auf Masons Schreibtisch zu, blieb aber stehen, als er in die kalten Augen des Anwalts sah.

»Dawn hat in Las Vegas gearbeitet«, brachte er ärgerlich hervor, »und Casselman kannte sie und . . .«

»Ich nehme an, Dawn ist Ihre Frau, ja?«, fragte Mason.

»Ja. Dawn Joyce. Casselman war scharf auf sie und rannte ihr ständig hinterher. Ein Mädchen in ihrem Beruf sehnt sich nach einer ehrlichen Freundschaft. Touristen kommen und gehen. Sie wollen sich nur amüsieren und glauben, mit Geld können sie alles erreichen. Casselman wohnte dort. Er war nett und . . . nun, Dawn mochte ihn.«

»Gingen sie miteinander aus?«, fragte Mason.

»Offenbar ja.«

»Wusste sie, dass er hier war?«

»Ja. Casselman rief an. Rein freundschaftlich, verstehen Sie. Er wollte ihr nur gratulieren.«

»Aber da ist doch nichts dabei«, sagte Mason.

»Und ob etwas dabei ist. Die Polizei fand nämlich in Casselmans Wohnung einen Block mit Telefonnummern. Eine davon war unsere. Dawn hatte sich seine Geheimnummer auch aufgeschrieben.«

»Sonst noch etwas?«

»Am Dienstagabend, als Casselman ermordet wurde«, fuhr Garvin fort, »hatte ich eine Verabredung mit einem Autohändler, dem ich zwanzig Wagen abnehmen sollte. Er saß auf der Ware fest und wusste das auch. Das erschien mir eine gute Gelegenheit, ein Geschäft zu machen.«

»Sie hatten eine Verabredung mit ihm?«

»Ja.«

»Um welche Zeit?«

»Halten Sie sich damit nicht auf«, sagte Garvin. »Ich habe über jede Stunde des Abends ein Alibi.«

»Hatten Sie eine Waffe bei sich?«

»Nein. Die habe ich in meiner Schreibtischschublade gelassen.«

»Ich verstehe«, sagte Mason. »Und wo war Ihre Frau?«

»Wo jede Frau der Welt um diese Zeit sein würde. Sie war zu Hause und wartete auf mich. Sie war ein bisschen böse, weil ich schon in den ersten Tagen unserer Flitterwochen fortging und sie abends allein ließ, um ein Geschäft abzuschließen.«

»War sie da, als Sie zurückkamen?«

»Selbstverständlich.«

»Um welche Zeit kamen Sie nach Hause?«

»Gegen halb zehn oder zehn. Ich kann mich nicht mehr ganz genau erinnern, aber es war am späten Abend.«

»Und während der ganzen Zeit lag Ihr Revolver im Büro in der Schublade?«

»Während meiner Besprechung, ja. Aber danach nahm ich ihn an mich.«

»Und Ihre Frau hat nicht einmal einen Schlüssel zu Ihrem Büro?«

Garvin zögerte.

»Hat sie einen oder nicht?«

»Unglücklicherweise, ja. Ich ... verdammt, Mason, ich sagte doch, dass sie zu Hause war.«

»Also gut, sie war zu Hause.«

»Es ist nur dumm, dass sie es nicht beweisen kann. Sie war allein.«

»Das braucht sie auch gar nicht zu beweisen«, erklärte Mason. »Wenn ihr jemand etwas anhängen will, muss er ihr nachweisen, dass sie nicht zu Hause war.«

»Das ist ja das Malheur«, meinte Garvin kläglich.

»Was?«

»Ich habe versucht, sie anzurufen, aber ich muss die falsche Nummer gewählt haben, denn sie antwortete nicht, und ...«

»Das brauchen Sie ja niemand zu erzählen«, unterbrach Mason ihn.

»Aber es hing mit diesem Abschluss zusammen. Ich sprach mit dem Herrn und wollte einige Zahlen über meine Außenstände haben. Dummerweise hatte ich diese Aufzeichnungen zu Hause liegen gelassen.«

»Also riefen Sie Ihre Frau an?«

»Richtig.«

»Und bekamen keine Antwort?«

Garvin nickte. »Aber ich muss mich verwählt haben.«

»Probierten Sie es denn nur einmal?«

»Nein. Ich rief zweimal an.«

»Und beide Male keine Antwort?«

»Nein.«

»Wie groß war der Abstand zwischen den beiden Anrufen?«

»Fünf oder zehn Minuten. Aber ich muss Ihnen eines dazu sagen, Mr Mason: Ich bin erst vor zwei Wochen in diese neue Wohnung gezogen. Offenbar habe ich ein paar Zahlen durcheinander gebracht. Ich muss mich ganz einfach geirrt haben, denn Dawn war zu Hause. Meine Frau lügt nicht. Das ist eine der positiven Seiten meiner Frau.«

»Wusste der Mann, mit dem Sie geschäftlich verhandelten, dass Sie zu Hause anriefen?«

»Ja, leider. Er kann natürlich nicht wissen, ob ich eine falsche Nummer gewählt habe. Mir ist es ja selber nicht aufgefallen.«

»Aber Sie riefen an und erhielten keine Antwort?«

»Stimmt.«

»Und der Mann, der Ihnen am Schreibtisch gegenübersaß, muss annehmen, dass Sie richtig gewählt, aber keine Verbindung bekommen haben?«

»Natürlich.«

»Wahrscheinlich haben Sie auch Bemerkungen darüber gemacht, dass Sie sich fragten, wo Ihre Frau wohl stecken könnte?«

»Ich glaube, ja.«

»Um welche Zeit telefonierten Sie?«

»Gegen neun.«

»Wann gingen Sie von zu Hause fort?«

»Ich war abends gar nicht zu Hause, Mr Mason. Ich war mit einem Kunden beschäftigt, anschließend hatten wir eine Verkaufsbesprechung und danach bot sich dieses Geschäft. Ich beeilte mich also, diesen Mann zu treffen, bevor mir jemand die Wagen wegschnappen konnte. Lediglich ein belegtes Brot habe ich mir unterwegs gekauft. Sehen Sie, ich hatte vor, Dawn später abzuholen und sie zum Essen auszuführen.«

»Und taten Sie es?«

»Nein. Ich sagte schon, Dawn war ein bisschen eingeschnappt, weil ich sie allein gelassen hatte. Nun ja, wir hatten einen kleinen Streit.«

»Ist das alles, was Sie mir zu erzählen haben?«, fragte Mason.

»Ja. Mit Ausnahme des Theaters, das Sie in meinem Büro aufgezogen haben. Die Polizeibeamten behaupten jetzt, dass mein Revolver die Mordwaffe war. Das ist absolut unmöglich. Es ist einfach lächerlich. Aber die Burschen hören ja nicht auf mit ihrer Schnüffelei und werden bestimmt auch noch Dawn mit hineinziehen.«

»Glauben Sie mir eines, Garvin, die Presse wird sich hüten, irgendwelche Behauptungen aufzustellen, wenn Sie ihr keine Handhabe dazu geben. Die Polizei glaubt nämlich folgendes: Ich hätte die Mordwaffe in meinem Besitz gehabt und sie, nachdem ich mit Ihrem Revolver in Ihren Schreibtisch geschossen hatte, ausgetauscht.«

Garvin war sichtlich überrascht. »Sie meinen, dass die Polizei das wirklich denkt?«

Mason nickte.

»Aber warum?«, fragte Garvin. »Man will mir doch einreden, meine Frau sei in mein Büro gegangen, habe den Revolver genommen und ... die Burschen haben angedeutet, Casselman hätte versucht, sie zu erpressen und ... hören Sie mal zu, Mason, woher wollen Sie denn wissen, was die Polizei denkt?«.

»Weil kurz vor Ihnen Sergeant Holcomb von der Mordkommission bei mir war«, antwortete Mason, »und mir mit einer Verhaftung drohte, weil ich Beweismaterial zurückhalte und noch eine Menge anderer Dinge tue, die angeblich unerlaubt sind.«

Langsam richtete sich Garvin auf. »Bei Gott«, meinte er, »auf die Idee bin ich noch gar nicht gekommen. Aber natürlich, Sie könnten es getan haben. Ich dachte mir gleich, dass etwas faul ist, denn Sie sind nicht so dumm, um eine Waffe aus Versehen abzudrücken.«

»Ich hätte«, fuhr Mason fort, »falls es zutrifft, was die Polizei denkt, tatsächlich die Waffen vertauschen können, nicht wahr?«

»Na klar«, antwortete Garvin.

»Also dann, welchen Revolver habe ich abgefeuert? Den, der in Ihrem Schreibtisch lag, oder den, den ich angeblich schon bei mir hatte?«

»Natürlich meinen«, antwortete Garvin ohne Zögern.

»Sind Sie ganz sicher?«

»Hundertprozentig. Ich erinnere mich an jede Bewegung, die Sie gemacht haben. Ich sehe es deutlich vor mir, wie ich die Waffe hervorholte und sie Ihnen zeigte. Sie prüften und bewunderten sie, balancierten sie in Ihrer Hand aus, wogen sie ein paar Mal, und dann feuerten Sie in meinen Schreibtisch.«

»Mit dem Revolver, den Sie mir gaben, ja?«

»Genau«, erwiderte Garvin. »Aber hinterher hätten Sie während des Durcheinanders in meinem Büro die Waffen leicht vertauschen können. Ich erinnere mich, wie Sie den Revolver in der Hand hielten und dann ... Lieber Himmel, Mason, Sie haben es getan!«

»Die Polizei glaubt es jedenfalls.«

Ein breites Grinsen trat auf Garvins Gesicht. »Ja, das wirft natürlich ein ganz anderes Licht auf die Sache. Also, Mason, man sagt, in der Liebe und im Krieg sei alles erlaubt. Ich werde der Polizei nicht widersprechen.«

»Weshalb glauben Sie wohl, dass ich Ihnen das alles erzählt habe?«

Garvin überlegte einen Moment, dann streckte er die Hand aus. »Geben Sie mir Ihre Hand«, sagte er, »Sie sind ... Mr Mason, Sie sind ein Gentleman. Ich muss sofort mit Dawn sprechen. Sie wird nicht wenig staunen.«

Garvin wandte sich zum Gehen. In der Tür zögerte er einen Augenblick, drehte sich um und strahlte Mason an. »Wenn Sie je einen Sportwagen brauchen«, meinte er, »ich mache Ihnen für den X 60, den ich Ihnen gezeigt habe, ein Sonderangebot.«

»Vielen Dank«, erwiderte Mason lächelnd, »aber ich bin nicht interessiert.«

»Macht nichts, das kommt schon noch. Denken Sie daran, ein spezielles Angebot von mir.«

»Einen Augenblick noch«, hielt ihn Mason zurück. »Wer hat sonst noch Schlüssel zu Ihrem Büro?«

Garvin schien erstaunt. »Der Hausmeister natürlich, meine Frau und meine Sekretärin.«

»Ihr Vater?«

»Oh, sicher. Ich habe auch einen Schlüssel für sein Büro. Wir benutzen sie zwar nie, aber ...«

»Ich wollte mich nur erkundigen«, unterbrach Mason ihn.

»Und vergessen Sie nicht, ich mache Ihnen für den Sportwagen wirklich einen einmaligen Ausnahmepreis.«

Lächelnd schüttelte Mason den Kopf.

»Na, rufen Sie mich an. Vielleicht bekommen Sie doch noch Lust.«

Als Garvin die Tür hinter sich geschlossen hatte, meinte Della bewundernd: »Das nenne ich Verkaufstalent.«

Mason hatte sie scheinbar nicht gehört. »Bitte gehen Sie zu Paul Drake hinüber«, sagte er. »Er soll, wenn nötig, Las Vegas auf den Kopf stellen. Ich brauche alles Wissenswerte über Dawn Joyce.«

14

Noch nicht eine Stunde war seit Garvins Besuch vergangen, als Della Streets Telefon läutete. Sie sprach ein paar Minuten, dann sagte sie. »Einen Augenblick, ich werde nachsehen.«

Mit einer Hand hielt sie die Muschel zu. »Chef«, flüsterte sie, »Marie Barlow ist am Telefon. Sie hat verschiedenes entdeckt, was sie beunruhigt.«

»Was?«, wollte Mason wissen.

»Es scheint, als wenn einige der Fehler, die dort unterlaufen sind, nicht einfach nur auf einem Irrtum beruhen.«

»Ich werde mit Marie sprechen.«

Mason nahm den Hörer seines Apparats ab und beauftragte Gertie: »Verbinden Sie mich, aber lassen Sie Della auch in der Leitung. Ich möchte, dass sie mithören kann.«

»Hallo«, meldete er sich. »Hier ist Perry Mason. Wo brennt's?«

»Ich störe Sie nur ungern, Mr Mason«, sagte Marie, »aber ich wollte, dass Sie es wissen. Hier ist etwas faul.«

»Was denn?«

»Es sind Schecks für eingegangene Rechnungen ausgestellt worden. Aber die Firmen, an die sie bezahlt wurden, haben gar keine Aufträge bekommen. Zum Beispiel habe ich mehrere bezahlte Rechnungen an die Acme-Elektrik- und Installations-GmbH gefunden. Insgesamt wurden nach und nach Rechnungen für über sechstausend Dollar an diese Leute bezahlt. Die Unterlagen zeigen, dass die Schecks alle eingelöst wurden. Aber die Arbeiten auf den Rechnungen sind nicht detailliert angegeben. Sie lauten nur allgemein auf Reparaturkosten.«

»Nun, weshalb rufen Sie die Firma nicht an und erkundigen sich nach den Zusammenhängen?«, fragte Mason.

»Daran habe ich auch schon gedacht«, antwortete Marie Barlow. »Die Sache hat nur einen Haken.«

»Welchen?«

»Es gibt diese Firma überhaupt nicht.«

»Wieso?«

»Nun, die Anschrift existiert zwar, aber in dem Haus gibt es keine solche Firma.«

»Was ist mit den Rechnungen?«, fragte Mason. »Ist der Briefkopf gedruckt?«

»O ja, er sieht sogar sehr eindrucksvoll aus. Eine ganze Menge Nummern und Einteilungen mit einzelnen Spalten und so weiter. Alle sind wunderbar ausgefüllt, nur, es gibt eben diese Firma nicht. Wahrscheinlich wurden diese Arbeiten auch niemals ausgeführt.«

»Wie ist es mit den Schecks?«, wollte Mason wissen. »Haben Sie sich bei der Bank erkundigt, auf wessen Konto sie gutgeschrieben wurden?«

»Ja, sie wurden mit einem Firmenstempel giriert und dann eingelöst. Es waren offenbar keine Verrechnungsschecks. Die Bank hat leider schon geschlossen und ich kann erst morgen früh mehr erfahren.«

»Nun«, meinte Mason, »lassen Sie uns die Sache erst einmal nachprüfen, Marie. Unternehmen Sie noch nichts, bis wir nicht mehr wissen. Was halten Sie von der Sache?«

»Es sieht verflixt danach aus«, antwortete Marie Barlow, »als ob jemand wusste, dass Eva Elliott keine Ahnung hatte und einfach mal eine Rechnung schickte um zu sehen, was sie tun würde. Die erste lautete über dreihundertsechsundzwanzig Dollar und fünfundachtzig Cent.«

»Und was tat Miss Elliott?«

»Sie schrieb prompt einen Scheck aus.«

»Dann muss sie ihn doch mit der Post geschickt haben.«

»Hat sie auch.«

»Erzählen Sie weiter«, bat Mason interessiert. »Was geschah danach?«

»Einen Monat lang gar nichts. Dann kam eine Rechnung über siebenhundertundfünfundachtzig Dollar und vierzehn Cent. Sie wurde ebenfalls bezahlt. Und im darauf folgenden Monat kamen gleich drei Rechungen. Sie machten zusammen zweitausendundneunhundert Dollar aus.«

»Haben Sie sonst noch was gefunden?«, fragte Mason.

»Im nächsten Monat kamen wieder drei Rechnungen«, berichtete Marie, »und zwar alle von der Acme-Elektrik- und Installations-GmbH.«

»Wer hat die Schecks unterschrieben?«, erkundigte sich Mason.

»Garvin. Sie kennen ihn doch. Er lässt alle Schecks von seiner Sekretärin ausschreiben und am Achten jedes Monats unterzeichnet er sie alle, damit er in den Genuss der Skonti kommt. Das ist auch so eine Sache. Eva Elliott schrieb die Schecks aus, zog die zwei Prozent Skonto aber niemals ab, obgleich auf den Rechnungen groß stand: ›Bei Zahlung bis zum Zehnten des Monats gewähren wir zwei Prozent Skonto.‹«

»Gut, Marie. Ich werde mich darum kümmern. Wie war die Anschrift noch?«

»Ich habe sie bereits notiert, Chef«, schaltete sich Della ein. »1397 Chatham Street.«

»Ich werde mal nachsehen«, sagte Mason. »Vielen Dank für Ihren Anruf, Marie. Wie geht es sonst?«

»Oh, es ist ein heilloses Durcheinander, aber mit der Zeit werde ich es schon in Ordnung bringen.«

»Arbeiten Sie nicht zu viel«, sagte Mason. »Sind Sie morgen auch im Büro?«

»Ja.«

»Ich will versuchen vorbeizukommen. Ich möchte mir diese Unterlagen mal ansehen.«

»Fein.«

»Also auf Wiedersehen«, verabschiedete sich Mason und legte auf.

»Komisch, nicht wahr?«, meinte er zu Della Street gewandt. »Wir werden Paul bitten, die Anschrift in der Chatham Street zu überprüfen und versuchen, ob wir über diese Firma etwas herausfinden können.«

»Ich finde, das geht selbst für eine Filmstar-Sekretärin zu

weit«, sagte Della. »Schließlich wird sie dafür bezahlt, im Interesse der Firma zu arbeiten und nicht das Geld zum Fenster hinauszuwerfen.«

Mason lächelte. »Da haben Sie recht«, meinte er, »ein tolles Buchhaltungssystem. Aber für irgendjemand scheint es sich gelohnt zu haben.«

»Ja, sicher«, pflichtete Della ihm bei. »Wenn man . . .«

Della kam nicht dazu, den Satz zu beenden, weil Gertie die Tür öffnete. »Hier ist die Nachmittagszeitung«, rief sie. »Es ist ein Foto von einem Fußabdruck in Casselmans Blutlache drin, Mr Mason. Und dann ruft jemand aus Las Vegas an, eine Frau. Sie sagt, Sie würden sie unter dem Namen Lucille kennen.«

»Verbinden Sie mich mit ihr.«

Della nahm Gertie die Zeitung aus der Hand und breitete sie auf Masons Schreibtisch aus.

Mason nahm den Hörer ab und wartete, bis die Verbindung hergestellt war. »Ja, hier Mason.«

Die Stimme der Frau klang nervös. »Mr Mason, ich nehme an, Sie wissen, wer ich bin. Lucille vom Double-O-Motel in Las Vegas.«

»Ja, was gibt's, Lucille?«

»Mr Garvin musste wegen einer ganz dringenden Angelegenheit mit seinem Sohn sprechen.«

»Telefonisch?«

»Nein, persönlich. Er charterte eine Maschine.«

»Weiter!«

»Er traf alle Vorkehrungen, ungesehen zum Flughafen zu kommen.«

»Und?«

»Er sagte, er würde mich um drei Uhr anrufen, dann um acht und um zehn. Er trug mir auf, mich sofort mit Ihnen in Verbindung zu setzen, wenn einer dieser Anrufe nicht erfolgte.«

»Und Sie haben nichts von ihm gehört?«, fragte Mason.

»Nein. Ich mache mir Sorgen. Was soll ich tun?«

»Sich beruhigen«, schlug Mason vor. »Man hat ihn also festgenommen. Wir können vorläufig nichts tun. Vielen Dank für Ihren Anruf, Lucille.«

Er betrachtete interessiert die Zeitung.

»Was halten Sie davon?«, fragte Della.

»Allerhand. Die Polizei hat an dem Fußabdruck die Herstellungsfirma des Schuhs erkennen können.«

Mason schob die Zeitung zurück und begann in seinem Büro auf und ab zu gehen.

Plötzlich sagte er zu Della: »Wir haben es diesmal mit einem Fall zu tun, in dem sich die Tatsachen von selber verschieben. Gewöhnlich findet die Polizei einen Hauptverdächtigen, hat jedoch Mühe, die Mordwaffe sicherzustellen. Diesmal haben sie eine Mordwaffe, aber so viele Verdächtige, dass sie nicht mehr wissen, was sie tun sollen.«

»Sie sind der Polizei einen Schritt voraus«, sagte Della. »Durch die Tatsache, dass Sie die Waffen nicht vertauscht haben, wissen Sie automatisch mit Sicherheit, dass der Revolver in Garvin jun. Schreibtisch die Mordwaffe war.«

Mason nickte. »Das einzige, was ich nicht weiß, ist, wer sie dort hingelegt hat. Und das werde ich auch nicht erfahren, bevor ich nicht mit Garvin sen. reden kann.«

»Und wenn er die Waffe nicht in die Schublade legte?«

»Dann war es der Mörder. Wir werden heute Abend länger arbeiten müssen, Della. Die Polizei hält Stephanie Falkner fest und jetzt hat sie auch Garvin sen. verhaftet. Er hat sich den Fehler geleistet, die Polizei zu unterschätzen. Wir werden Paul bitten, er soll sich mit allen Druckereien in Verbindung setzen und versuchen herauszufinden, wo diese falschen Rechnungsformulare in Auftrag gegeben wurden. Übrigens, wie geht es Ihren Kopfschmerzen, Della?«

Sie sah ihn an, kniff ein Auge zu und antwortete: »Viel besser. Danke.«

15

Mason und Della Street betraten das intim beleuchtete Innere der Restaurantbar.

»Ja«, meinte Della mit einem Seufzer, »das ist wirklich eine willkommene und gemütliche Atmosphäre nach dieser Anstrengung.«

Mason nickte. »Wir werden uns hinsetzen, ausspannen, Cocktails trinken und was Gutes zu Abend essen. Aber vorher werden wir noch Paul Drake anrufen und ihm sagen, wo wir sind.«

Mason betrat die Telefonzelle und wählte Pauls Nummer. »Hier ist Perry Mason. Würden Sie mich mit Drake verbinden«, bat er, als sich die Agentur meldete.

Einen Moment später war der Detektiv an der Leitung.

»Paul«, begann Mason, »wir wollen dir nur schnell sagen, wo wir sind. Wir werden zuerst ein paar Cocktails trinken, dann zu Abend essen und . . .«

»Warte mal«, unterbrach ihn Drake.

»Nein, nein«, antwortete Mason; »ich erzähle dir alles. Wir bestellen uns Steak mit Kräuterbutter und Pommes frites und . . .«

»He! Hör auf damit! Du vergeudest wertvolle Minuten«, rief Paul Drake am anderen Ende.

»Was ist los?«, erkundigte sich Mason sachlich.

»Lieutenant Tragg von der Mordkommission hat vor fünf Minuten angerufen. Man will dich dort unbedingt sprechen.«

»Weshalb?«

»Sie halten Homer Garvin sen. zum Verhör im Büro des District Attorney fest. Aber er verweigert jede Aussage, wenn du nicht dabei bist.«

Mason zögerte einen Augenblick.

»Bist du noch da?«, fragte Drake.

»Ja. Ich denke nach. Also gut«, meinte Mason, als habe er plötzlich einen Entschluss gefasst. »Wo ist Garvin jetzt, sagst du?«

»Bei Hamilton Burger im Büro.«

»Ruf dort an und sage, ich komme sofort vorbei. Danke, Paul.« Er warf den Hörer auf die Gabel und verließ die Telefonzelle.

»Ja, so geht's«, jammerte Della. »Es ist Essig mit unserem schönen Abendessen, nicht wahr?«

»Unsinn«, tröstete Mason. »Aufgeschoben ist nicht aufgehoben. Garvin ist in Haft. Er verweigert die Aussage, bis ich dort bin. Er hat verlangt, dass man seinen Rechtsanwalt benachrichtigt.«

»Und das hat man getan?«

»Ja.«

»Das bedeutet also, dass man Ihnen eine Falle stellen will«, warnte Della.

»Ich weiß«, entgegnete Mason. »Trotzdem muss ich hingehen. Nehmen Sie meinen Wagen, Della, fahren Sie ins Büro zurück und warten Sie auf mich. Ich werde mich beeilen und hole Sie später ab. Dann werden wir unsere Schlemmermahlzeit nachholen. Ich nehme mir ein Taxi. Also, bis später.«

Er gab ihr die Autoschlüssel, eilte zur Tür hinaus und hielt ein Taxi an.

Mason dachte angestrengt nach, während der Taxifahrer sich aus dem dichten Verkehr herausschlängelte.

Als der Wagen nach kurzer Zeit am Ziel angelangt war, reichte Mason dem Chauffeur einen Fünfdollarschein. »Sie könnte ich als Chauffeur gebrauchen«, sagte er. »Behalten Sie den Rest.«

Mason stieß mit dem Fuß eine Schwingtür auf und ging einen langen Korridor hinunter. Vor einer Tür mit der Aufschrift *Hamilton Burger – District Attorney* blieb er stehen. Dann öffnete er diese Tür mit einem Ruck.

»Guten Abend, meine Herren.«

Sie saßen in einer kleinen Gruppe um den Tisch und hatten sich die Hemdsärmel aufgekrempelt: Lieutenant Tragg von der Mordkommission, ein uniformierter Polizist, ein Stenograf, Homer Garvin sen. und Hamilton Burger, der wie ein gereizter Grislybär wirkte.

Die Fenster schienen eine Ewigkeit nicht mehr geöffnet worden zu sein, denn es schwamm alles in blauem Dunst.

Hamilton Burger räusperte sich, versäumte aber nicht, zuvor dem Protokollführer zuzunicken.

»Mr Mason«, sagte er. »Mr Perry Mason. Bitte, kommen Sie

doch herein und nehmen Sie Platz. Wollen wir doch im Protokoll festhalten, dass Mr Mason angekommen ist. Also, Mr Garvin, Sie haben gesagt, Sie würden nur im Beisein Ihres Anwalts gewisse Auskünfte geben. Nun, dann werden Sie uns jetzt alles über den blutverschmierten Schuh und den Abdruck, den dieser in der Wohnung George Casselmans, der am letzten Dienstag ermordet wurde, hinterließ, erklären.«

»Einen Augenblick, meine Herren«, schaltete sich Mason ein. »Bevor mein Mandant irgendwelche Erklärungen abgibt, wünsche ich, vorher mit ihm zu sprechen.«

»Wir haben schon zu lange gewartet«, knurrte Burger.

»Wenn man mir eine Aussprache mit meinem Klienten vor dieser Konferenz hier verweigert«, sagte Mason, »werde ich ihm raten, keine einzige Frage zu beantworten. Ich weiß nicht, ob Sie so viel Zeit haben.«

»Wenn Sie uns so kommen, Mason, werde ich Ihren Klienten keine Minute länger vor den Reportern schützen können«, warnte Hamilton Burger. »Mr Garvin ist ein bekannter Geschäftsmann. Ich habe ihm erklärt, dass wir absolut fair mit ihm verfahren wollen. Es liegt uns nichts daran, ihn den Pressefritzen zum Fraß vorzuwerfen.«

»Ich möchte gern, dass im Protokoll festgehalten wird«, erklärte Mason, »dass ich eine Aussprache mit meinem Klienten verlangt habe, bevor dieses Verhör fortgesetzt wird, und dass die Antwort darauf eine Drohung des District Attorney war, die Reporter hereinzurufen.«

Hamilton Burger war aufgestanden. Sein Gesicht war dunkelrot vor Zorn.

»Einen Augenblick«, mischte sich Lieutenant Tragg ein. Auch er stand auf, ging zum District Attorney hinüber und flüsterte ihm etwas ins Ohr.

»Wir geben Ihnen zehn Minuten«, sagte Hamilton Burger nach einem Augenblick. »Dort drüben links ist ein Büro, das Sie benützen können.«

Mason nickte Garvin zu. »Komm, Homer.«

Mason öffnete die Tür und betrat ein Vorzimmer, in dem ein Schreibmaschinentisch, ein kleiner Aktenschrank und einige

Stühle standen. Er sah sich um, dann ging er rasch zu einer anderen Tür hinüber, die in einen Einbauschrank führte.

»Hier hinein!«, befahl er.

Mason machte Licht. Zusammen standen sie in dem engen Raum dicht beieinander.

»In dem Zimmer sind höchstwahrscheinlich Mikrofone installiert«, flüsterte Mason. »Mir hat Burgers Gesichtsausdruck nicht gefallen. Er hat zu schnell nachgegeben. Sprich also leise. Und nun sag mir, was zum Teufel das alles bedeuten soll? Aber mach schnell.«

»Ich glaube, ich hätte es dir längst sagen sollen«, begann Garvin. »Aber ... nun ja, verdammt noch mal, mein Sohn hat mich enttäuscht.«

»Eine ganze Menge Leute werden von ihren Kindern enttäuscht.«

»Na ja, jetzt ist ja auch alles wieder in Ordnung. Ich glaubte zuerst, dass er das falsche Mädchen heiratet. Jetzt denke ich anders darüber.«

»Willst du damit sagen«, fragte Mason, »dass du Stephanie Falkner mit dem Mord in Verbindung bringst?«

»Ich will damit sagen, dass ich sie liebe. Ich glaube, ich habe sie immer geliebt.«

»Hast du es ihr schon gesagt?«

»Ich fürchte, ich habe es angedeutet«, antwortete Garvin. »Ihr mehr zu sagen, wäre lächerlich. Ich bin alt genug, um ihr Vater zu sein.«

»Kaum«, widersprach der Anwalt. »Außerdem mögen manche Frauen ältere Männer.«

Ungeduldig fegte Garvin dieses Thema beiseite. »Darum handelt es sich auch gar nicht, Mason. Ich habe es dir lediglich erzählt, damit du die Situation verstehst.«

»Wir haben nicht viel Zeit«, drängte Mason. »Sag mir die Tatsachen, und zwar so schnell wie möglich. Du nahmst also die Mordwaffe und brachtest sie in das Büro deines Sohnes. Ich wollte die Aufmerksamkeit von dem Revolver ablenken, den du Stephanie gegeben hast, und glaubte, ich hätte es sehr geschickt angestellt. In Wirklichkeit habe ich alles verdorben und ...«

»Warte mal, warte mal«, unterbrach Garvin den Anwalt. »Du bist völlig schief gewickelt. Ich habe überhaupt keinen Revolver in den Schreibtisch meines Sohnes gelegt.«

»Du bist doch in Casselmans Wohnung gewesen, bevor du in dein Büro fuhrst«, sagte Mason ungeduldig. »Hast du ihn umgebracht oder nicht?«

»Sei nicht albern, Perry«, antwortete Garvin. »Stephanie hat ihn ja noch nach mir gesehen.«

»Also was dann?«

»Ich fuhr auf dem Weg ins Büro bei Casselman vorbei. »Ich war gerade aus Las Vegas gekommen. Es war gegen acht Uhr fünfzehn. Ich hatte einen Schlüssel, der zur Haustür passte, denn ich wollte nicht, dass er wusste, wer zu ihm kommt. Du weißt doch, wie es mit diesen Haustürschlüsseln ist. Fast jeder passt zu jedem Schloss. Ich klopfte also an Casselmans Tür. Er öffnete, bat mich aber nicht hinein. Er schien sehr beunruhigt zu sein, als ich mich vorgestellt hatte. Er stammelte, er habe gerade Besuch und überhaupt keine Zeit. Ich solle gegen elf Uhr wiederkommen, dann könnte er mich empfangen. Daraufhin schlug er mir die Tür vor der Nase zu. Was blieb mir anderes übrig, als zu gehen? Wie du das herausbekommen hast, Perry, weiß ich nicht, denn ich habe es keiner Menschenseele erzählt.«

»Mach dir darüber keine Sorgen«, sagte Mason. »Weiter. Von dort aus gingst du in dein Büro, ja?«

»Nicht direkt. Ich tankte unterwegs noch und rief in Las Vegas an. Erst dann fuhr ich in mein Büro. Ich habe dort ein kleines Apartment. Vorher hatte ich Eva Elliott angerufen und sie gebeten, auf mich zu warten. Ich wollte noch wegen einiger Geschäftsangelegenheiten mit ihr sprechen.«

»Also gut«, meinte Mason. »Du fuhrst also in dein Büro. Was geschah dann?«

»Ich habe geduscht und mich umgezogen. Ich bat Eva Elliott, mir inzwischen die Unterlagen, die ich brauchte, herauszusuchen und sie auf meinen Schreibtisch zu legen. Nachdem ich umgezogen war, fragte ich sie, was sie sich wohl dabei gedacht hat, dir nicht zu sagen, wo ich bin. Eins führte zum anderen und ich schmiss sie hinaus. Was danach passierte, weißt du ja.«

»Ich bin nicht sicher. Erzähl es mir lieber«, bat Mason.

»Nun ja, ich fuhr zu dir, dann gingen wir zusammen zu Stephanie Falkner.«

»Und dort bliebst du noch, als Della und ich gingen«, ergänzte Mason.

»Nur noch kurze Zeit. Ich versuchte, ihr klarzumachen, wie viel mir daran gelegen war, sie in meiner Familie zu haben.«

»Und was ist mit dem Revolver?«

»Ich habe immer einen bei mir«, antwortete Garvin. »Ich habe ein Schulterhalfter und meine Anzüge sind so geschneidert, dass ich unter dem linken Arm eine Waffe tragen kann, ohne dass man es sieht. Ich nahm meinen Revolver aus dem Halfter und gab ihn Stephanie.«

»War die Waffe voll geladen, als du sie ihr gabst?«

»Natürlich.«

»War nicht daraus geschlossen worden?«

»Schon seit Monaten nicht, Perry. Ich sage dir das alles jetzt, aber ich werde es keinem anderen Menschen sagen. Bevor ich aus Las Vegas wegfuhr, habe ich die Patronen aus dieser Waffe entfernt und durch frische ersetzt. Ich hatte vor, Casselman die Meinung zu sagen und wollte für alle Fälle bewaffnet sein. Ich hatte das Gefühl, dass ich bei einem Mann wie ihn einen Revolver brauchen könnte.«

»Gut«, meinte Mason, »erzähl weiter. Was passierte dann?«

»Ich habe noch einen zweiten Revolver in meinem Safe im Büro. Ich sollte Casselman um elf Uhr treffen, aber ich habe niemandem davon erzählt. Ich wollte, wie gesagt, bewaffnet sein, wenn ich ihn treffe, und bin daher in mein Büro zurückgefahren, nachdem ich Stephanie verlassen hatte, nahm meinen zweiten Revolver aus dem Safe und steckte ihn in mein Halfter. Dann fuhr ich zu Casselman.«

»Das war um elf?«

»Vielleicht fünf bis zehn Minuten vor oder nach elf.«

»Gut. Und was passierte?«

»Ich benutzte wieder meinen Schlüssel, ging zu Casselman hinauf und klopfte. Erhielt aber keine Antwort. Die Tür war nicht verschlossen. Ich ging also hinein.

Casselman lag in einer Blutlache; er war mausetot. Ich sah mich um. Eine Frau war in das Blut getreten, und ein Abdruck ihres Schuhes, besonders deutlich des Absatzes, war zu sehen. Ich war sicher, dass es Stephanies Schuh war. Aber ich wollte es genau wissen. Ich fuhr zu ihr. Sie lag im Bett, stand aber trotzdem wieder auf und ließ mich ein. Ich habe ihr nicht gesagt, wo ich war und was ich gefunden hatte, sondern nur, dass ich sehr nervös sei und einfach noch einmal mit ihr sprechen müsste.«

»Und dann?«

»Ich versuchte, ihr zu erklären, was sie mir bedeutete, ohne natürlich zu weit zu gehen. Ich sagte ihr, wenn sie je einen Freund brauche, könne sie auf mich zählen. Dann sah ich, dass der Revolver, den ich ihr gegeben hatte, unter ihrem Kopfkissen lag. Ich lenkte sie einen Moment ab und untersuchte die Waffe. Ein Schuss war abgegeben worden. Auch ein paar Schuhe bemerkte ich. Einen von ihnen hatte sie offensichtlich kurz vorher gewaschen, denn er war noch feucht. Er hatte einen dünnen Metallabsatz.«

»Hast du sie danach gefragt?«

»Nein. Ich blieb bis Mitternacht und versicherte ihr nochmals, dass ich immer zu ihr stehen werde, egal, was komme. Dann ging ich. Ich wusste, ich hatte noch eine Menge Arbeit zu erledigen.«

Mason betrachtete Homer Garvin aus zusammengekniffenen Augen. »Bist du noch mal zu Casselmans Wohnung zurückgefahren?«, fragte der Anwalt.

»Ja. Ich fuhr hin und beseitigte jede Spur, die auf Stephanie deuten könnte.«

»Was hast du getan?«

»Am liebsten würde ich mich selber ohrfeigen. Ich habe die Hauptsache vergessen. Ich hätte die Möglichkeit gehabt, die beiden Revolver auszutauschen. Aber ich war zu aufgeregt, um daran zu denken.«

Masons Gesicht war nur wenige Zentimeter von dem Garvins entfernt. Er sah ihn durchdringend an. »Homer, lüge mich jetzt nicht an«, sagte Mason, »du hast die beiden Revolver nicht vertauscht?«

»Ganz bestimmt nicht. Ich sage dir doch, Perry, dieser Revolver war, nachdem ich ihn ihr gegeben hatte, abgefeuert worden.«

»Und was hast du in Casselmans Wohnung getan?«

»Das Einzige, was ich tun konnte. Das Blut, in das Stephanie getreten war, war getrocknet. Zuerst dachte ich daran, es wegzuwischen. Aber ich befürchtete, dass trotzdem Spuren zurückbleiben würden. Außerdem hatte ich Angst, dass mich dabei jemand überraschen könnte. Ich musste schnell handeln, und so trat ich mit meinem Schuh auf den Damenschuhabdruck. Ich hatte nur einen Gedanken: Die Polizei durfte sie nicht erwischen. Ich hinterließ verschiedene Spuren, die auf mich deuten würden. Ich wollte absichtlich Hauptverdächtiger werden. Dann flog ich nach Las Vegas in der Absicht, der hiesigen Polizei und einem eventuellen Verhör aus dem Weg zu gehen. Aber als diese andere Sache aktuell wurde und Junior dir in die Quere kam, glaubte ich, ihn mir persönlich vorknöpfen zu müssen, damit er den Mund hält. Ich dachte, ich hätte die Detektive, die mich in Las Vegas beschatteten, abgeschüttelt. Das war ein Irrtum. Sie warteten, bis mein Flugzeug landete, nahmen mich fest und brachten mich hierher. Ich verweigerte jede Aussage mit dem Hinweis, dass ich nur in deiner Gegenwart spreche. So und jetzt weißt du alles.«

»Also gut«, meinte Mason, »gehen wir zurück und sehen den Dingen ins Auge. Du machst genau das, was ich andeute. Lass, soweit es geht, mich reden. Sage kein Wort, wenn ich nicht ausdrücklich meine Einwilligung dazu gegeben habe. Mit der Presse musst du dich abfinden. Burger wird auf dieses Druckmittel nicht verzichten, wenn du nicht so tanzt, wie er pfeift. Wir können im Augenblick nichts dagegen tun. Komm jetzt, gehen wir.«

Mason öffnete die Schranktür und ging mit Jack in das Büro des District Attorney.

»Nun?«, fragte Burger.

»Was möchten Sie wissen?«, fragte Mason.

»Mason, ich richte Ihre Aufmerksamkeit auf ein Foto«, begann Burger. »Sie haben bereits eine Reproduktion desselben in der

Zeitung gesehen. Ich möchte, dass Sie sich das Bild genau betrachten, denn auf dem Original werden Sie etwas feststellen, was in der Zeitung nicht zu sehen war.«

Burger reichte Mason ein Hochglanzfoto, auf dem man in einer Blutlache auf dem Boden sehr deutlich den Abdruck eines Schuhes sah.«

»Ja, bitte«, meinte Mason, »und was folgern Sie daraus?

»Darüber hätten wir lieber die Auskunft Ihres Klienten. Wir möchten wissen, ob dieser Abdruck von einem Schuh Mr Garvins stammt.«

Garvin sah Mason an. Dieser lächelte und schüttelte den Kopf.

»Einen Augenblick mal«, rief Burger und sein Gesicht begann schon wieder blutrot anzulaufen. »Wir sitzen hier in gutem Glauben, weil Garvin uns zumindest angedeutet hat, eine Aussage zu machen, wenn er seinen Anwalt dabei hat.«

»Angenommen, wir reden nicht?«, erkundigte sich Mason.

»Dann wird es Ihnen beiden Leid tun.« Hamilton Burger hatte es fast herausgeschrien. Jetzt wandte er sich an Garvin und fragte: »Garvin, stimmt es, dass Sie vor ungefähr drei Wochen in einem Schuhgeschäft in der Mowbray Street 918 neue Gummiabsätze an Ihre Schuhe machen ließen?«

»Das kannst du beantworten«, sagte Mason.

»Ja«, gab Garvin zu.

»Ich zeige Ihnen jetzt ein Paar Schuhe und frage Sie, ob das dieselben sind, auf die Sie die Absätze machen ließen.«

Burger öffnete eine Schublade seines Schreibtischs, nahm ein Paar Herrenschuhe heraus und reichte sie Garvin.

»Woher haben Sie die?«, fragte Garvin erstaunt.

»Das ist unsere Sache«, antwortete Burger kurz angebunden. »Sind das Ihre oder nicht?«

Garvin besah sich die Schuhe. An einer der Sohlen befanden sich Flecke.

»Ja«, antwortete Garvin schließlich.

»Zu Ihrer Information«, fuhr Burger fort, »diese Schuhe sind auf Blut getestet worden. Diese lila Flecken, die Sie hier sehen, sind die Reaktion auf diesen Test und zugleich ein Beweis, dass Blut an Ihrem linken Schuh klebt. Haben Sie im Hinblick darauf irgendeine Erklärung abzugeben? Wie kam das Blut an Ihren Schuh?«

»Ich glaube, ich habe im Moment nichts dazu zu sagen«, antwortete Garvin.

»Auch gut«, sagte Burger mit vor Wut zitternder Stimme. »Ich zeige Ihnen jetzt ein Farbfoto, Mason.«

Burger reichte dem Rechtsanwalt ein Farbfoto. »Sehen Sie es sich genau an«, forderte ihn der District Attorney auf. »Und dann sagen Sie mir, was Sie sehen.«

»Einen Fußabdruck«, antwortete Mason.

»Sie sollen es genau ansehen!«

Mason blickte nochmals auf die Fotografie.

»Wenn Sie es sich genau ansehen«, half Burger nach, »werden Sie etwas sehr deutlich erkennen können, was Sie auf der Schwarzweißaufnahme nicht sehen konnten. Es ist ein zweiter Fußabdruck, der einer Frau, und zwar genau unter Homer Garvins Schuh. Der dünne Abdruck eines Damenschuhs ist nicht zu übersehen. Also, Garvin, stimmt es, dass Sie bei George Casselman waren, nachdem er bereits ermordet war? Haben Sie nicht absichtlich versucht, die Spuren einer Frau zu verwischen? Ich will wissen, ob Sie nicht absichtlich in die Blutlache getreten sind, um jemand zu decken und die Polizei irrezuführen?«

»Einen Moment mal«, unterbrach Mason. »Wie ich die Sache sehe, wäre das ein Verbrechen.«

»Gestatten Sie mir, Ihnen meinen Glückwunsch zu Ihrem Fachwissen zu übermitteln«, sagte Burger sarkastisch.

»Unter diesen Umständen«, fuhr Mason unbeeindruckt fort, »muss ich meinem Klienten raten, diese Fragen nicht zu beantworten.«

Burger holte tief Luft. »Garvin«, schnaufte er, »ich werde Ihnen jetzt das Foto eines Fingerabdrucks zeigen, der auf dem Türknauf von Casselmans Wohnung gefunden wurde und der dort hinterlassen wurde in der Absicht, die Beamten irrezuleiten. Es besteht jedoch kein Zweifel darüber, dass es sich um Ihren Abdruck handelt. Ich frage Sie jetzt, Garvin, nach den Umständen, unter denen Sie diesen Fingerabdruck auf den Türknauf brachten.«

»Einen Augenblick, bitte«, mischte sich Mason wieder ein. »Für den Fall, dass Ihre Annahme zu Recht besteht und Garvin tatsächlich den Türknauf abgewischt und danach seinen Fingerabdruck angebracht hat, wäre er doch einer Übertretung des Gesetzes schuldig, oder nicht?«

»Selbstverständlich.«

»Dann muss ich ihm wieder raten, die Frage nicht zu beantworten«, meinte Mason lächelnd.

Hamilton Burger wirbelte zu Mason herum. »Hören Sie zu, Mason. Sie selbst haben sich bemüht, Spuren zu verwirren. Ich gebe Ihnen jetzt eine Chance, mit der Sprache herauszurücken. Ich möchte, dass Sie mir sagen, wie die Mordwaffe in Ihren Besitz kam.«

»Und wenn ich die Wahrheit sage, werden Sie mich anklagen, nicht wahr?«

Burger überlegte einen Augenblick, dann blickte er Mason mit schlecht verhohlenem Zorn an: »Ich will versuchen, in dieser Sache fair zu handeln, Mason«, antwortete er, »aber ich kann Ihnen keine Versprechungen machen. Dennoch kann ich Ihnen versichern, dass es nicht zu Ihrem Schaden sein wird, wenn Sie jetzt mit der Sprache herausrücken.«

»Ich fuhr zu Homer Garvin jun. in dessen Gebrauchtwagengeschäft«, begann Mason, »und fragte ihn, ob er einen Revolver habe. Er gab ihn mir. Ich drückte ab und schoss in seinen Schreibtisch. Dann fuhr ich zusammen mit dem jungen Garvin zu Stephanie Falkner in die Wohnung. Er gab ihr den Revolver. So, jetzt habe ich Ihnen die Wahrheit erzählt. Was also werden Sie tun?«

»Ich weiß, dass Sie die Waffen bei Garvin vertauscht haben.«

Mason wandte sich an seinen Klienten: »Da hast du's, Homer«, sagte er. »Damit hast du einen ziemlich deutlichen Vorgeschmack, was seine Versprechungen wert sind. Wenn du ihm nicht erzählst, was seinen Vorstellungen entspricht, sagt er, man lügt. Er glaubt nur die Dinge, die er hören will.«

Burger stieß seinen Stuhl zurück und wollte aufspringen. Dann überlegte er es sich anders und blieb sitzen.

»Darf ich eine Frage stellen, Mr District Attorney?«, mischte sich Lieutenant Tragg ein.

»Bitte«, antwortete Burger, »fragen Sie, so viel Sie wollen.«

»Mason«, begann Tragg, »können Sie mir Ihr Ehrenwort geben, dass Sie den Revolver in Garvins Büro nicht vertauscht haben?«

»Jawohl«, antwortete Perry Mason.

Tragg wandte sich wieder an den District Attorney. »Ich sage Ihnen eins, Burger: Die ganze Geschichte ist noch viel komplizierter, als wir im Moment übersehen können. Für mich gibt es keinen Grund dafür, dass Mason die Waffen vertauscht haben sollte. Ich schlage daher vor, bei weiteren Untersuchungen von der Überlegung auszugehen, dass die Revolver nicht vertauscht wurden, sondern dass die Waffe, die Garvin jun. aus seinem Schreibtisch nahm, tatsächlich die Mordwaffe war.«

»Das kann nicht möglich sein«, sagte Burger düster.

»Seien Sie nicht so stur«, rief Tragg ärgerlich. »Ihre Theorie ergibt keinen Sinn. Mason hätte nicht den geringsten Grund ...«

»Das reicht«, unterbrach Burger ihn wütend. »Ich würde Ihnen dringend empfehlen, Ihre Meinung nicht vor Mason auszuposaunen. Wir sind schließlich hier, um etwas zu erfahren, und nicht, um Mason und seinem Klienten die Steigbügel zu halten. Merken Sie sich das, Lieutenant.«

Mason stand auf. »Darf ich annehmen, dass das Verhör beendet ist?«, fragte er. »Mein Klient hat jede weitere Auskunft verweigert. Ich habe Ihre Fragen vollständig und ehrlich beantwortet und Ihnen jede Auskunft gegeben, soweit sie nicht unter die Schweigepflicht meinem Klienten gegenüber fällt.«

Hamilton Burger wies mit ausgestrecktem Finger auf die Tür. »Ich halte Sie nicht zurück, Mason«, sagte er.

»Und wie ist es mit Garvin?«, erkundigte sich der Anwalt.

Burger zeigte jetzt mit dem Finger nach oben und antwortete: »Er wird eine ganze Weile in unserem Hotel auf Staatskosten verpflegt werden.«

»Meine Herren«, meinte Mason, »ich wünsche Ihnen allen einen recht schönen guten Abend. Und dir, Homer, rate ich noch einmal, keinerlei Aussagen zu machen.«

Hamilton Burger nahm den Hörer seines Telefons. »Schicken Sie die Reporter herein«, bellte er in die Muschel.

Mason ging hinaus und nahm sich an der nächsten Ecke ein Taxi.

Della Street wartete schon besorgt auf ihn. »Wie war's, Chef?«, erkundigte sie sich.

Mason schüttelte den Kopf. »Ich sehe noch nicht klar«, antwortete er. »In diesem Fall gibt es noch viele Unklarheiten.«

»Was ist mit der Polizei?«

»Die ist auch noch nicht viel klüger.«

»Und Homer Garvin?«

»Ihn werden sie als Komplize anklagen«, erwiderte Mason. »Ich fürchte, sie werden ihm tüchtig einheizen.«

»Und was sonst noch?«

»Stephanie Falkner wird der Mordprozess gemacht werden.«

»Und Sie?«

Mason lächelte. »Wir, Garvin und ich, sind vorläufig auf Eis gelegt. Der District Attorney wird sich erst mit dem Mord befassen und uns hinterher der Mittäterschaft anklagen.«

»Ach, Chef«, sagte Della, »wie werden Sie aus diesem Dilemma nur herauskommen?«

»Wir werden uns eben auf die menschliche Natur verlassen müssen«, meinte Mason zuversichtlich, »auf die geistige Beweglichkeit und auf eine angemessene Portion Verstand. Wenn ich mich nicht sehr täusche, wird Hamilton Burger Miss Falkner bis morgen Mittag um zwölf Uhr vor den Untersuchungsrichter bringen. Garvin sen. werden sie als Komplizen festhalten, aber wahrscheinlich keine ernsthaften Schwierigkeiten machen, wenn wir ihn gegen Kaution herausholen wollen. Burger wird Garvin mit allen Mitteln unter Druck setzen in der Hoffnung, dass er ihm früher oder später helfen wird.«

»Und inzwischen?«, fragte Della.

»Inzwischen«, wiederholte Mason, »werden wir das versäumte Abendessen nachholen. Vielleicht ist es die letzte gute Mahlzeit, die wir zusammen einnehmen werden, Della.«

»Meinen Sie damit, dass man Sie verhaften wird?«

»Ich weiß es nicht. Aber irgendwie werde ich das Gefühl nicht los, dass sich etwas zusammenbraut. Gehen wir.«

16

Paul Drake lümmelte sich in den Ledersessel.

»Ich möchte nicht in deiner Haut stecken, Perry«, begann er. »Ich glaube, die ganze Sache wird dir noch ein paar schlaflose Nächte bereiten. Homer Garvin sen. ist als Komplize nach der Tat angeklagt worden. Die geforderte Kaution von hunderttausend Dollar wurde bereits hinterlegt; er müsste also in Kürze auf freiem Fuß sein. Stephanie Falkner ist wegen Mordes angeklagt. Die formelle Anklage durch das Schwurgericht erfolgte vor einer knappen Stunde. Der District Attorney fordert einen sofortigen Prozess und da gerade ein Termin frei ist, wird er ihn auch bekommen. Er opponiert gegen dich und behauptet, dass die Verteidigung nur um Aufschub bittet, um Zeit zu gewinnen. Du glaubst nicht, wie er der Presse gegenüber angegeben hat, Perry.«

»Was hast du über Dawn Joyce herausgefunden?«, erkundigte sich Mason.

»Es ist schwierig, über ein Mädchen wie sie die Wahrheit zu erfahren«, antwortete Drake, »besonders wenn sie einen Mann geheiratet hat, dessen Familie Macht und Einfluss hat. Du weißt ja, wie es mit einem Showgirl oder einem Mannequin ist. Mannequins sind beständige, schwer arbeitende Mädchen. Viele von ihnen sind verheiratet, haben Kinder, und sie sind gute Mütter und Ehefrauen. Trotzdem ist die allgemeine Meinung über sie ungünstig. Die Tatsache, dass sich eine Frau im Badeanzug fotografieren lässt oder vor einem Publikum posiert, verführt zu falschen Vorstellungen.

Was ich dir bieten kann, sind hauptsächlich Gerüchte. Sie lebte allein in einem Apartment. Ihr Geld verdiente sie sich als Showgirl in einer Truppe. Zeitweise war sie auch nur so eine Art Dekoration. Zusammen mit anderen gut gebauten Mädchen zierte sie in engen Badeanzügen die Swimmingpools der großen Spielklubs. Abends musste sie dann mit schulterfreien Kleidern zwischen den Spieltischen herumgehen, sozusagen als Gesellschaftsdame.

Es war leicht, ihre Bekanntschaft zu machen, und sie half den

Männern, ihr Geld zu verspielen. Sie machten größere Einsätze und blieben länger an den Roulettes, als sie eigentlich vorhatten.«

»Erhielt sie Prozente?«, fragte Mason.

»Ich glaube nicht«, erwiderte Drake. »Sie bekam ein festes Gehalt. Diese Arbeit ist nicht ungesetzlich. Nicht dass die Männer gezwungen wurden, aber du weißt doch, wie das ist. Wenn eine junge, attraktive Frau am Roulettetisch steht und einen Einsatz nach dem anderen riskiert, will keiner als Feigling dastehen.«

»Und sie gewann immer?«

»Genau. Man weiß nicht, wie sie es tun, aber die Mädchen gewinnen mehr als die gewöhnlichen Touristen. Natürlich kennen sie das Spiel. Sie wissen, wann sie hoch und wann niedrig setzen müssen. Und dann ist es ja auch etwas ganz anderes, wenn man nicht sein eigenes Geld setzt. Sie kassieren ihre Chips niemals ein.

Nun ja, ich erzähle dir das nur wegen Dawn Joyce. Persönlich bin ich ein schlechter Spieler. Sie kannte diesen Casselman. Darüber besteht kein Zweifel. Sie ging verschiedene Male mit ihm aus, und zwar privat. Entweder sie mochte ihn wirklich oder die beiden hatten zusammen irgendein Geschäft ausgebrütet. Aber, wie gesagt, das sind nur Gerüchte.

Casselman war ein Erpresser. Leider kann ich es nicht beweisen. Er trieb sich in den Spielhöllen von Las Vegas herum und lebte sehr gut ohne zu arbeiten. Er erledigte alles auf Bargeldbasis. Er unterhielt weder ein Bankkonto noch gab er je eine Steuererklärung ab.

Nach Las Vegas kommen viele Leute und es ist nicht immer die beste Gesellschaft, die sich dort ein Stelldichein gibt. Aber das weißt du ja selbst.

Ein Mann mit einem guten Gedächtnis für Gesichter und Figuren kann damit Geld verdienen, dass er sich Dinge merkt, die andere vergessen möchten, besonders dann, wenn er mit ein paar Showgirls zusammenarbeitet. Diese Mädchen können ihm Tipps geben, wer was, wann und wo tat.«

»Ja«, meinte Mason, »das verstehe ich. Und das ist sicher schwer festzustellen.«

»Stimmt. Casselman hatte ungefähr fünfzehnhundert Dollar in seiner Brieftasche, als er erschossen wurde. Anfangs glaubte man, dass das sein gesamtes Vermögen sei. Aber inzwischen ist man der Meinung, dass er irgendwo Geld versteckt haben musste, entweder in einem Schließfach unter falschem Namen oder sonst wo. Jedenfalls war er nie um Geld verlegen, wenn er welches brauchte. Es gab Zeiten, wo er mehr als zehn- oder fünfzehntausend Dollar für Optionen oder irgendein anderes schnelles Geschäft bar auf den Tisch blätterte.«

»Und die Einkommensteuer hat ihm nie auf die Finger gesehen«, fragte Mason erstaunt.

»Soweit ich herausfinden konnte, nein. Dieser Bursche war ausgekocht. Er hielt sich im Hintergrund und hat nie den Fehler gemacht, einen einzigen Steuerbescheid einzureichen. Was die Unterlagen betrifft, hat er überhaupt nie existiert.

Es gab eine ganze Menge Verbindungen zwischen Dawn Joyce, der jetzigen Mrs Garvin jun., und dem toten Casselman. Aus irgendwelchen Gründen möchte sie, dass die Sache totgeschwiegen wird. Sie hofft, durch ihre Ehe mit Garvin in die Reihe der oberen Zehntausend aufgenommen zu werden. Geschichten über ihr früheres Leben dürften dabei nicht von Vorteil sein. Sie hat eine maßlose Angst vor der Presse.«

»Wie wird Garvin jun. eingeschätzt?«, fragte Mason.

»Das kommt ganz drauf an, welche Leute du fragst. Er ist ein Playboy gewesen, aber jetzt wird er hoffentlich ruhiger werden. Sein Vater dagegen ist in allen Kreisen sehr beliebt, obgleich er sich überhaupt nichts aus dem gesellschaftlichen Rummel macht. Der junge Garvin ist ein cleverer Bursche, das muss man ihm lassen. Er hat mit seinem Gebrauchtwagenhandel bereits eine schöne Stange Geld gemacht. Darüber hinaus spekuliert er auch ein bisschen in Grundstücken. Er hat eine gute Nase für Geschäfte und hat seine Finger in vielen Sachen.«

»Was hat du über diese Firma Acme herausgefunden, Paul?«

»Sowohl diese Firma als auch eine andere, die sich Eureka-Reparaturwerkstatt nennt, haben als Postadresse die Anschrift Chatham Street. Irgendjemand hat dort ein Zimmer gemietet und die Post für diese Firmen in Empfang genommen. Der Mann hat selten dort übernachtet, aber immer pünktlich die Miete bezahlt.«

»Beschreibung?«, wollte Mason missen.

»Durchschnitt. Passt fast auf jeden«, antwortete der Detektiv. »Leute, die immer pünktlich zahlen, nimmt man nicht so genau unter die Lupe. Und jetzt hör mal zu, Perry. Ich will dir, was den Prozess anbelangt, einen Tipp geben. Hamilton Burger wird versuchen, Dawn Joyce so wenig wie möglich in die Sache hineinzuziehen. Nach seiner Meinung hast du die Waffen vertauscht und er glaubt, das auch beweisen zu können. Er ist überzeugt, einen Schuldspruch gegen Stephanie Falkner bereits in der Tasche zu haben. Einen eventuellen Versuch von dir, Dawn Joyce als mögliche Täterin hinzustellen, wird Burger im Keim ersticken. Er wird dir unterstellen, dass du sie nur als Ablenkungsmanöver benutzt.«

»Nun«, meinte Mason, »wenn er das so gern behaupten möchte, lass ihn doch. Beweisen kann er es jedenfalls nicht.«

»Da hast du recht«, sagte Drake. »Das bringt ihn ja auch so zur Raserei. Er kann Theorien aufstellen, aber das ist auch alles. Sag mal, Perry, wirst du die Falkner verteidigen?«

»Ja.«

»Was sagt sie, Perry? Wie schildert sie die Dinge? Erzähl es mir vertraulich.«

»Das ist eine Sache, die mir zu denken gibt«, antwortete Mason. »Sie schweigt wie ein Grab. Ich kann nichts weiter aus ihr herausbringen als die Versicherung, dass sie Casselman nicht erschossen hat. Sie schwört, sich keines Verbrechens schuldig gemacht zu haben, ohne mir aber diese Behauptung zu beweisen. Wenn ich sie ins Kreuzverhör nähme, sagt sie, müsse sie etwas aufdecken, was sie unbedingt vermeiden möchte.«

»Etwas aus ihrer Vergangenheit?«

»Das nehme ich an«, sagte Mason. »Vielleicht wird sie über kurz oder lang aus ihrer Reserve herauskommen. Aber im Augenblick ist nichts mit ihr zu machen. Weißt du, Stephanie versteift sich darauf, dass man ihr die Schuld nachweisen müsse. Und das könne niemand, sagt sie. Nun ja, damit kann sie sogar Recht haben.«

»Na, ich wünsche dir jedenfalls toitoitoi!«, sagte Drake.

»Ich werd's brauchen können«, meinte Mason und lächelte. »Was ist mit der Firma, die die Briefbogen und Rechungsformulare gedruckt hat?«

»Bis jetzt noch nichts. Wir telefonieren wie die Verrückten und haben auch einige Männer angesetzt. Aber bis jetzt hatten wir noch kein Glück.«

»Bleib dran«, bat Mason.

Drake stemmte sich aus dem Sessel hoch. »Natürlich, Perry. Ich bleibe mit dir in Verbindung.«

17

Hamilton Burger erhob sich, um vor den Geschworenen seine Eröffnungsrede zu beginnen.

»In diesem Fall«, begann er, »werde ich kurz und sachlich vorgehen. Die Anklage hat die Absicht, jede Dramatik zu vermeiden und den Prozess mit so mathematischer Präzision zu führen, dass es nur eine einzige, unausbleibliche Schlussfolgerung gibt.

George Casselman wurde am siebten Oktober dieses Jahres getötet. Gerichtsmedizinische Beweise werden Ihnen, meine sehr geehrten Damen und Herren Geschworenen, zeigen, dass Casselman die Mündung eines Revolverlaufes direkt unter das Herz gedrückt wurde. Bei derartigen Kontaktwunden, wie sie die Fachleute bezeichnen, wird selbstverständlich der Knall der Explosion stark gedämpft.

Die Anklage wird beweisen, das die Beschuldigte Stephanie Falkner mit George Casselman eine Verabredung hatte. Sie fuhr zu ihm in seine Wohnung. Einige Zeit später wurde beobachtet, wie sie das Haus durch den Hinterausgang wieder verließ.

Wir werden beweisen, dass sie in das Blut ihres Opfers trat, ins Badezimmer ging und versuchte, das Blut von ihrem Schuh abzuwaschen. Sie hinterließ einen Abdruck am Boden. Darüber hinaus konnten in Casselmans Badezimmer Handtücher sichergestellt werden, die sowohl menschliches Blut als auch Materialstückchen von ihrem Schuh aufwiesen.

Ihr Freund Homer Garvin versuchte durch verschiedene Manipulationen die Spuren des Verbrechens zu verwischen. Dafür wird er zu gegebener Zeit zur Verantwortung gezogen werden. Zum Glück blieb genügend Beweismaterial übrig, um die Beschuldigte zu überführen. Wir werden exakt beweisen, dass die Mordwaffe im Besitz der Beschuldigten war. Ihr Verteidiger Perry Mason hat mit genialer List versucht, die Tatsachen hinsichtlich dieser Waffe zu verdrehen. Aber vergessen Sie bitte nicht, dass die Mordwaffe bei Stephanie Falkner gefunden wurde.

Bis zur Stunde ist Mr Mason, der sowohl die Beschuldigte als auch Homer Garvin vertritt, noch nicht als Komplize oder Mitschuldiger angeklagt worden.

Wir erwarten von Ihnen, meine Damen und Herren, dass Sie das Beweismaterial sorgfältig überprüfen und Stephanie Falkner wegen Mordes schuldig sprechen. Wenn dieses Urteil gefällt ist, dürfen Sie es uns überlassen, zusätzliche Schritte zu unternehmen, um diejenigen zu bestrafen, die versuchten, durch Machenschaften die Dinge zu verschleiern und eine Rechtsprechung hinauszuzögern. Jedoch wollen Sie bitte diese Aspekte nur insoweit in Betracht ziehen, als sie einige physikalische Tatsachen erklären. Ihre einzige Aufgabe ist es zu entscheiden, ob die Beschuldigte George Casselman getötet hat oder nicht. Wir erwarten einen gerechten und fairen Urteilsspruch von Ihnen.«

Hamilton Burger drehte sich würdevoll um und ging zu seinem Platz zurück.

Richter Hilton Decker blickte Perry Mason an. »Wünscht die Verteidigung eine Eröffnungsrede zu halten oder wollen Sie damit noch warten?«

»Wir werden noch warten«, antwortete Mason.

»Rufen Sie Ihren ersten Zeugen«, forderte der Richter die Anklage auf. Hamilton Burgers erster Assistent, Guy Hendrie, kam dieser Aufforderung nach.

Der erste Zeuge war ein Funkstreifenbeamter, der Casselmans Wohnung betreten hatte. Er schilderte kurz, dass die Leiche in einer Blutlache am Boden gelegen habe. Hierauf habe er sofort die Mordkommission verständigt.

Mason verzichtete auf ein Kreuzverhör.

Der nächste Zeuge der Anklage war Sergeant Holcomb. Ein wenig prahlerisch betrat er den Zeugenstand. Er schilderte, dass er am Tatort erschienen sei, den Fall übernommen habe und dass unter seiner Anweisung Fotos gemacht wurden und der Leichnam später entfernt worden war. Er sei es auch gewesen, der die Männer vom Erkennungsdienst angewiesen habe, sorgfältig jeden Fingerabdruck sicherzustellen.

Mason verzichtete auch bei Holcomb auf das Kreuzverhör.

Der Fotograf, der die Aufnahmen gemacht hatte, wurde vereidigt. Einige Bilder wurden als Beweisstücke vorgelegt, darunter ein Farbfoto, das einen Schuhabdruck in einer fast getrockneten Blutlache zeigte.

»Kein Kreuzverhör«, erklärte Perry Mason dem Gericht.

Richter Decker blickte Mason fragend an, wollte etwas sagen, änderte aber dann seine Meinung.

Jetzt war der Gerichtsmediziner an der Reihe. Er ließ sich umständlich über Kontaktwunden aus. Es sei als sicher anzunehmen, dass dieser eine Schuss fast augenblicklich tödlich war, obgleich es eine kurze Phase der Bewusstlosigkeit gegeben habe. In dieser Zeit seien große innere und äußere Blutungen aufgetreten. Er identifizierte die Kugel, die er aus der Leiche entfernt hatte.

Die Tat sei zwischen neunzehn und vierundzwanzig Uhr am siebten Oktober verübt worden. Um zwölf Uhr mittags des Achten habe er eine Autopsie vorgenommen.

Wieder verzichtete Mason auf sein Recht Fragen zu stellen.

Jetzt rief Guy Hendrie nochmals Sergeant Holcomb auf.

»Ich zeige Ihnen hier einen Revolver vom Kaliber .38 und frage Sie, ob Sie diesen schon einmal gesehen haben.«

»Jawohl, Sir.«

»Wann?«

»Am achten Oktober um dreiviertel zwölf.«

»Wo?«

»In der Wohnung von Stephanie Falkner.«

»Wo dort?«

»Auf dem Tisch, in der Mitte des Zimmers.«

»Haben Sie ein Foto der Wohnung aufgenommen oder aufnehmen lassen?«

»Jawohl, Sir.«

»Haben Sie davon einen Abzug?«

»Ja, Sir.« Holcomb holte eine Fotografie hervor.

»Die Anklage stellt den Antrag, dass dieses Foto als Beweisstück der Anklage aufgenommen wird«, sagte Hendrie.

»Bitte einen Augenblick«, warf Mason ein. »Ich möchte dem Zeugen in Verbindung mit diesem Foto eine Frage stellen.«

Die Geschworenen wandten sich höchst interessiert Mason zu, da dies sein erster Versuch war, einen Zeugen ins Kreuzverhör zu nehmen.

»Dieses Foto zeigt eine Waffe, die auf einem Tisch liegt, Sergeant.«

»Ja, Sir.«

»Ist es dieselbe Waffe, die Sie identifiziert haben?«

»Jawohl.«

»Liegt sie in derselben Position, wie Sie sie fanden?«

»Ja, Sir.«

»Dann ist dieses Foto also aufgenommen worden, bevor die Waffe berührt wurde?«

Sergeant Holcomb zögerte einen Moment und schlug die Beine übereinander. »Nun«, meinte er, »die Waffe wurde zuerst untersucht und dann in die gleiche Position zurückgebracht.«

»Wer hat sie untersucht?«, wollte Mason wissen.

»Ich.«

»Sonst noch jemand?«

»Lieutenant Tragg von der Mordkommission war bei mir.«

»Wie ging diese Untersuchung vor sich?«

»Wir klappten die Trommel heraus und sahen sofort die leere Patronenhülse. Daraufhin rochen wir am Lauf.«

»Haben Sie den Revolver auf Fingerabdrücke untersucht?«

»Natürlich.«

»Und dann?«

»Dann haben wir ihn auf den Tisch zurückgelegt, genau, wie wir die Waffe fanden, um sie zu fotografieren.«

»Und sie wurde fotografiert?«

»Ja, Sir.«

»Wissen Sie«, fragte Mason, »ob ein Versuch unternommen wurde nachzuweisen, ob die tödliche Kugel auch aus dieser Waffe abgefeuert wurde?«

»Einen Moment«, fuhr Hamilton Burger dazwischen. »Das werden wir durch unseren nächsten Zeugen beweisen. Ich werde den Ballistik-Sachverständigen aufrufen. Nur er soll eine Erklärung darüber abgeben.«

»Völlig in Ordnung«, meinte Mason. »Alles, was ich von Sergeant Holcomb wissen will, ist, ob eine solche Untersuchung durchgeführt worden ist.«

»Ja, Sir«, antwortete Holcomb.

»Wann?«

»Kurz nachdem der Revolver entdeckt wurde. Ich weiß nicht genau um welche Zeit, aber innerhalb der nächsten paar Stunden.«

»Was heißt das, ein paar Stunden?«

»Nun, innerhalb einer sehr kurzen Zeit.«

»Ungefähr vierundzwanzig Stunden?«, fragte Mason.

Der Zeuge zögerte.

»Oder vielleicht achtundvierzig?«

»Nein, so viel war es nicht.«

»Aber es könnten vierundzwanzig Stunden gewesen sein?«

»Ja, aber das glaube ich nicht.«

»Wer hat die Waffe auf den Tisch zurückgelegt?«

»Ich persönlich.«

»Woher wussten Sie, dass es der gleiche Platz war?«

»Ich habe ihn mir gemerkt.«

»Haben Sie ihn irgendwie gekennzeichnet?«

»Nein.«

»Als Sie ins Zimmer kamen«, fragte Mason, »und diese Waffe fanden, war die Mündung da zur Tür oder von der Tür weg gerichtet?«

»Der Revolver lag genauso auf dem Tisch, wie es das Foto zeigt«, antwortete Holcomb gereizt.

Mason hielt die Fotografie so, dass er sie nicht sehen konnte.

»In welche Richtung zeigte der Lauf?«, wiederholte er seine Frage.

»Im Moment kann ich mich daran nicht erinnern. Aber als das Foto entstand, wusste ich es noch. Ich habe den Revolver innerhalb von fünf Minuten wieder an die alte Stelle zurückgelegt, als sie noch ganz frisch in meinem Gedächtnis war.«

»Vielen Dank«, meinte Mason, »das ist alles, was ich hinsichtlich der Waffe wissen wollte.«

»Wir möchten die Fotografie jetzt als Beweisstück aufnehmen lassen«, wiederholte Hendrie.

»Kein Einspruch«, sagte Mason.

Hendrie wandte sich wieder an den Zeugen: »Hat die Beschuldigte hinsichtlich des Revolvers irgendeine Aussage gemacht?«

»Ja. Ich fragte sie, woher sie die Waffe hätte, und sie antwortete, von Mr Homer Garvin.«

»Haben Sie sie noch etwas gefragt?«

»Ja. Ich wollte wissen, ob sie eine Erklärung für die fehlende Kugel habe. Sie behauptete, darüber nichts zu wissen. Der Revolver sei in derselben Verfassung, wie sie ihn bekommen habe.«

»Wir beantragen, auch diesen Revolver als Beweisstück der Anklage aufzunehmen«, sagte Hendrie.

»Stattgegeben«, entschied Richter Decker. »Er wird Beweisstück Nummer 30 der Anklage sein, das Foto erhält die Nummer 29.«

»Sie können beginnen«, wandte sich Hendrie an Mason.

»Sagte sie, ob sie die Waffe von Homer Garvin sen. oder Homer Garvin jun. bekommen hat?«, fragte Perry Mason.

»Nein. Sie sagte nur Homer Garvin.«

»Erzählte sie Ihnen, wann sie sie bekam?«

»Nein, Sir.«

»Wenn es dem Gericht recht ist«, mischte Hamilton Burger sich ein, »werden wir die Zeitfrage gesondert klären. Ich möchte jedoch in diesem Zusammenhang eine Frage an Sergeant Holcomb richten. Um welche Zeit kamen Sie in die Wohnung der Beschuldigten?«

»Es war fast genau dreiviertel zwölf.«

»Keine weiteren Fragen«, sagte Mason.

»Wir rufen Alexander Redfield auf«, rief Guy Hendrie.

Redfield war der Sachverständige für Ballistik und schon in anderen Prozessen von Mason ins Kreuzverhör genommen worden. Er kannte seine geniale Fragestellung und setzte sich, nachdem er seinen Eid abgelegt hatte, vorsichtig zurück und sah erwartungsvoll auf.

Aus Hendries Benehmen war ersichtlich, das seitens der Anklage die Aussage Redfields mit einer gewissen Spannung erwartet wurde. Der Spezialist andererseits, der Mason und seine Kenntnisse und Fähigkeiten auf dem Gebiet der Ballistik kannte, war entschlossen, nur das auszusagen, was absolut unangreifbar war.

»Ich zeige Ihnen hier die Waffe, Anklagebeweisstück Nummer 30, und frage Sie, ob Sie sie kennen.«

Redfield nahm den Revolver in die Hand, untersuchte ihn sorgfältig, sah sich die Seriennummer an und antwortete: »Jawohl, ich kenne diese Waffe.«

»Und jetzt zeige ich Ihnen eine Kugel, die als Beweistück Nummer 14 aufgenommen wurde. Kennen Sie diese Kugel?«

Der Zeuge zog ein Vergrößerungsglas aus der Tasche und betrachtete sorgfältig die Oberfläche der Kugel.

»Ja, Sir«, antwortete er, »diese Kugel kenne ich. Sie trägt mein Geheimzeichen an sich.«

»Sie ist bereits als Mordkugel identifiziert worden«, fuhr Hendrie fort. »Können Sie uns jetzt bitte sagen, ob diese Kugel, Beweisstück Nummer 14, aus diesem Revolver, Beweisstück Nummer 30, abgefeuert wurde?«

»Ja, Sir, das ist sie.«

»Wäre es möglich, dass die Kugel auch aus einem anderen Revolver abgegeben wurde?«

»Nein, Sir, das ist unmöglich.«

»Sie können mit dem Kreuzverhör beginnen«, sagte Hendrie zu Mason.

»Ich habe keine Fragen«, antwortete der Verteidiger.

»Rufen Sie Paul Clinton«, sagte Hendrie.

Paul Clinton betrat den Zeugenstand und legitimierte sich als wissenschaftlicher Untersuchungsbeamter der Polizei. Er war

Sachverständiger für Daktyloskopie, darüber hinaus war er Experte für chemische Tests und Blutanalysen.

»Haben Sie die Wohnung der Beschuldigten in diesem Prozess untersucht?«, begann Hendrie.

»Ja, Sir.«

»Wann?«

»Am neunten Oktober.«

»Dieses Jahres?«

»Jawohl.«

»Fanden Sie irgendwelche Kleidungsstücke in der Wohnung, die blutverschmiert waren?«

»Jawohl, Sir.«

»Welche?«

»Einen linken Schuh, an dem sowohl an der Sohle als auch am Absatz Blut klebte.«

»Konnten Sie die Blutgruppe feststellen?«

»Nein, Sir.«

»War es Ihnen möglich, dieses Blut als menschliches nachzuweisen?«

»Nein, Sir. Der Schuh war gründlich gereinigt worden. Der chemische Test ergab lediglich den Nachweis, dass es sich um Blut handelte.«

»Haben Sie den Schuh bei sich?«

»Jawohl, Sir.«

»Zeigen Sie ihn bitte dem Gericht. – Dies ist also der Schuh, den Sie in der Wohnung der Beschuldigten fanden?«

»Jawohl, Sir.«

»Gibt es an diesem Schuh irgendeine Besonderheit?«

»Ja, Sir. Die Sohle besteht aus einer bestimmten patentierten Zusammensetzung.«

»Ich frage Sie, ob Sie in der Wohnung von George Casselman Handtücher fanden?«

»Jawohl. Hier zeige ich Ihnen eines, was ich für besonders bedeutsam halte.«

»Weshalb?«

»Es wies Blutflecken auf. Es wurde dazu benutzt, irgendeinen blutverschmierten Gegenstand abzuwaschen. Außer den Blutflecken fanden sich Spuren eines Materials an diesem Handtuch. Spektroskopische Analysen haben ergeben, dass diese Partikel dieselbe Zusammensetzung haben wie die Sohle des Schuhs.«

»Vielen Dank«, sagte Hendrie. »Ich bitte den Schuh als Beweisstück Nummer 31, das Handtuch als Beweisstück Nummer 32 aufzunehmen.«

»Kein Einspruch.«

»Stattgegeben«, sagte Richter Decker.

»Jetzt richte ich Ihre Aufmerksamkeit auf ein Foto und frage Sie, ob Sie sich diese Fotografie genauestens angesehen haben.«

»Jawohl, Sir, das habe ich.«

»Und was haben Sie dabei festgestellt?«

»Auf diesem Farbfoto sind zwei überlagerte Fußspuren zu sehen. Bei einer handelt es sich um den Abdruck eines Absatzes eines Damenschuhs, auf dem ein Metallplättchen mit vier kleinen Schrauben befestigt war.

Eine durchgeführte Untersuchung ergab, dass dieser Metallabsatz die Nummer 33 trug. Teilweise ist diese Ziffer bereits verwischt, aber das Foto, das ich hier in der Hand halte, zeigt die Spuren der Ziffer noch deutlich genug. Der Abdruck, der durch den Absatz mit der Nummer 33 verursacht wurde, ist von einem anderen überdeckt worden, der von einem Mann stammt. Und zwar muss der Mann später als die Frau in die Blutlache getreten sein.«

»Wissen Sie, wie viel später?«

»Ich würde sagen, ungefähr zwei oder drei Stunden.«

»Haben Sie feststellen können, ob der Pumps, den Sie in der Wohnung der Beschuldigten fanden, den Abdruck verursacht hat, über dem dann später ein Herrenschuhabdruck entstand?«

»Einen Augenblick«, sagte Mason, »ich erhebe Einspruch. Diese Frage verlangt nach einer Schlussfolgerung des Zeugen, die die Unbefangenheit der Geschworenen beeinträchtigt. Die Geschworenen haben zu entscheiden, ob dieser Schuh den Abdruck verursachte, falls sich herausstellt, dass es überhaupt einen Abdruck gibt und der Zeuge nicht nur einer Täuschung erlegen ist. Er kann aussagen, was er fand. Alles andere ist die Sache der Geschworenen.«

»Zeigen Sie mir den Schuh und die Fotografie«, bat Richter Decker. Er betrachtete beide Gegenstände sorgfältig, dann sagte er: »Dem Einspruch wird stattgegeben. Die Geschworenen sollen sich ihr eigenes Urteil bilden. Der Zeuge soll sich mit seiner Aussage nur an die Tatsachen halten.«

»Wenn das Gericht gestattet«, sagte Hamilton Burger, stand schwerfällig auf und runzelte die Stirn, »möchte ich bemerken, dass dieser Zeuge ein Sachverständiger ist.«

»Das habe ich auch nicht bestritten«, antwortete der Richter, »aber was die letzte Frage der Anklage anbetrifft, so ist das Gericht der Meinung, dass eine Antwort hierauf in den Zuständigkeitsbereich der Geschworenen eingreifen würde. Das Gericht möchte darauf hinweisen, dass seitens der Verteidigung die Tatsache bestritten werden kann, und dass sich auf dem Foto zwei Fußabdrücke befinden.«

Guy Hendrie fuhr mit seinem Verhör fort: »Sie haben ausgesagt, dass der zweite Abdruck, der des Herrenschuhs, ungefähr zwei bis drei Stunden später gemacht wurde.«

»Ja.«

»Wie können Sie das behaupten?«

»Nun, Blut unterliegt an der Luft den verschiedensten Veränderungen. Nach spätestens drei Minuten gerinnt es an der Oberfläche und wird langsam fester. Auf Grund physikalischer Erkenntnisse ist es für jeden Fachmann ein Leichtes, nach eingehendem Studium der Viskosität des geronnenen Blutes dessen Alter nach dem Austritt aus einem Körper zu bestimmen. Nach genauer Untersuchung kam ich daher zu dem Schluss, dass die Person mit dem Herrenschuh in das Blut getreten war, nachdem es bereits geronnen war, und zwar etwa zwei bis drei Stunden später.«

»Haben Sie einen Männerschuh untersucht, der die Spur hinterlassen haben könnte?«

»Ja.«

»Haben Sie den Schuh bei sich?«

»Jawohl.«

»Wollen Sie ihn bitte vorzeigen?«

Der Zeuge zog aus seiner Aktentasche einen Schuh hervor.

»Hat dieser Schuh irgendeine Besonderheit?«

»Jawohl. Er hat einen relativ neuen Gummibelag auf dem Absatz und dieser weist einen kleinen Schaden auf. Derselbe Schaden ist deutlich auf dem Foto sichtbar, das wir von dem Schuhabdruck angefertigt haben.«

»Haben Sie den Schuh auf Blut getestet?«

»Jawohl, auch das habe ich, Sir.«

»Fanden Sie welches?«

»Ja, mein chemischer Test ergab Blutspuren.«

»Ist dieser Test die Ursache dafür, dass der Schuh an verschiedenen Stellen verfärbt ist?«

»Stimmt.«

»Woher haben Sie den Schuh, wenn ich fragen darf?«

»Aus einem Koffer, der Mr Garvin sen. gehört.«

»Ich bitte, diesen Schuh als Beweisstück der Anklage aufzunehmen«, wandte Hendrie sich an das Gericht.

»Weiter, Mr Clinton. Haben Sie die Wohnung Casselmans auf Fingerabdrücke hin untersucht?«

»Jawohl.«

»Was stellten Sie fest?«

»Die Griffe jeder Tür waren sorgsam abgewischt worden, so dass wir mit einer einzigen Ausnahme keinen Fingerabdruck finden konnten.«

»Und diese Ausnahme?«

»Es war der Hintereingang. Am Knauf dieser Tür befand sich der Abdruck eines linken Daumens.«

»Wissen Sie, wessen Abdruck es war?«

»Ja, Sir. Er stammt von Mr Homer Garvin sen.«

»Kreuzverhör«, sagte Hendrie zu Perry Mason.

»Woher wissen Sie, dass andere Fingerabdrücke abgewischt worden waren?«, begann Mason mit seinem Verhör.

»Nun, weil es gewöhnlich in jedem Raum Fingerabdrücke gibt. Verwischte und deutliche. Aber wenn man überhaupt keinen findet, lässt das darauf schließen, dass jemand ein Interesse daran hatte, sie zu beseitigen.«

»Wann ist das Ihrer Meinung nach geschehen?«, fragte Mason.

»Das kann ich leider nicht sagen.«

»Sie fanden den Daumenabdruck am Knauf der Hintertür, sagen Sie?«

»Jawohl, Sir. Es war ein linker Daumenabdruck.«

»Und Sie konnten diesen identifizieren?«

»Jawohl, Sir, das konnte ich. Er stammt von Homer Garvin.«

»Sen. oder jun.?«

»Senior.«

»Wann wurde er angebracht?«

»Auch das weiß ich leider nicht.«

»Bevor der Mord verübt wurde?«

»Ich weiß es nicht. Ich kann nur sagen, dass er entstand, nachdem alle anderen Fingerabdrücke abgewischt waren. Und da nur dieser eine Abdruck vorhanden war, müssen zwangsläufig die anderen beseitigt worden sein, als Mr Garvin in der Wohnung war.«

»Woher wollen Sie das wissen?«

»Weil es keine anderen Fingerabdrücke gab. Sonst hätten doch welche da sein müssen, als er den Raum betrat, ihn verließ und die Türen angefasst hatte.«

»Dieser Abdruck befand sich am Knauf der Hintertür, ja?«

»Ja.«

»Wäre es nicht möglich, dass jemand die Klinken abgewischt hat und dass Mr Garvin, der die Hintertreppe heraufkam und die Tür halb geöffnet vorfand, beschloss, sie zuzumachen, und dass er dabei den Abdruck zurückließ?«

»Nein, Sir, das ist unmöglich. Dieser Abdruck wurde absichtlich angebracht. Sie dürfen mir glauben, ich verstehe mich darauf.«

»Aber es könnte doch jemand die Griffe der Türen vertauscht haben, oder?«

»Ich verstehe nicht, was Sie damit meinen.«

»Nun, der runde Türknauf ist an einer viereckigen Spindel angebracht und wird durch eine Schraube festgehalten. Der Knauf, den Sie an der Innenseite der Tür fanden, kann doch vorher an der Außenseite gewesen sein.«

»Das schon«, gab der Zeuge zu.

»Und der Abdruck Mr Garvins hätte doch am Außenknauf

sein können und später von jemand, der Handschuhe trug, mit dem Innenknauf vertauscht worden sein, nicht wahr?«

»Na ja, wenn man seiner Fantasie genügend freien Lauf lässt, könnte man zu einer so absurden Schlussfolgerung kommen.«

»Das ist alles«, sagte Mason.

»Ich werde jetzt einen voreingenommenen Zeugen aufrufen«, sagte Hamilton Burger. »Nämlich Mr Homer Garvin sen.«

»Ich nehme an, dass Sie mit Ihrer Andeutung, der Zeuge sei voreingenommen, um Erlaubnis des Gerichts für Suggestivfragen ersuchen wollen«, sagte Richter Decker. »Ich bin jedoch der Meinung, das es richtiger ist, zuerst mit dem Verhör zu beginnen und abzuwarten, ob Einsprüche auf Ihre Fragen eingelegt werden. Das Gericht wird dann jeweils über einen solchen Einspruch seitens der Verteidigung entscheiden.«

»Jawohl, Euer Gnaden«, sagte Burger. »Treten Sie vor, Mr Garvin.«

Garvin legte seinen Eid ab und setzte sich in den Zeugenstuhl.

»Ich richte Ihre Aufmerksamkeit auf einen Schuh, der zuvor schon als Anklagebeweisstück Nummer 33 aufgenommen wurde. Gehört dieser Schuh Ihnen?«

»Ja, das ist meiner«, antwortete Garvin.

»Haben Sie diesen Schuh am siebten Oktober dieses Jahres getragen?«

»Jawohl.«

»Sind Sie absichtlich in eine Blutlache in der Wohnung von George Casselman getreten um einen bereits bestehenden Abdruck zu verwischen?«

»Einspruch!«, rief Mason. »Die Frage ist unsachlich, unerheblich und unwesentlich.«

»Abgelehnt!«, entschied der Richter.

»Ich verweigere die Aussage«, verkündete Garvin.

»Mit welcher Begründung?«

»Weil mich die Antwort belasten könnte.«

»Betraten Sie am Abend des siebten Oktober dieses Jahres die Wohnung Nummer 211 in den Ambrose Apartments, Christine Drive Nummer 948?«, fragte Burger.

»Ja.«

»Um welche Zeit?«

»Vielleicht gegen elf oder halb zwölf Uhr abends.«

»Haben Sie bei dieser Gelegenheit mit einem Tuch oder auf andere Art und Weise absichtlich Fingerabdrücke von verschiedenen Gegenständen abgewischt?«

»Auch hierüber verweigere ich die Aussage.«

Hamilton Burger lächelte. Er hatte gemerkt, dass die Geschworenen genauso reagierten, wie er angenommen hatte. Sie schienen Garvins Weigerung als Schuldbekenntnis zu werten.

»Haben Sie am siebten Oktober der Beschuldigten in diesem Prozess eine Waffe gegeben oder geborgt und gesagt, sie diene zu ihrem Schutz?«

»Jawohl.«

»War diese Waffe der Revolver, den ich Ihnen jetzt übergebe und der als Beweisstück Nummer 30 gekennzeichnet ist?«

Garvin untersuchte den Revolver. »Ich glaube, ja«, antwortete er schließlich.

»Ich bitte Sie, uns jetzt im Einzelnen den Abend des siebten Oktober dieses Jahres zu schildern. Was taten Sie?«

»Ich kam aus Las Vegas zurück. Zunächst fuhr ich in mein Büro, duschte mich und zog mich um.«

»Was taten Sie danach?«

»Euer Gnaden«, rief Mason, »ich muss gegen diese Frage Einspruch erheben. Es ist vollkommen unerheblich, was dieser Zeuge am Abend des siebten Oktober getan hat. Eine Ausnahme hiervon bilden lediglich zwei Tatsachen, nämlich, dass er in der Wohnung George Casselmans war und dass er der Beschuldigten einen Revolver lieh. Diese beiden Tatsachen hat Mr Garvin jedoch bereits ausgesagt und sie sind zu Protokoll genommen worden.«

»Es ist durchaus von Belang, was dieser Zeuge am Abend des siebten Oktober tat«, antwortete Hamilton Burger.

»Das müssen Sie zuerst beweisen«, widersprach Mason.

Richter Decker zog die Stirn in Falten. »Das ist eine höchst ungewöhnliche Situation«, meinte er. »Das Gericht ist sich darüber klar, was die Anklage durch diesen Zeugen zu beweisen versucht, und im Hinblick auf die bisher vorliegende Aussage erscheint dem Gericht die Zeitfrage auch nicht nebensächlich zu sein.«

»Andererseits«, warf Mason ein, »liegt es absolut im Bereich der Möglichkeiten, dass der Zeuge Dinge unternahm, die mit diesem Prozess nicht das Geringste zu tun haben.«

»Das Gericht wird dem Einspruch stattgeben«, entschied Richter Decker, »obgleich es sich um einen Grenzfall handelt. Ganz offensichtlich ist sich dieser Zeuge sowieso darüber im Klaren, wann er die ihm durch die Verfassung gewährten Rechte in Anspruch zu nehmen gedenkt und wann nicht. Das Gericht möchte jedoch darauf hinweisen, dass es den Zeugen nach Beendigung dieses Prozesses wegen einiger Dinge, die hier untersucht wurden, zur Verantwortung ziehen muss.

Nach Lage der Dinge und hinsichtlich dieser Situation wird das Gericht das Verhör eingrenzen, besonders deshalb, weil die Aussage des Zeugen dazu verwendet wird, um gegen die Beschuldigte ausgenutzt zu werden. Es ist möglich, dass gewisse Dinge, die er getan hat, in keinem kausalen Zusammenhang mit der Beschuldigten stehen, falls es sich nicht um Delikte handelt, die gemeinsam geplant waren.«

»Jawohl, Euer Gnaden«, sagte Hamilton Burger. »Wir werden also durch andere Zeugen beweisen, was Mr Garvin unternahm.«

Der District Attorney flüsterte kurz mit Guy Hendrie, dann sagte er: »Woher hatten Sie den Revolver, der inzwischen als Beweisstück aufgenommen worden ist?«

»Neben anderen Investitionen besitze ich ein Sportartikelgeschäft«, antwortete Garvin. »Ich nahm mir seinerzeit drei Revolver aus dem Lager.«

»Und was taten Sie mit diesen Waffen?«

»Zwei behielt ich für mich, eine gab ich meinem Sohn.«

»Was taten Sie mit den beiden Revolvem, die Sie für sich behielten?«

»Ich habe gewöhnlich immer einen bei mir. Einen bewahre ich als Reserve in meinem Büro auf. Während meiner Abwesenheit ist er im Safe eingeschlossen.«

»Zur Erleichterung mache ich folgenden Vorschlag«, sagte

Burger. »Wir werden den Revolver, den Sie Ihrem Sohn gaben, Junior-Revolver nennen, jenen, der im Safe lag, bezeichnen wir als Safe-Revolver und den drittens, den Sie bei sich trugen, werden wir Halfter-Revolver nennen.

Und jetzt werde ich meine Frage in Bezug auf gewisse Handlungen Ihrerseits begrenzen: Ist es nicht eine Tatsache, dass Sie, nachdem Sie der Beschuldigten den Halfter-Revolver gaben, in Ihr Büro zurückkehrten, den Safe aufschlossen und den Safe-Revolver in Ihr Halfter steckten?«

»Besteht irgendein Einspruch?«, erkundigte sich Hendrie.

»Nein.«

»Nun«, meinte Richter Decker, »mir scheint, als ob ... nun ja, da kein Einspruch vorliegt, werde ich die Frage auch zulassen.«

»Haben Sie das getan?«, fragte Burger.

»Jawohl, Sir, das tat ich.«

»An diesem Abend?«

»Ja.«

»Um welche Zeit?«

»Gegen ... ich würde sagen, gegen dreiviertel elf.«

»Sind Sie danach in die Wohnung der Beschuldigten zurückgegangen?«

»Jawohl, Sir.«

»Hatten Sie zu diesem Zeitpunkt Gelegenheit, den Halfter-Revolver, jetzt Anklagebeweisstück Nummer 30, nochmals zu sehen?«

»Ja.«

»Wo lag er?«

»Im Bett von Miss Falkner, unter ihrem Kopfkissen.«

»Haben Sie die Waffe untersucht?«

»Jawohl, Sir.«

»Hatten Sie sie zu diesem Zweck in den Händen?«

»Ja.«

»Und stellten Sie dabei fest, dass zwischen dem Augenblick, wo Sie der Beschuldigten den Revolver gaben, und dem Zeitpunkt, wo Sie ihn untersuchten, ein Schuss abgefeuert wurde?«

»Einspruch«, sagte Mason. »Diese Frage ist nicht nur suggestiv gestellt, sie ist darüber hinaus unsachlich, unwesentlich und unerheblich.«

»Der Einspruch wird abgelehnt.«

»Ich erhebe außerdem gegen diese Frage Einspruch«, fuhr Mason fort, »weil sie nach einer Schlussfolgerung des Zeugen verlangt.«

»Unter diesen Umständen glaube ich«, meinte Richter Decker, »dass die Anklage ihre Frage präziser umreißen sollte, um eine Grundlage dafür zu schaffen.«

Hamilton Burger beeilte sich mit der Antwort. »Ich will es einmal so formulieren«, sagte er. »Gab es an dieser Waffe was Besonderes, etwas, was Sie veranlasste, sie zu untersuchen?«

Homer Garvin zögerte und rutschte auf seinem Stuhl herum.

»Sie stehen unter Eid«, donnerte Burger, »und es gibt an dieser Frage nichts, was Sie diskriminieren könnte. Also los! Beantworten Sie mir, welchen Grund Sie hatten, die Waffen zu untersuchen.«

»Ich bemerkte, dass in der Trommel eine leere Patronenhülse war.«

»In welchem Zustand befand sich der Revolver, als Sie ihn der Beschuldigten gaben?«

Wieder zögerte der Zeuge. »Sie war voll geladen«, antwortete er leise.

»Das wissen Sie bestimmt?«

»Ja.«

»Woher?«

»Weil ich sie kurz vor meiner Abreise nach Las Vegas selbst geladen habe. Ich befürchtete an diesem Tage Komplikationen.«

»Und der Grund, weshalb Sie später in die Wohnung Casselmans gingen, war der, dass Sie befürchteten, die Beschuldigte habe mit dem Revolver, den Sie ihr gegeben hatten, George Casselman erschossen. Stimmt das?«

»Einspruch!«, rief Mason. »Die Frage ist nicht nur unerheblich, unsachlich und unwesentlich, sondern ich bezeichne sie auch als eine voreingenommene und ungebührliche Art der Anklage. Der Beschuldigten in diesem Prozess kann nicht etwas zur Last gelegt werden, was ein Zeuge gegebenenfalls gedacht oder getan hat.«

»Stattgegeben«, entschied der Richter. »Die Anklage möge sich bitte vor Augen halten, dass Gedankengänge dieses Zeugen keinerlei Einfluss auf die Verhandlung haben, die gegen die Beschuldigte geführt wird. Das ganze Verhör wird auf ziemlich ungewöhnliche Art und Weise durchgeführt. Das Gericht kann nicht umhin, daran zu erinnern, dass dieser Prozess gegen Miss Stephanie Falkner, nicht aber gegen diesen Zeugen geführt wird. Ihre Schuld oder Unschuld kann nur durch einwandfreie Beweisführung ermittelt werden.

Die Geschworenen werden aufgefordert, die letzte Frage des District Attorney völlig zu ignorieren und keinerlei Schlussfolgerungen aus ihr zu ziehen. Fahren Sie fort, Mr Burger.«

»Das ist alles«, verkündete Hamilton Burger.

»Einen Augenblick, bitte«, meldete sich Mason. »Ich habe noch ein paar Fragen im Kreuzverhör an diesen Zeugen.

Weshalb haben Sie der Beschuldigten die Waffe gegeben, die hier als Halfter-Revolver bezeichnet wird?«

»Weil sie einmal mit meinem Sohn verlobt war«, antwortete Garvin. »Ich hätte es gern gesehen, wenn sie meine Schwiegertochter geworden wäre. Erst durch die Auflösung der Verlobung wurde mir plötzlich klar, dass ich ... dass ich sie liebe.«

Stephanie Falkner, die hinter Mason saß, zog ihr Taschentuch hervor und begann leise zu weinen.

»Und jetzt«, fuhr Mason fort, »stelle ich Ihnen noch eine Frage: Hatten Sie am Abend des siebten Oktober nicht eine Information erhalten, die zu der Annahme berechtigte, das George Casselman derjenige war, der Stephanie Falkners Vater umgebracht hatte?«

Die Wirkung dieser Frage auf die Geschworenen war wie ein elektrischer Schlag.

»Euer Gnaden! Euer Gnaden!«, rief Hamilton Burger und schnellte hoch. Wild gestikulierend brüllte er weiter: »Die Frage ist höchst unsachlich, unerheblich und unwesentlich. Ich erachte sie als eine Ungebührlichkeit seitens der Verteidigung und bestehe auf einem ordnungsgemäßen Kreuzverhör. Diese Frage hat mit unserem Prozess gar nichts zu tun. Die Anklage hat sich nicht damit zu befassen, was der Zeuge glaubte!«

Seine Worte überschlugen sich förmlich, als der Richter dazwischenrief: »Dem Einspruch wird stattgegeben.«

Mason lächelte. »Haben Sie am siebten Oktober mit der Beschuldigten in diesem Prozess darüber gesprochen, dass George Casselman ihren Vater getötet hätte?«

»Einspruch!«, wetterte Hamilton Burger.

»Stattgegeben.«

»Einen Moment, bitte«, wandte Mason ein. »Die Anklage hat diesen Zeugen über den Teil einer Unterhaltung verhört, die geführt wurde, als er ihr den Revolver gab. Ich frage den Zeugen jetzt ebenfalls nach einem Teil dieser Unterhaltung. Mit anderen Worten, was der Anklage recht ist, sollte mir billig sein.«

»Der Zeuge soll die Frage beantworten«, entschied das Gericht. »Das Gericht möchte jedoch feststellen, dass die Frage als begrenzt zu verstehen ist, und zwar bis zu derselben Grenze, die beim direkten Verhör festgesetzt wurde.«

»Jawohl, Sir«, sagte Homer Garvin. »Ich sagte ihr, dass ich wüsste, das George Casselman ihren Vater umgebracht hat und dass ich befürchte, er würde versuchen, auch sie zu töten. Ich fühlte, dass sie in Gefahr war, und gab ihr den Revolver zu ihrem persönlichen Schutz. Ich bat sie, die Waffe immer bei sich zu behalten, und ich glaubte, dass ich in der Lage war, Casselmans Schuld so weit zu beweisen, dass die Polizei ihn wegen des Mordes an Glenn Falkner verhaften würde.«

»Danke sehr«, sagte Mason lächelnd. »Das ist alles.«

»Keine weiteren Fragen«, verkündete Burger ärgerlich.

»Und jetzt bitte ich das Gericht«, sagte Mason, »einem Antrag auf Streichung der gesamten Aussage des Zeugen Garvin aus dem Protokoll zuzustimmen.«

»Mit welcher Begründung?«, erkundigte sich der Richter.

»Weil keinerlei Beweise vorliegen, die darauf deuten, das die Beschuldigte wusste, was Garvin tat oder was er vorhatte. Sie kann keinesfalls für etwas belastet werden, was er in der fälschlichen Annahme, sie dadurch zu beschützen, unternahm.

Angenommen, der Zeuge wäre aus irgendwelchen Gründen der Meinung gewesen, ich hätte Casselman erschossen. In Casselmans Wohnung, die er zu dem Zweck, mir zu helfen, aufgesucht hätte, hätte er die Leiche Casselmans gefunden. Aber er hätte nichts entdeckt, was mich mit der Tat in Verbindung bringen würde.

Angenommen, er hätte trotzdem, nur aus dem Gefühl heraus, mich beschützen zu müssen, Spuren verwischt? Wer wollte mir daraus einen Vorwurf machen?«

Hamilton Burger war erneut aufgesprungen und rief: »Einen Moment, Euer Gnaden. Nur einen Augenblick, bitte. Ich möchte dazu gehört werden!

In der Wohnung Casselmans konnte man verschiedene Dinge nicht übersehen. Die Türgriffe waren abgewischt, der Schuhabdruck einer Frau, der Beschuldigten nämlich, wie sich jetzt herausgestellt hat, ist durch den Zeugen Garvin absichtlich verdeckt worden. Wir haben das Recht, die physikalischen Bedingungen zu zeigen, die in dieser Wohnung nach der Tat vorhanden waren, und auch, wie sie entstanden sind.«

»Jawohl, dieses Recht haben Sie«, antwortete Richter Decker. »Das bedeutet aber noch lange nicht, dass Sie dadurch beweisen können, es sei alles von einem Freund der Beschuldigten verursacht worden. Es sei denn, Sie sind in der Lage, gleichzeitig unter Beweis zu stellen, dass die Beschuldigte von dieser Aktion wusste oder dieselbe in irgendeiner Form selbst vorgeschlagen hat.«

»Stimmt, euer Gnaden«, sagte Mason lächelnd und setzte sich.

Richter Decker runzelte die Stirn. »Ihr Antrag, Mr Mason, ist äußerst ungewöhnlich«, sagte er. »Ich muss zugeben, dass das Gericht nicht wusste, was die Verteidigung mit ihren Einsprüchen als reine Routinesache im Sinn hatte. Das Gericht ist der Meinung, die Verteidigung hätte ihre Absicht hierüber jeweils bei den Einsprüchen schon bekannt geben müssen.«

»Wenn ich das getan hätte«, antwortete Perry Mason, »und das Gericht hätte meinem Einspruch stattgegeben, hätte die Anklage dadurch einen immensen Vorteil erhalten. Die Geschworenen hätten annehmen können, dass ich durch Spitzfindigkeiten wichtiges Beweismaterial zurückzuhalten versuche.«

»Nun, ein Teil des Beweismaterials dieses Zeugen ist ganz gewiss sehr erheblich«, sagte Richter Decker. »Er gab der Beschuldigten die Waffe. Er hat ausgesagt, dass diese, als er sie ihr gab, voll geladen war, während er zu einem späteren Zeitpunkt eine leere Patronenhülse in der Trommel fand.«

»Dann werden wir diesen Teil seiner Aussage nicht in unseren Antrag, seine Aussage zu streichen, einbeziehen«, bot Mason an. »Auch nicht, dass es der Schuh der Beschuldigten gewesen ist. Gegen alle anderen Fragen jedoch erheben wir Einspruch und beantragen, seine diesbezügliche Aussage aus dem Protokoll zu streichen.«

»Das Gericht ist geneigt, Ihnen in diesem Punkt zuzustimmen, Mr Mason. Es wird Ihren Antrag eingehend prüfen.

Inzwischen wird sich das Gericht bis morgen früh um neun Uhr vertagen. Die Geschworenen werden angewiesen, sich weder über diesen Prozess zu unterhalten, noch Meinungen auszutauschen oder das bisher vorliegende Beweismaterial zu diskutieren.«

18

Hamilton Burger hatte sich seinen Überraschungszeugen bis zum nächsten Morgen aufgehoben.

»Rufen Sie Homer Garvin jun. auf«, sagte er, als das Gericht wieder zusammengetreten und bekannt gegeben worden war, dass die Beschuldigte und auch alle Geschworenen anwesend seien.

Garvin jun. trat vor. Sein Mund war ein dünner Strich. Er wurde vereidigt, gab seinen Namen und seine Anschrift bekannt und bestätigte die Tatsache, dass er der Sohn des Zeugen Homer Garvin sei.

»Und jetzt«, begann Hamilton Burger und deutete mit ausgestrecktem Zeigefinger auf den jungen Garvin, »bitte ich Sie, sehr sorgfältig auf meine Fragen zu achten und nur diese zu beantworten.

Es ist festgestellt worden, dass Ihr Vater drei gleiche Revolver in seinem Besitz hatte, und zwar völlig gleich hinsichtlich des

Typs, der Ausführung und des Kalibers. Zur Erleichterung in diesem Prozess haben wir die drei Waffen wie folgt bezeichnet: den Revolver, den Ihr Vater Ihnen gab, nennen wir Junior-Revolver, die beiden, die er bei sich behielt, heißen hier Halfter- beziehungsweise Safe-Revolver. Haben Sie diese Bezeichnungen verstanden?«

»Ja, Sir.«

»Es steht jetzt ohne Zweifel fest, dass Ihr Vater am siebten Oktober der Beschuldigten einen Revolver gab, den wir Halfter-Revolver nennen, dass er daraufhin in sein Büro fuhr, den Safe- Revolver nahm und in sein leeres Halfter steckte.

Es ist auch nicht daran zu rütteln, dass eine der drei Waffen die Mordwaffe ist und sich jetzt als Beweisstück Nummer 30 der Anklage im Gericht befindet. Verstehen Sie diese Tatsachen?«

»Ja, Sir.«

»Sehr gut. Ich stelle Ihnen jetzt also Fragen bezüglich der Waffe, die Ihnen Ihr Vater gab und die wir Junior-Revolver nennen. Haben Sie diesen Revolver am achten Oktober dieses Jahres Mr Perry Mason gegeben?«

»Jawohl, das tat ich.«

»Hatte Mr Mason ihn in der Hand?«

»Jawohl, Sir.«

»Tat er irgendetwas mit diesem Revolver?«

»Ja.«

»Was?«

»Einspruch! Unerheblich, unsachlich und unwesentlich!«, rief Mason.

»Ich habe vor, eine Verbindung herzustellen«, antwortete Hamilton Burger.

»Ich denke doch, dass wir etwas mehr als nur die Bestätigung des District Attorney brauchen, er würde schon eine Verbindung herstellen«, meinte Mason. »Ich möchte diesem Zeugen bezüglich dieser Phase der Beweisführung eine Frage stellen.«

»Bitte sehr«, sagte Richter Decker.

»Ist die Waffe«, fragte Mason, »die wir hier als Junior-Revolver bezeichnen, dieselbe, die ich Ihnen jetzt zeige und die als Beweisstück Nummer 30 gekennzeichnet ist?«

»Ganz gewiss nicht«, antwortete der junge Garvin. »Es ist ein Revolver, der genauso aussieht, aber eben ein anderer.«

»In diesem Fall«, meinte Mason, »kann nichts, was der Zeuge mit irgendeiner anderen Waffe getan oder unterlassen hat, einen Einfluss auf den Prozess gegen die Beschuldigte haben. Das liegt völlig neben den Tatbeständen.«

»Ich glaube, das ist richtig«, meinte der Richter. »Dem Einspruch wird stattgegeben.«

»Na gut«, sagte Hamilton Burger ärgerlich, »dann werde ich meine Frage eben anders formulieren.« Er wandte sich wieder dem jungen Garvin zu: »Kennen Sie diesen Revolver?«

»Ja.«

»Haben Sie ihn schon einmal gesehen?

»Jawohl, Sir.«

»Wann?«

»Mr Perry Mason gab ihn mir.«

»Wann?«

»Am achten Oktober dieses Jahres.«

»Und was taten Sie damit?«

»Einspruch«, sagte Mason. »Diese Frage ist unerheblich. Was immer ich getan habe, hat keinerlei Einfluss auf den Prozess gegen die Beschuldigte.«

»Das Gericht ist geneigt, den Einspruch abzulehnen«, sagte Richter Decker. »Es scheint, als habe der Zeuge die Waffe, hier Beweisstück Nummer 30, einwandfrei identifiziert.«

»Was taten Sie mit diesem Revolver?«, wiederholte Burger seine Frage.

»Ich brachte ihn in die Wohnung von Stephanie Falkner.«

»Der Beschuldigten in diesem Prozess?«

»Ja, Sir.«

»Und weiter?«

»Mir war die ganze Sache ein Rätsel. Mr Mason redete auf mich ein und versuchte mir zu erklären, das die Beschuldigte irgendwie in Gefahr sei und die Waffe zu ihrer Verteidigung brauchen würde.«

»Sie sagten, Mr Mason gab Ihnen die Waffe«, sagte Hamilton Burger.

»Ja, Sir.«

»Wo?«

»In meinem Büro.«

»Davor hatten Sie Mr Mason einen Revolver gegeben, nicht wahr?«

»Jawohl.«

»Und welcher war das?«

»Das war der hier als Junior-Revolver bezeichnete. Er sieht genauso aus wie der, den ich hier in der Hand halte und von dem Sie mir sagten, er sei die Mordwaffe.«

»Was tat Mr Mason mit dem Junior-Revolver?«

»Er hat ihn abgefeuert.«

»Abgefeuert?«

»Jawohl, Sir. Die Kugel ging in meinen Schreibtisch.«

»Ich zeige Ihnen hier die Fotografie eines Schreibtischs, auf dem eine lange Schramme zu sehen ist. Was wissen Sie darüber?«

»Das ist der Schreibtisch in meinem Büro, wie er heute aussieht. Die Aufnahme muss gemacht worden sein, gleich nachdem Mr Mason den Schuss abgefeuert hat.«

»Und was geschah danach?«

»Während des Tumults, der nach dem Abfeuern des Schusses entstand, hat Mr Mason den Revolver, den ich hier in der Hand halte, mit dem vertauscht, der Junior-Revolver genannt wird und den ich ihm zuvor gab. Er hat es so geschickt gemacht, dass ich es nicht bemerkte. Anschließend schlug er vor, ihn zu Stephanie Falkner zu bringen.«

»Dadurch hatte er eine Erklärung für die leere Patronenhülse in diesem Revolver. Gleichzeitig hat er versucht, die Tatsache zu beweisen, dass die Mordwaffe, nämlich Beweisstück Nummer 30, zur Tatzeit in Ihrem Besitz war, nicht wahr?«

»Einspruch!«, rief Mason. »Diese Frage ist nicht nur argumentativ, ich halte sie darüber hinaus für impertinent.«

»Diesem Einspruch wird auf jeden Fall stattgegeben«, entschied Richter Decker. »Der District Attorney wird vom Gericht ermahnt, derartige Fragen zu unterlassen. Die Geschworenen werden aufgefordert, diese Frage als nicht gestellt zu betrachten und keinerlei Folgerungen daraus zu ziehen. Fahren Sie fort, Mr Burger.«

Hamilton Burger war vor Zorn rot angelaufen. »Kreuzverhör!« bellte er zu Mason hinüber.

»Sie haben ausgesagt«, begann Perry Mason, »dass ich die Mordwaffe, nämlich Beweisstück Nummer 30, mit dem Junior-Revolver, den Sie mir gaben, vertauschte.«

»Jawohl.«

»Haben Sie gesehen, wie ich das tat?«

»Natürlich nicht. Der Tumult nach dem Schuss gab Ihnen genügend Gelegenheit, es unbemerkt zu tun.«

»Woher wissen Sie dann, das ich die Waffen vertauscht habe?«

»Das liegt doch auf der Hand.«

»Mit anderen Worten, Sie haben sich selbst eine Meinung über das, was Ihrer Ansicht nach passiert sein muss, gebildet?«

»Genau.«

»So dass sich Ihre Aussage«, fuhr Mason fort, »also nicht auf Tatsachen, sondern auf Vermutungen stützt?«

»Auf ganz logische Schlussfolgerungen.«

»Aber nichtsdestoweniger ist Ihre Aussage, ich hätte die Waffen vertauscht, eine Vermutung, nicht wahr?«

»Ja, aber es ist doch sonnenklar, dass . . .«

Mason lächelte den stirnrunzelnden Richter an und unterbrach Garvin jun.: »Ich beantrage, dass die Aussage dieses Zeugen hinsichtlich des Vertausches von Waffen aus dem Protokoll gestrichen wird.«

»Stattgegeben«, rief der Richter wütend. »Man sollte doch glauben, dass die Anklage die Aussage dieses Zeugen vorher kannte und genau wusste, dass sie sich auf Vermutungen stützt.«

»Bitte, Euer Gnaden«, wandte Hamilton Burger ein, »ich glaube, dass das Gericht ungerechtfertigt streng in dieser Angelegenheit mit der Anklage ist. Wenn es das Gericht gestattet, werde ich den Zeugen nochmals verhören und Tatsachen beweisen, die, wie der Zeuge schon sagte, unwiderlegbar sind. Diese Tatsachen führen zu einer einzig logischen Schlussfolgerung.«

»Schlussfolgerungen zu ziehen ist Sache der Geschworenen«,

antwortete Richter Decker. »Bringen Sie hier keine Zeugen vor, die Vermutungen als absolute Tatsachen hinstellen.«

Als sich Burger wieder an seinen Zeugen wandte, war sein Gesicht so rot wie eine Tomate. »Sie haben ausgesagt, dass Sie Mr Mason einen Revolver gaben?«

»Ja, Sir.«

»Sie haben weiter ausgesagt, dass es nicht die Mordwaffe, sondern der Junior-Revolver war, stimmt das?«

»Jawohl, Sir.«

»Woher wissen Sie, dass der Junior-Revolver, den Sie ihm gaben, nicht die Mordwaffe, also dieses Beweisstück war?«

»Ganz einfach deswegen, weil die Beweisführung zeigt, dass die Waffe, die hier als Beweisstück vorliegt, am siebten Oktober dazu benutzt wurde, um George Casselman zu töten. Und es ist absolut unmöglich, dass der Junior-Revolver, den ich Mason gab, am siebten Oktober benutzt worden ist.«

»Weshalb ist das unmöglich?«

»Einspruch!« rief Mason. »Die Anklage scheint zu versuchen, ihren eigenen Zeugen ins Kreuzverhör zu nehmen. Ich stelle den Antrag, dass auch die letzte Aussage des Zeugen, nämlich dass es unmöglich sei, dass die Waffe, die er mir gegeben hat, die Mordwaffe ist, aus dem Protokoll gestrichen wird. Es handelt sich wiederum einwandfrei um eine Schlussfolgerung des Zeugen.«

»Der Antrag ist angenommen«, sagte der Richter, sichtlich verärgert über den District Attorney.

»Aber Euer Gnaden«, protestierte Hamilton Burger, »ich habe doch das Recht zu beweisen, dass . . .«

»Sie haben das Recht, Tatsachen zu beweisen«, unterbrach ihn Richter Decker unwirsch. »Tatsachen und nichts als Tatsachen.«

»Jawohl«, erwiderte Burger kleinlaut. »Sie haben also Mr Mason einen Revolver gegeben?«

»Ja, Sir. Ich gab ihm die Waffe, die Junior-Revolver genannt wird.«

»Woher hatten Sie sie?«

»Aus meiner Schreibtischschublade.«

»Nein, ich meine, woher hatten Sie den Revolver ursprünglich?«

»Mein Vater hat ihn mir geschenkt.«

»Wann?«

»Letztes Jahr zu Weihnachten.«

»Wo war dieser Revolver am siebten Oktober dieses Jahres?«

»In meinem Besitz.«

»Während des ganzen Tages?«

»Jawohl, Sir.«

»Und was taten Sie mit der Waffe?«

»Ich gab sie Perry Mason.«

»Und was tat er damit?«

»Er feuerte den Revolver ab.«

»Was geschah danach?«

»Dann gab mir Mr Mason eine Waffe und schlug vor, dass ich diese zu Miss Falkner bringe.«

»War es dieselbe Waffe, die Sie ihm vorher gegeben hatten?«

»Nein.«

»Augenblick mal!«, fuhr Richter Decker dazwischen. »Sie haben sich die Meinung gebildet, dass es nicht dieselbe Waffe gewesen sein kann, nicht wahr?«

»Ja, Sir.«

»Dann wird die Antwort gestrichen. Die Anklage wird noch einmal ersucht, den Zeugen durch ihre Fragestellung nicht dazu zu bringen, dass er Vermutungen aussagt. Bitte bezeugen Sie nur, was Sie tatsächlich wissen.«

»Jawohl. Also ich hatte den Junior-Revolver in meinem Besitz. Ich gab ihn Mr Mason. Er feuerte die Waffe ab. Dann gab er mir einen Revolver zurück und bat mich, diesen zu Stephanie Falkner zu bringen, was ich auch tat.«

»Wie reagierte Miss Falkner darauf?«, fragte Burger.

»Sie legte den Revolver auf einen Tisch in ihrem Wohnzimmer.«

»Was taten Sie daraufhin?«

»Ich verließ zusammen mit Mr Mason ihre Wohnung.«

»Weiter.«

»Als wir durch die Halle gingen, sahen wir zwei Polizeibeamte das Haus betreten.«

»Kennen Sie die Beamten?«

»Damals kannte ich sie noch nicht, inzwischen weiß ich, wer sie sind.«

»Und wer sind sie?«

»Sergeant Holcomb und Lieutenant Tragg von der Mordkommission.«

»Und der Revolver, den Sie Mr Mason gaben, war, wie Sie sagten, den ganzen siebten Oktober hindurch in Ihrem Besitz?«

»Jawohl, Sir.«

»Kreuzverhör«, rief Burger triumphierend zu Mason hinüber.

Mason stand auf und sah den Zeugen an. »Sie haben soeben ausgesagt, dass der Revolver, den Sie mir gaben, den ganzen siebten Oktober hindurch in Ihrem Besitz war?«

»War er auch.«

»Waren Sie an diesem Tag beim Mittagessen?«

»Ja.«

»Hatten Sie die Waffe mitgenommen?«

»Nein.«

»Sondern?«

»Sie lag in meiner Schreibtischschublade.«

»War die Lade verschlossen?«

»Nein.«

»Und das bezeichnen Sie als in Ihrem Besitz befindlich?«

»Jawohl.«

»Wo waren Sie am Abend des siebten Oktober?«

»Ich habe einen Kunden wegen eines Autoverkaufs besucht.«

»Nahmen Sie Ihren Revolver mit?«

»Nein, er lag in meinem Schreibtisch«, antwortete Garvin jun. aufsässig.

»Wann nahmen Sie ihn heraus?«

»Als die Besprechung vorbei war. Ich ging in mein Büro zurück, nahm Bargeld aus dem Safe und steckte die Waffe in die Tasche.«

»Und dann nahmen Sie sie mit nach Hause?«

»Ja.«

»Um welche Zeit war das?«

»Zwischen halb zehn und zehn, wenn ich mich recht erinnere.«

»Sie haben vor kurzem geheiratet, nicht wahr?«
»Ja.«
»Hatten Sie den Revolver in der Tasche, während Sie zu Hause waren?«
»Nein. Ich legte ihn auf unsere Kommode.«
»Um welche Zeit gingen Sie an diesem Abend schlafen?«
»Ungefähr eine halbe Stunde nachdem ich nach Hause gekommen war.«
»Und was taten Sie mit dem Revolver?«
»Den ließ ich auf der Kommode liegen.«
»War Ihr Büro am siebten Oktober abends verschlossen?«
»Natürlich.«
»Wer hat einen Schlüssel zu diesem Büro?«
»Mein Vater, der Nachtwächter, meine Sekretärin und ich.«
»Ihre Frau nicht?«
Garvin zögerte. »Doch«, antwortete er schließlich, »sie hat auch einen.«
»Was taten Sie, als Sie am nächsten Morgen aufstanden?«
»Ich rasierte mich, putzte mir die Zähne, frühstückte und fuhr in mein Büro«, antwortete der junge Garvin, und seine Stimme klang schrill vor Wut.
»Nahmen Sie den Revolver mit?«
Der Zeuge wollte gerade antworten, plötzlich hielt er inne, dachte einen Augenblick nach und meinte: »Ich . . . nein, ich ließ ihn zu Hause.«
»Was taten Sie mit der Waffe, die wir hier als Junior-Revolver bezeichnen?«
»Ich habe es bereits gesagt«, schnaubte Garvin, »ich ließ ihn zu Hause auf meiner Kommode liegen.«
»Und dann?«
»Dann rief ich meine Frau an und bat sie, mir die Waffe zu bringen.«
»Also«, fasste Mason zusammen, »nehmen Sie an, dass der Revolver, den Sie mir gaben, derselbe war, den Sie am Abend des siebten Oktober mit nach Hause nahmen, nicht wahr?«
»Es war ja nur ein Revolver da. Meine Frau nahm ihn von der Kommode.«

»Woher wissen Sie denn das?«

»Nun, weil ... dabei war ich natürlich nicht.«

»Sehen Sie«, belehrte ihn Mason. »Alles, was Sie wirklich wissen, ist, dass Sie mir einen Revolver gaben. Und dieser kann die Mordwaffe gewesen sein, die Sie von Ihrer Frau erhielten.«

Der Zeuge sprang auf. »Das ist eine infame Lüge!«, schrie er. »Das weise ich zurück!«

»Setzen Sie sich hin, Zeuge«, donnerte der Richter. »Verhalten Sie sich vor Gericht ordentlich!«

»Diese letzte Frage«, mischte sich der District Attorney ein, »war argumentativ, kein ordnungsgemäßes Kreuzverhör und eine infame Beleidigung, sie ...«

»Soweit sie die Kenntnis des Zeugen anbelangt, stimmt es aber«, antwortete Richter Decker. »Der Zeuge mag es zurückweisen, aber Mr Mason vertritt schließlich die Beschuldigte in einem Mordprozess. Ihr Einspruch wird abgelehnt!«

»Und nun möchte ich das Gericht bitten«, sagte Perry Mason, »dass die gesamte Aussage bezüglich eines Revolvers, der mir gegeben wurde, aus dem Protokoll gestrichen wird. Es hat sich herausgestellt, dass sämtliche Aussagen hierüber auf Hörensagen beruhen.«

»Nein!«, schrie Burger. »Ich werde es beweisen, ich werde eine Grundlage schaffen.«

»Wie wollen Sie das machen?«, erkundigte sich der Richter.

»Ich werde seine Frau als Zeugin bringen.«

Richter Decker schüttelte den Kopf. »Den Geschworenen wird gestattet, diese Aussage insoweit zu verwerten, als sie sich auf das bezieht, was der Zeuge tatsächlich unternahm. Was jedoch die Identität der Waffe, die er Mr Mason gab, anbelangt, so entscheidet das Gericht, dass sämtliche Aussagen hierüber gestrichen werden, weil sie sich auf Hörensagen stützen.«

Der Richter wandte sich an den verwirrten District Attorney: »Also, Mr Burger«, sagte er, »das Gericht möchte Ihnen einen Vorschlag machen. Es ist erwiesen, dass aus einer Waffe, die Mr Mason in der Hand hatte, eine Kugel abgefeuert wurde. Welche Waffe es war, wissen wir nicht. Diese Kugel aber hat sich ja sicher nicht in Luft aufgelöst. Sie haben einen Ballistikexperten hier, der ausgesagt hat, dass aus der Waffe, die hier Beweisstück Nummer 30 ist, Testkugeln abgefeuert wurden.

Dem Gericht erscheint es demnach nicht allzu schwierig, einen Beweis dafür zu erbringen, ob die Waffe, die entweder versehentlich oder aus anderen Gründen von Mr Mason abgefeuert wurde, und unser Beweisstück 30 ein und derselbe Revolver sind.«

»Das können wir nicht beweisen, euer Gnaden«, klagte Hamilton Burger.

»Weshalb denn nicht?«

»Weil jemand die Kugel als Andenken mitgenommen hat.«

»Hat die Polizei die Kugel denn nicht sichergestellt?«, fragte Richter Decker scharf.

»Nein, Euer Gnaden«, antwortete Burger, sichtlich zerknirscht.

»So!«, schnauzte der Richter. »Dann können Sie die Verteidigung auch nicht dafür zur Verantwortung ziehen, wenn die Polizei nachlässig war. Die Entscheidung des Gerichts bleibt bestehen!«

»Ich habe keine weiteren Fragen an den Zeugen«, meldete Mason.

»Sie können den Zeugenstand verlassen, Mr Garvin«, sagte der Richter, »das ist alles.«

Garvins Gesicht war wutverzerrt. Als er an Mason vorbeikam, presste er zwischen den Zähnen hervor: »Dafür werde ich Sie umbringen, Mason!«

»Einen Augenblick, Euer Gnaden«, bat Mason. »Ich habe doch noch eine Frage an den Zeugen. Würden Sie sich bitte noch einmal setzen, Mr Garvin?«

Garvin zögerte.

»Gehen Sie zurück!«, befahl der Richter.

»Als Sie eben den Gerichtssaal verlassen, wollten«, sagte Mason, »und an mir vorbeikamen, sagten Sie doch etwas zu mir. Was war das?«

»Euer Gnaden«, rief Burger, »ich erhebe Einspruch! Das hat doch mit dem Prozess nichts zu tun. Welche persönlichen Gefühle der Zeuge gegen Mr Mason hegt, kann doch die Anklage nicht berühren. Ich muss zugeben, das auch ich sehr aufgebracht bin über die Art und Weise, wie dieser ganze Hokuspokus vonstatten ging.«

»Ihre Gefühle haben genauso wenig damit zu tun«, konterte der Richter. »Sie sind hier nicht der Zeuge. Die Verteidigung hat sehr wohl das Recht, die Voreingenommenheit des Zeugen zu beweisen.«

»Was sagten Sie also?«, wiederholte Mason seine Frage.

Garvin schrie die Antwort förmlich heraus. »Ich sagte, ich werde Sie dafür umbringen. Und bei Gott, das werde ich tun!«

»Ist das eine Drohung?«, erkundigte sich Mason höflich.

»Das ist ein Versprechen!«, brüllte Garvin. »Ich werde . . .«

»Sie werden vierundzwanzig Stunden wegen Nichtachtung des Gerichts ins Gefängnis gehen«, vollendete Richter Decker aufgebracht diesen Satz. »Das Gericht ist nämlich kein Ort, um Drohungen dieser Art auszusprechen. Sie sind wiederholt ermahnt worden, Zeuge. Das Gericht kann verstehen, dass Sie sich in einer nervlichen Anspannung befinden. Trotzdem haben Sie sich vor Gericht anständig aufzuführen. Wachtmeister, führen Sie den Zeugen ab!«

Der Polizist trat vor und fasste Garvin beim Ärmel. Garvin richtete sich auf und einen Augenblick sah es so aus, als habe er nun völlig die Beherrschung verloren. Dann folgte er dem Beamten.

»Rufen Sie Eva Elliott!«, befahl Hamilton Burger.

Eva Elliott war offenbar auf die Vernehmung vorbereitet und benahm sich, als wolle sie diese dramatische Rolle voll auskosten. Sie sah aus wie eine Frau, die Stunden vorher in einem Schönheitssalon verbracht hatte. Mit kleinen, eleganten Schritten tippelte sie vor zum Zeugenstand.

»Was sind Sie von Beruf?«, fragte Burger.

»Mannequin und Schauspielerin.«

»Was taten Sie am siebten Oktober dieses Jahres?«

»Da war ich als Sekretärin bei Mr Homer Garvin sen. angestellt.«

»Wie lange hatten Sie diese Stellung inne?«

»Fast ein Jahr.«

»Ich richte Ihre Aufmerksamkeit auf den siebten Oktober und frage Sie, ob an diesem Tag etwas Ungewöhnliches passierte?«

»Ja, Sir.«

»Einen Moment mal«, rief Richter Decker dazwischen. »Es liegt zwar seitens der Verteidigung kein Einspruch vor. Mir scheint jedoch, dass zunächst eine Verbindung hergestellt werden sollte. Alles, was in Abwesenheit der Beschuldigten am siebten Oktober geschehen ist, hat mit unserem Prozess nichts zu tun, es sei denn, es liegen Beweise vor, dass die Beschuldigte in irgendeiner Form davon profitierte, mithalf oder zumindest zustimmte.«

»Wir möchten genau aufzeigen, was Mr Homer Garvin sen. an diesem Tage tat«, sagte Hamilton Burger. »Wir möchten beweisen, dass er gewisse Dinge wusste und Gelegenheit hatte, sie der Beschuldigten mitzuteilen.«

Richter Decker sah Mason fragend an: »Erheben Sie Einspruch?«

»Nein, Euer Gnaden«, erwiderte Perry Mason lächelnd.

»Also gut«, entschied der Richter. »Beantworten Sie die Frage.«

»Also was geschah?«, fragte Burger.

»Mr Garvin rief mich aus Las Vegas an und trug mir auf, im Büro auf ihn zu warten.«

»Um welche Zeit kam er ins Büro?«

»Gegen dreiviertel neun. Eine ganze Stunde früher jedenfalls, als er sich angesagt hatte. Er war sehr nervös und wollte nicht mit mir reden, bevor er nicht ein Bad genommen hatte.«

»Einen Augenblick«, mischte sich der Richter wieder ein. »Mr District Attorney, Sie haben Mr Garvin sen. als Zeugen der Anklage gerufen. Versuchen Sie etwa jetzt, Ihren eigenen Zeugen zu belasten?«

»Er ist voreingenommen«, antwortete Burger, »und er ist zweifellos, wie seine Aussage zeigt, mit der Beschuldigten verbündet.«

»Deswegen bleibt er trotzdem Ihr Zeuge.«

»Wir erheben keinen Einspruch, Euer Gnaden«, sagte Mason.

»Das sollten Sie aber tun«, tadelte der Richter.

Mason schwieg und deutete lediglich mit einer Kopfbewegung an, dass er dem Gericht ehrerbietig gegenüberstand.

»Also gut«, meinte Richter Decker, aber er hatte Mühe, seinen Unmut zu verbergen, »nach Lage der Dinge wird also ein Einspruch nicht erhoben. Beantworten Sie die Frage, Zeugin!«

»Sind Sie mit Ihrer Zeitangabe sicher?«, fragte Burger stattdessen.

»Absolut«, antwortete Eva Elliott. »Ich kam mir vor, als wäre ich ein Büroeinrichtungsgegenstand. Ich dachte, dass Mr Garvin auch vorher mit mir sprechen könnte, wenn er . . .«

»Halt!«, rief Decker. »Was Sie dachten, ist für unseren Prozess völlig unerheblich. Sie sind lediglich gefragt worden, ob Sie wegen der Angabe der Zeit sicher seien.«

»Ja, ich bin sicher«, antwortete Eva Elliott ein bisschen beleidigt.

»Hat Mr Garvin irgendetwas über Mr Casselman zu Ihnen gesagt?«, fragte Hamilton Burger.

»Ja.«

»Wer war dabei?«

»Nur Mr Garvin und ich.«

»Was sagte er?«

»Er sagte, er habe gerade mit einem Mann gesprochen, von dem er weiß, dass er der Mörder von Stephanie Falkners Vater ist. Er habe sich mit ihm für elf Uhr desselben Abends verabredet.«

»Und was tat Mr Garvin dann?«

»Er zog seine Jacke aus. Ich bemerkte den Revolver, der in seinem Halfter steckte. Er nahm den Schulterhalfter ab und legte ihn auf den Schreibtisch, dann ging er ins Badezimmer und duschte sich.«

»Können Sie den Revolver, der zu diesem Zeitpunkt in dem Schulterhalfter steckte, identifizieren?«

»Nein, Sir. Leider nicht. Ich fürchte mich vor Feuerwaffen. Nicht einmal in die Nähe des Revolvers bin ich gegangen. Aber er sah so aus wie der dort drüben.«

»Sie können mit Ihren Fragen beginnen«, sagte Burger zu Perry Mason.

»Wie spät war es, sagten Sie?«

»Als Mr Garvin im Büro ankam, war es ungefähr dreiviertel neun.«

»Und er sagte Ihnen, er habe Casselman schon gesehen?«

»Seine genauen Worte waren: ›Ich habe gerade mit dem Mann gesprochen, von dem ich nun sicher weiß, dass er Stephanie Falkners Vater getötet hat. Ich habe für elf Uhr eine Verabredung mit ihm.‹«

»Sie erinnern sich genau an seine Worte?«

»Jawohl.«

»Aber er hat Casselmans Namen nicht genannt, nicht wahr?«

»Aber er meinte ihn. Er sagte . . .«

»Ich frage nicht, wen er meinte, ich will wissen, ob er den Namen Casselman genannt hat.«

»Nein, das hat er nicht.«

»Danke, das ist alles.«

»Ich rufe jetzt Mrs Homer Garvin jun. als Zeugin auf«, verkündete Hamilton Burger.

Dawn Garvin, eine äußerst gepflegte junge Dame, kam mit selbstsicheren Schritten nach vorn. Sie lächelte die Geschworenen an, schlug die Beine übereinander und ließ ihren Rock dabei so weit hochrutschen, dass es gerade noch schicklich war. Dann wandte sie sich höflich und abwartend dem District Attorney zu.

»Sie sind mit Homer Garvin jun. verheiratet, der als Zeuge der Anklage bereits ausgesagt hat«, begann Burger. »Ich zeige Ihnen jetzt eine Waffe, die wir als Beweisstück Nummer 30 der Anklage gekennzeichnet haben, und frage Sie, ob Sie diese Waffe schon einmal gesehen haben.«

»Das kann ich Ihnen nicht genau sagen«, antwortete sie lächelnd. »Ich habe einen Revolver gesehen, der diesem sehr ähnlich war. Aber ich bin nun mal kein Experte für Feuerwaffen.«

»Wo sahen Sie die Waffe?«

»Mein Mann legte sie auf unsere Kommode.«

»Wann?«

»Am siebten Oktober abends.«

»Um welche Zeit?«

»Ungefähr gegen halb elf.«

»Haben Sie den Revolver am achten Oktober auch gesehen?«
»O ja.«
»Und was taten Sie damit?«
»Ich rief meinen Mann im Büro an und sagte ihm, dass er den Revolver zu Hause liegen gelassen habe.«
»Wann riefen Sie ihn an?«
»Als ich aufstand und die Waffe bemerkte.«
»Und das war, nachdem Ihr Mann bereits im Büro war?«
Sie lächelte. »Wir sind jung verheiratet, Mr Burger«, antwortete sie. »Ich versuche, meinen Mann noch zu erziehen. Er soll sich ruhig selbst das Frühstück machen und ich schlafe bis halb zehn.«
Die Zuschauer und die Geschworenen lachten. Selbst Richter Decker musste lächeln. Ihre selbstsichere Art und die humorvollen Antworten der Zeugin machten großen Eindruck.
»Was taten Sie bezüglich des Revolvers?«, fragte Burger.
»Ich befolgte die Anweisungen meines Mannes, nahm ihn und brachte ihn in sein Büro.«
»Wann?«
»Gegen halb elf Uhr vormittags.«
»Wissen Sie, ob es der Revolver war, den wir als Beweisstück aufgenommen haben?«
»Nein, Sir, das kann ich Ihnen leider nicht sagen. Alles, was ich weiß, ist, dass ich den Revolver von der Kommode nahm und zu meinem Mann brachte. Dagegen kann ich bestätigen, dass mein Mann, als er sich am Abend des siebten Oktober auszog, einen Revolver aus der Tasche nahm und auf die Kommode legte. Und ich weiß, dass am nächsten Morgen ein Revolver auf der Kommode lag, der genauso aussah. Ich bin ziemlich sicher, dass niemand in der Zwischenzeit unser Schlafzimmer betreten hat. Das ist alles, was ich weiß.«
»Kreuzverhör«, rief Hamilton Burger.
»Mrs Garvin«, fragte Mason, »waren Sie am siebten Oktober den ganzen Abend zu Hause?«
»Ja.«
»Wussten Sie, dass Ihr Mann zweimal versuchte, Sie telefonisch zu erreichen?«

»Er erzählte es mir.«

»Wollen Sie den Geschworenen glaubhaft machen, dass Sie zwar zu Hause waren, jedoch nicht ans Telefon gingen?«

»Ich habe eine Stunde lang fest geschlafen, Mr Mason.«

»Haben Sie das Ihrem Mann erzählt?«

»Nein.«

»Warum denn nicht?«

»Sehen Sie«, antwortete sie lächelnd, »wir sind ja noch in den Flitterwochen. Mein Mann hatte mich wegen einer geschäftlichen Besprechung allein gelassen. Ich wollte ihn wissen lassen, dass er mich verletzt hatte und ich ein bisschen böse war. Das hätte er mir aber niemals geglaubt, wenn er gewusst hätte, dass ich seelenruhig schlafen kann. Ich glaube, es ist mir gelungen, ihn zu überzeugen, dass er sich verwählt haben muss.«

»Zweimal?«

»Ja, zweimal.«

»Hat das nicht eine Menge Überredungskunst gekostet?«

»Das schon, aber wenn man jung verheiratet ist, geht es noch relativ einfacher als später in der Ehe.«

»Sie haben ihn also angelogen?«

»Himmel, nein! Ich deutete an, das er wahrscheinlich falsch gewählt hatte. Er fragte mich ja nicht, was ich getan habe.«

»Kommen wir noch einmal auf den Revolver zurück, Mrs Garvin«, sagte Mason. »Sie wissen nicht, ob sich in dem Revolver bereits eine leere Patrone befand, als Sie ihn zu Ihrem Mann ins Büro brachten, nicht wahr?«

»Dann hätten ja zwei leere Hülsen darin sein müssen, nachdem Sie eine Kugel in Homers Schreibtisch feuerten«, meinte sie lächelnd.

»Schon, aber nur unter der Voraussetzung, dass es auch dieselbe Waffe war, die Sie ins Büro brachten.«

»Als Frau sollte man immer versuchen vorauszusetzen, dass der Mann einem die Wahrheit sagt.«

»Danke sehr, das ist alles«, meinte Mason.

Burgers nächste Zeugin war eine Lorraine Kettle, eine dürre Witwe von sechsundfünfzig, die aussagte, dass sie im Parterre der Ambrose Apartments wohnte. Am Abend des siebten Oktober habe sie gegen dreiviertel neun eine Frau die Hintertreppe von Casselmans Wohnung herunterkommen sehen.

Sie habe geglaubt, es wäre eine Einbrecherin, darum habe sie diese Frau verfolgt.

»Waren Sie dicht genug hinter ihr um sie zu erkennen?«

»Ja.«

»Wer war es?«

»Es war die Frau, die dort drüben sitzt, die Beschuldigte in diesem Prozess, Stephanie Falkner.«

»Was tat sie?«

»Sie lief auf die Straße und dann kam ein Mann mit einem Auto, hielt an und sprach sie an. Daraufhin stieg sie in den Wagen und die beiden fuhren davon.«

»Wissen Sie auch, wer der Mann im Auto war?«

»Ja, das war Mr Perry Mason, der Rechtsanwalt.«

»Kreuzverhör«, rief Burger hämisch.

»Wie kam es, dass Sie die Hintertreppe beobachteten?«, fragte Mason.

»Ich habe schon öfter junge Damen dort hinaufgehen sehen. Diesmal wollte ich mich beschweren.«

»Wollen Sie damit sagen, dass die Beschuldigte schon früher einmal dort war?«

»Das kann ich nicht beschwören.«

»Sie meinen aber vor dem siebten Oktober, nicht wahr?«

»Ja.«

»Sie haben Frauen durch den Hintereingang die Wohnung verlassen sehen?«

»Nun, ich bin nicht ganz sicher, ob es tatsächlich mehrere Frauen waren.«

»Aber am siebten Oktober folgten Sie der Frau, die hinausging?«

»Ich folgte der Beschuldigten, jawohl.«

»Weshalb?«

»Ich wollte sehen, wer sie war.«

»War das der einzige Grund?«

»Ja.«

»Sie hatten also vor, ihr nur so weit nachzugeben, bis Sie sie erkannt hatten, nicht wahr?«

»Ja.«

»Und dann wollten Sie wieder umkehren und sich beschweren?«

»Genau das.«

»Als sie ins Auto stieg, verfolgten Sie sie immer noch?«

»Ja.«

»Dann hatten Sie sie also bis dahin noch nicht richtig erkannt, oder?«

»O doch.«

»Aber eben sagten Sie doch, dass Sie wieder umkehren wollten, sobald Sie sie gesehen hatten.«

»Nun ... ich wollte noch genauer hinsehen, aber ich war mir schon ziemlich sicher.«

»Ziemlich sicher?«

»Ja.«

»Und wenn sie nicht in ein Auto gestiegen wäre, wären Sie noch weiter nachgegangen?«

»Ja, ich glaube schon.«

»Das ist alles«, sagte Mason lächelnd.

»Damit haben wir die Beweisführung abgeschlossen, Euer Gnaden«, sagte Hamilton Burger.

Richter Decker runzelte die Stirn.

»Die Verteidigung beantragt, die Beschuldigte freizusprechen, da das bisher vorgelegte Beweismaterial bestenfalls Verdachtsmomente ergibt.«

»Zum augenblicklichen Zeitpunkt muss das Gericht diesen Antrag ablehnen«, antwortete Richter Decker. »Wenn die Verteidigung ihre Argumente vorgebracht hat, werden die Geschworenen urteilen. Das Gericht vertagt sich bis vierzehn Uhr. Dann hat die Verteidigung Gelegenheit zur Gegenbeweisführung.«

Mason wandte sich an Stephanie Falkner: »Sie müssen in den Zeugenstand«, sagte er eindringlich. »Sie müssen bestreiten, George Casselman umgebracht zu haben.«

Sie schüttelte den Kopf. »Ich werde nicht in den Zeugenstand treten.«

»Das müssen Sie«, wiederholte Mason. »Wenn Sie es nicht tun, wird man Sie wegen Mordes verurteilen. Auf Grund der Aussagen ist es mir gelungen, den Tod Ihres Vaters aufzuzeigen. Die Geschworenen werden daher milder urteilen. Trotzdem werden sie Sie schuldig sprechen. Die Tatsache, dass an Ihrem Schuh Blut klebte, dass Ihr Schuhabdruck . . .«

»Es tut mir Leid, Mr Mason«, unterbrach sie ihn, »aber ich werde nicht aussagen.«

»Warum nicht?«, fragte Mason. »Gibt es in Ihrer Vergangenheit etwas, wovor Sie sich fürchten? Sind Sie vorbestraft?«

Sie schüttelte den Kopf.

»Ja oder nein?«, beharrte Mason.

»Ich kann nichts weiter zu Ihnen sagen, als dass ich nicht in den Zeugenstand gehen werde, Mr Mason. Sie können tun, was Sie wollen, aber Sie werden mich nicht dazu bringen.«

»Stephanie«, warnte Mason nochmals eindringlich, »das können Sie nicht tun! Ich selbst werde Sie aufrufen.«

»Wenn Sie das tun, werde ich einfach ablehnen, von meinem Stuhl aufzustehen.«

»Dann habe ich wenigstens etwas, über das ich streiten kann«, meinte Mason.

»Sie müssen jetzt gehen«, mahnte der Wachtmeister.

19

Mason, Della Street und Paul Drake aßen im Nebenzimmer eines kleinen Restaurants in der Nähe des Gerichts zu Mittag.

Sie waren halb fertig, als jemand aufgeregt gegen die Tür klopfte.

Es war Gertie, Masons Telefonistin. Sie war völlig außer sich.

»Mr Mason, Mr Mason«, rief sie, »Marie Barlow war im Büro. Mein Gott! Ist diese Frau dick! Sie muss mindestens Drillinge kriegen. In diesem Zustand sollte sie überhaupt nicht mehr auf die Straße gehen. Ich habe es ihr gesagt. Ich habe sie gewarnt, dass . . .«

»Moment, Gertie«, unterbrach Mason ihren Redeschwall. »Beruhigen Sie sich erst einmal. Was ist denn los?«

»Marie Barlow war in Mr Garvins Büro. Sie hat versucht, die Registratur zu ordnen. Dabei bemerkte sie hinter einigen Ordnern etwas. Wissen Sie, es sind alte Akten, die mehr als zehn Jahre nicht mehr angesehen wurden, und ...«

»Was hat sie bemerkt?«, fuhr Mason dazwischen.

»Blutverschmierte Handtücher«, flüsterte Gertie, »die Mr Garvin in der Mordnacht dort versteckt hat.«

»Was?«

»Ja, Handtücher mit getrocknetem, verkrustetem Blut. Der Name der Ambrose Apartments ist eingestickt. Sie sind dort versteckt worden. Marie fürchtet sich. Sie wollte nicht, dass jemand es erfährt. Ich sollte Sie suchen und fragen, was sie tun soll. Sie will zwar zu Mr Garvin halten, hat sie gesagt, aber andererseits könne sie das doch nicht verantworten. Ich meine, dass seinetwegen vielleicht Stephanie Falkner verurteilt wird.

Zuerst wollte sie den Ausgang des Prozesses abwarten und offiziell die Handtücher einfach erst später finden, damit Sie dann eine Wiederaufnahme des Verfahrens beantragen können. Aber das wäre doch nicht richtig. Sie ist völlig durcheinander, die arme ...«

»Gut, Gertie«, sagte Mason. »Beruhigen Sie sich und trinken Sie eine Tasse Kaffee.«

»Lieber Himmel, Mr Mason, ich bin ja so aufgeregt«, schnatterte Gertie weiter. »Jetzt ist mir alles klar. Homer Garvin hat den Casselman tatsächlich erschossen. Und Stephanie Falkner weiß es. Aber weil sie ihn liebt, will sie nicht ...«

»He, Moment mal!«, unterbrach Mason. »Mit Ihrer verrückten Fantasie haben Sie mich gerade auf eine Idee gebracht.«

Della Street blickte Mason warnend an. »Sie hat eine ganze Menge verrückter Einfälle«, sagte sie. »Wenn man ihr einen Handschuh aufhebt, macht sie einen Heiratsantrag daraus.«

Perry Mason begann nervös auf und ab zu gehen. »Verflixt«, meinte er, »es ist verzinkt und irrsinnig, aber ich kann den District Attorney damit überrumpeln. Das ist das einzige, was mir übrig bleibt.«

Gertie wandte sich an Paul Drake. »Vor lauter Aufregung hatte ich fast vergessen, Ihnen auszurichten, dass Sie dringend Ihr Büro anrufen sollen«, sagte sie.

»Was haben Sie vor?«, fragte Della Street ihren Chef.

»Ich werde Stephanie Falkner als Zeugin der Verteidigung aufrufen. Sie wird sich weigern«, sagte Mason, »daraufhin werde ich einen Streit vom Zaun brechen. Es wird eine Szene im Gerichtssaal geben. Ich werde ihr befehlen, in den Zeugenstand zu gehen. Es kommt darauf an, vor den Geschworenen einen Wirbel zu veranstalten. Stephanie wüsste, dass der Mann, den sie liebt, Casselman ermordet hat und dann ... Warten Sie mal! Warten Sie mal, Della«, unterbrach Mason sich selbst und schnappte mit den Fingern. »Ich hab's. Ich habe es!«

»Was denn?«, fragte Della gespannt.

Mason lachte. »Die können die Kugel aus Juniors Schreibtisch nicht finden! Ich hab's, Della. Die blutverschmierten Handtücher kommen mir wie gerufen.«

»Erzählen Sie weiter!«, rief sie. Seine Aufregung hatte sie angesteckt.

Paul Drake, der den Hörer am Ohr hatte, steckte sich den Zeigefinger ins andere Ohr und schrie: »Macht nicht so einen Lärm! Ich kann mein eigenes Wort nicht verstehen. Es ist etwas Wichtiges.«

»Della«, berichtete Mason, »ich werde behaupten, dass der junge Garvin tatsächlich den Junior-Revolver zu Stephanie brachte. Inzwischen hatte Stephanie bemerkt, dass im Halfter-Revolver, den sie von Garvin sen. bekam, eine Kugel fehlte. Jetzt war sie überzeugt, dass er Casselman getötet hatte. Statt den Junior-Revolver auf dem Tisch liegen zu lassen, nahm sie ihn und versteckte ihn in ihrer Wohnung. Den Halfter-Revolver, den ihr Garvin sen. am Abend vorher gegeben hatte, legte sie dafür auf den Tisch. Bei Gott, Della, das hat sie auch getan!«

Della nickte.

»Sehen Sie«, fuhr Mason fort, »uns fehlt doch eine Waffe. Der alte Garvin gab Stephanie in der Mordnacht seinen Halfter-Revolver. Am nächsten Tag bekam sie auf meinen Vorschlag hin von Junior dessen Revolver. Die Polizei durchsuchte ihre Wohnung, fand aber nur eine Waffe. Als sie die hatte, hörte sie schon mit ihrer Suche auf. Ich schwöre Ihnen, ich werde einen Wirbel machen, der sich gewaschen hat. Ich werde verlangen, dass das Gericht meine Klientin in den Zeugenstand beordert ... verdammt, das wird ein Feuerwerk geben, von dem man noch lange reden wird.

Dazu gehört, dass ich mir Sergeant Holcomb noch mal vorknöpfe. Ich werde darauf hinweisen, dass er in dem Augenblick, als er die Waffe bei Stephanie fand, zu seinem Ballistikexperten rannte und sie testen ließ. Als sich herausstellte, dass es sich um die Mordwaffe handelt, war er vor Freude so außer sich, dass er überhaupt nicht in Stephanies Wohnung zurückging, um seine Durchsuchung zu beenden. Jedenfalls nicht vor dem neunten Oktober.

Mir ist jetzt völlig klar, was Stephanie tat. Sowie Junior und ich zur Tür hinaus waren, nahm sie seinen Revolver und versteckte ihn. Das ist die einzig logische Erklärung. Sie glaubte, dass Garvin sen. Casselman erschossen hatte, also vertauschte sie die Waffen.

Ich weiß, dass Garvin gegen acht Uhr fünfzehn bei Casselman war. Er muss ihn in Notwehr erschossen haben. Als Stephanie um halb neun zu ihm kam, war er bereits tot. Sie trat in das Blut und ging zum Hintereingang hinaus und ... sehen Sie, Della, sie hat ja beobachtet, wie Garvin von dort wegfuhr. Sie wusste also mit Bestimmtheit, dass er bei Casselman gewesen ist.

Ich habe geschlafen, Della. Weshalb ist mir das nur nicht früher eingefallen? Wir sind ständig im Kreis herumgerannt und es ist uns nie zum Bewusstsein gekommen, dass der ganze Fall an einem fehlenden Revolver hängt.«

»Nun ja«, meinte Della, »wenn Sie es den Geschworenen ebenso überzeugend darlegen wie mir eben, können Sie damit durchkommen.«

»Durchkommen!«, rief Mason aus. »Das Schlimmste, was mir passieren kann, wäre ... Gertie! Gott segne Ihre romantischen, träumerischen Gefühlsduseleien. Ich werde Ihnen fünf Pfund Konfekt kaufen, sowie ich heute Nachmittag das Gericht verlasse.«

»Ach bitte, Mr Mason«, meinte Gertie, »nur kein Konfekt. Ich mache gerade wieder eine Schlankheitskur.«

»Doch, doch. Die beste Sorte, fünf Pfund in einer Luxusschachtel.«

»Nun ja«, seufzte sie, »wenn Sie unbedingt darauf bestehen.«

Drake hatte sein Telefonat beendet. »Perry, hör mal zu«, sagte er, »ich habe die ganze Stadt abgrasen lassen, um die Druckerei zu finden, die die Rechnungsformulare für die Firma Acme gedruckt hat. Gestern Abend habe ich nun meine Männer in Las Vegas mit der Suche beginnen lassen. Und genau dort haben wir die Druckerei auch aufgestöbert. Sie sind von einem Mann in Auftrag gegeben worden, der bar bezahlt hat. Leider kann ich keine Beschreibung dieses Kerls bekommen. Es ist ein Jahr her und die Leute können sich nicht mehr an ihn erinnern.«

»Ach, mach dir nichts draus, Paul«, meinte Mason und schnippte wieder mit den Fingern. »Ich werde die Sache sowieso anders aufzäumen. Schließlich, weshalb sollte Stephanie die Revolver nicht vertauscht haben?«

Drake blickte auf seine Uhr und sagte: »Ich habe leider nicht alles mitgekriegt, was du gesagt hast, weil ich telefoniert habe. Aber du tust gut daran, zu Ende zu essen, wenn du um zwei Uhr im Gericht sein willst, Perry.«

Mason wandte sich an Gertie: »Wo ist Marie jetzt, Gertie?«

»Sie wartet in Ihrem Büro, Mr Mason.«

»Hat sie die Handtücher bei sich?«

»Ja.«

»Dann beeilen Sie sich, Gertie. Sagen Sie ihr, sie möchte sie in einen großen Umschlag tun und mir diesen ins Gericht bringen. Ich werde den Prozess so lange hinauszögern, bis sie da ist.«

»Oh, sie wird bestimmt nicht in den Gerichtssaal gehen wollen, wo so viele Leute sitzen, Mr Mason«, meinte Gertie. »Sie ist wirklich sehr, sehr dick. Es kann auch jeden Augenblick mit ihr losgehen, wissen Sie.«

»Marie wird das tun, worum ich sie bitte«, antwortete Mason. »Ihr Umstand kommt mir sogar gelegen. Sie wird der Mittelpunkt sein. Sagen Sie ihr nur, sie möge nach vorn kommen an meinen Tisch und mir das Paket bringen.«

»Aber wie wollen Sie die Sache hinauszögern, bis Marie eintrifft?«, fragte Della.

»Gehen Sie los, Gertie«, befahl Mason und zu Della gewandt sagte er: »Ich werde es schon irgendwie schaffen. Ich rufe einfach den letzten Zeugen zum nochmaligen Kreuzverhör. Irgendetwas wird mir schon einfallen.«

Gertie eilte aus dem Restaurant.

Mason setzte sich wieder auf seinen Platz, aber er war zu aufgeregt, um zu Ende zu essen. »Ungeheuerlich«, meinte er. »Welch eine schöne, verworrene Theorie. Und das beste an ihr ist, das der gute Burger das Gegenteil nicht beweisen kann. Schließlich handelt es sich um einen Fall mit Indizienbeweisen. Das Belastungsmaterial muss ausreichend genug sein um jede andere Möglichkeit als die der Schuld auszuschließen.«

»Ist denn diese Hypothese vernünftig?«, fragte Paul Drake skeptisch.

»Von Perry Mason bronziert«, meinte Della scherzend, »wird sie wie achtzehnkarätiges Gold aussehen.«

»Na meinetwegen«, meinte der Detektiv. »Aber werdet mir nur nicht zu enthusiastisch, dass ihr noch vergesst, um zwei wieder im Gericht zu sein. Man sagt, dass Richter Decker unpünktliche Leute nicht ausstehen kann.«

Mason nickte. »Ich werde Eva Elliott noch einmal aufrufen, Della«, sagte er. »Sonst merkt man, dass ich versuche, den Prozess hinauszuzögern. Die Elliott ist die einzige Zeugin, mit der ich was machen kann. Der werden die Augen übergehen, wenn ich ihr vorhalte, das sie falsche Rechnungen bezahlt hat.«

»Aber ist das denn noch ein ordnungsgemäßes Kreuzverhör?«

»Eigentlich nicht. Aber wenn ich ihr erst einmal ein Dutzend Fragen gestellt habe, werden die Geschworenen schon wissen, worauf ich hinauswill. Richter Decker wird inzwischen maßlos wütend geworden sein und Hamilton Burger wird sich vor lauter Einsprüchen heiser schreien. Aber ich habe dann das erreicht, was ich wollte.

Sowie Marie Barlow da ist, werde ich meine Theorie mit den vertauschten Revolvern vorbringen und behaupten, dass es eine vernünftige Hypothese ohne jede Schuldfrage ist. Ich stelle Marie als Zeugin in den Stand. Das wird ein Zirkus werden!«

»Wissen Sie«, sagte Della, »an Ihrer Theorie ist auch wirklich etwas dran. Schließlich konnte Stephanie die Waffen tatsächlich vertauschen. So muss es ganz einfach gewesen sein.«

»Bravo!«, rief Mason. »Ich habe Sie überzeugt und Sie sind ziemlich skeptisch, Della. Wenn es mir bei Ihnen gelungen ist, werde ich es mindestens auch zwei oder drei Geschworenen einimpfen können.«

»Aber vergessen Sie nicht«, warnte Della, »dass Hamilton Burger das Schlusswort hat.«

»Wenn er den Mund aufmacht«, antwortete Mason, »wird er sich in juristischem Treibsand verfangen. Seine eigenen Zeugen haben bewiesen, dass es zwei Revolver gab. Den zweiten hat er nie gefunden. Und nachdem er nicht weiß, wo er ist, kann er die Behauptung auch nicht widerlegen, dass Stephanie, die Homer Garvin sen. fanatisch liebt, die Waffen vertauscht hat, um ihm zu helfen. Und er kann auch nichts dagegen tun, wenn ich behaupte, dass sie sich für den geliebten Mann lieber auf den elektrischen Stuhl bringen ließe als ihn zu verraten.«

»Es wird eine tolle Show werden«, meinte Della. »Aber es muss auch genauso gewesen sein.«

»Ist es auch«, antwortete Mason. »Das ist auch der Grund, weshalb sie partout nicht in den Zeugenstand will.«

20

»Ich stelle fest dass sich sowohl sämtliche Geschworenen als auch die Beschuldigte im Gerichtssaal befinden«, begann Richter Decker. »Die Verteidigung möge fortfahren.«

»Ich bitte das Gericht, mir zu gestatten, eine Zeugin der Anklage nochmals zu verhören, da sich einige zusätzliche Gesichtspunkte ergeben haben.«

»Wir erheben dagegen Einspruch«, antwortete Burger. »Die Anklage hat ihre Beweisführung bereits abgeschlossen.«

»Welche Zeugin?«, erkundigte sich Richter Decker, ohne auf Hamilton Burgers Einwand zu hören.

»Eva Elliott, Euer Gnaden«, antwortete Mason.

»Dem Antrag der Verteidigung wird stattgegeben«, entschied der Richter.

Während Eva Elliott aufgerufen wurde, blickte Mason rasch auf die Uhr. Er hatte sich in Gedanken einen Fahrplan zurechtgelegt.

»Ich habe nur noch ein paar Fragen an Sie, Miss Elliott«, sagte Mason, als die Zeugin Platz genommen hatte. »Hatten Sie Berufserfahrung als Sekretärin, bevor Sie bei Mr Garvin Ihre Stellung antraten?«

»Einspruch!«, bellte Burger. »Das ist völlig unerheblich, unsachlich und unwesentlich!«

»Stattgegeben!«

»Gehörte es zu Ihren Pflichten als Sekretärin, Schecks für Rechnungen auszuschreiben, die an die Firma Homer Garvin geschickt wurden?«

»Ja.«

»Sie haben die Schecks gewöhnlich mit der Maschine ausgefüllt und sie dann Mr Garvin zur Unterschrift vorgelegt, nicht wahr?«

»Jawohl, Sir.«

»Wie haben Sie diese Rechnungen überprüft?«, wollte Mason wissen.

»Einspruch!«, rief Burger wieder. »Die Frage ist unwesentlich.«

»Stattgegeben«, entschied das Gericht.

»Stimmt es nicht«, fuhr Mason ungerührt fort, »dass Sie an die Firma Acme-Elektrik- und Installations-GmbH und an die Eureka-Renovierungsgesellschaft, beide in der Chatham Street 1397, von Mr Garvin unterzeichnete Schecks schickten, und zwar über mehrere tausend Dollar, obgleich es diese Firmen in Wirklichkeit gar nicht gab?«

»Einen Augenblick. Einen Moment mal!« donnerte Burger. »Euer Gnaden, das gehört nicht zur Sache. Darüber hinaus ist es auch kein ordnungsgemäßes Kreuzverhör.«

Richter Decker strich sich nachdenklich übers Kinn. »Es scheint auf den ersten Blick, als haben Sie Recht«, meinte er. »Es sei denn, die Verteidigung kann dem Gericht versichern, dass sie eine Verbindung zu diesem Prozess herstellen wird. Zum Beispiel, um die Voreingenommenheit dieser Zeugin zu beweisen.«

»Meine nächste Frage«, sagte Mason, »ist, ob die Person, die diese Rechnungen einschickte, nicht in irgendeiner Form mit dieser Zeugin in Verbindung stand. Das würde darauf schließen lassen, dass sie gegen ihren ehemaligen Arbeitgeber, Mr Homer Garvin sen., voreingenommen ist, und zwar aus dem Grunde, weil sie Angst hat, ihre Betrügereien würden aufkommen.«

Der Richter schien unzufrieden zu sein. »Ich glaube, ich werde die Frage zulassen, obgleich es ziemlich ungewöhnlich ist, Beweismaterial vorzubringen, das möglicherweise nicht zur Sache gehörig ist. Andererseits bedarf es nur eines Blickes auf das Gesicht der Zeugin, um festzustellen, dass es hier . . .«

»Euer Gnaden, ich schwöre, dass ich keinen Pfennig davon erhielt«, rief Eva Elliott verzweifelt. »Casselman versprach mir, dass ich . . .«

»Nur weiter!«, rief der Richter.

»Ich glaube nicht, dass eine weitere Aussage gestattet werden sollte«, mischte Burger sich ein. »Die Verteidigung hat diese Sache nur aufgerollt, um die Zeugin zu diffamieren und anzudeuten, dass sie auch mit ihrer sonstigen Aussage nicht bei der Wahrheit blieb.«

»Die Aussage dieser Zeugin ist bisher nicht angezweifelt worden«, sagte Richter Decker. »Aber die Verteidigung hat auch noch nicht mit der Gegenbeweisführung begonnen. Die Zeugin wird angewiesen, sich zusammenzunehmen. Sie haben den Namen George Casselman erwähnt.«

Eva Elliott begann zu weinen. »Er hat mir fest versprochen, mich in sein Programm einzubauen, wenn sein neues Motel eingeweiht wird. Er hat gelogen. Er hat es nie vorgehabt. Eine Solonummer sollte ich kriegen . . .«

Die Tür des Gerichtssaales öffnete sich und Maria Barlow, ganz offensichtlich vor der Niederkunft, kam langsam mit einem Paket in der Hand nach vorn.

Richter Decker, die Geschworenen und alle Zuschauer wandten sich ihr zu.

Als sie den Tisch erreicht hatte, an dem Perry Mason saß, überreichte sie ihm das Paket. Mason nahm es in die Hand und wandte sich an die Zeugin.

Langsam, fast dramatisch, riss er das Papier auf und brachte die blutbefleckten Handtücher zum Vorschein. »Eva«, sagte er leise, »nachdem Sie George Casselman erschossen hatten, versuchten Sie, das Blut mit diesen Handtüchern wegzuwischen. Sie brachten sie in Ihrer Tasche ins Büro und versteckten sie in einem alten Aktenschrank. Dann vertauschten Sie den Safe-Revolver, den Sie für den Mord benutzt hatten, mit dem Halfter-Revolver, der auf dem Schreibtisch lag, als sich Mr Garvin duschte. Den Halfter-Revolver legten Sie in den Safe, nicht wahr?«

»Es war Notwehr!«, jammerte sie. »Als mir klar war, was ich getan hatte, habe ich . . . habe ich . . .«

»Einen Moment! Einen Moment!«, schrie Hamilton Burger außer sich. »Die ganze Szene kommt mir wie ein gut einstudiertes Schauspiel vor, das nur zu dem Zweck hier aufgetischt wird, um die Geschworenen zu beeindrucken.«

Mason lächelte den District Attorney an. »Das ist alles, Mr Burger. Schließen Sie Ihre Beweisführung ab, wenn Sie es wagen«, sagte er. »Die Verteidigung hat nichts mehr hinzuzufügen.«

»Was? Sie haben keine weiteren Fragen an die Zeugin?«, stieß Richter Decker ungläubig hervor.

»Keine einzige, Euer Gnaden«, antwortete Perry Mason lächelnd.

Burger saß für einen Moment unentschlossen da. »Ich würde das Gericht um eine halbstündige Unterbrechung bitten«, sagte er schließlich. »Es kann sein, dass die Anklage noch . . .«

»Haben Sie noch Fragen an die Zeugin?«, erkundigte sich Richter Decker.

»Nein, Euer Gnaden.«

Richter Decker blickte zu Perry Mason hinüber und fragte: »Hat die Verteidigung einen Einspruch gegen den Antrag der Anklage auf eine Unterbrechung von dreißig Minuten?«

»Ja, wir lehnen eine Unterbrechung ab«, antwortete Mason. »Die Verteidigung hat nicht die Absicht, irgendwelche Beweise vorzulegen, und wir würden gern noch heute Nachmittag zu einem Urteilsspruch kommen.«

»Also gut«, entschied der Richter. »Dann fahren Sie fort, Herr Ankläger.«

»Wir haben unsere Beweisführung bereits beendet.«

»Und die Verteidigung hat nicht die Absicht, zusätzliches Material vorzubringen«, fügte Mason hinzu.

Richter Decker blickte Eva Elliott an und sagte: »Obgleich es ziemlich ungewöhnlich ist, kann sich das Gericht nicht damit zufrieden geben, den Prozess auf diese Art und Weise abzuschließen. Miss Elliott, haben Sie George Casselman getötet?«

»Ich habe ihn erschossen«, antwortete sie leise. »Ich habe den Revolver aber aus Mr Garvins Safe nur herausgenommen um Casselman zu warnen. Ich wollte ihn nur erschrecken. Dann begann er mich zu würgen. Er wollte mich umbringen. Mir wurde bereits schwarz vor Augen, dann hörte ich einen Knall ... danach konnte ich wieder atmen.«

»Mit welchem Revolver versuchten Sie ihm zu drohen?«

»Mit dem, den ich schon am Nachmittag aus Mr Garvins Safe herausgenommen hatte.«

»Was haben Sie mit diesem Revolver getan?«

»Ich habe ihn in Mr Garvins Schulterhalfter gesteckt, als er unter der Dusche war. Und dann habe ich den Revolver, der im Halfter war, in den Safe gelegt.«

»Das Gericht wird sich auf eigene Initiative für eine Stunde vertagen«, verkündete Richter Decker schließlich. »Im Hinblick auf die Tatsache, dass Miss Elliott eine Zeugin der Anklage ist, scheint mir, als sei die Anklage durch ihre Aussage zusammengefallen.«

»Euer Gnaden«, bat Hamilton Burger verzweifelt, »wir möchten unsere Anklage trotz der Aussage dieser Zeugin nicht fallen lassen, bevor wir nicht Gelegenheit hatten, herauszufinden, was während der Mittagspause geschehen ist, welche Versprechungen dieser Zeugin vielleicht gemacht wurden und was es mit diesen sogenannten blutbefleckten Handtüchern auf sich hat.«

»Ihre Vermutungen sind für das Gericht von untergeordneter Bedeutung«, antwortete Richter Decker. »Wir sind lediglich daran interessiert, dass Gerechtigkeit geübt wird. Das Gericht wird sich für eine Stunde zurückziehen und danach einen Antrag zur Verlesung bringen, der die Geschworenen zu einem Freispruch von Stephanie Falkner auffordert.«

21

Perry Mason, Della Street, Homer Garvin, Paul Drake und Stephanie Falkner saßen in Masons Bibliothek. Auf dem Tisch standen eine Flasche Whisky, Soda, Gläser und ein Behälter mit Eisstückchen.

»Sie hätten es mir erzählen müssen«, sagte Mason zu Stephanie.

»Ich hätte es keinem gesagt, Mr Mason. Ich sah, wie Homer von Casselmans Wohnung wegfuhr. Er hat mich nicht bemerkt. Später, als er mir den Revolver gab und ich die leere Patronenhülse entdeckte, glaubte ich zu wissen, was passiert war. Und als Sie dann arrangierten, dass Junior mir ebenfalls einen Revolver geben sollte, glaubte ich, besonders klug zu handeln, indem ich den Halfter-Revolver von Homer auf den Tisch legte und Juniors Revolver stattdessen in die Küche in einen Mehlsack warf. Später habe ich den Mehlsack in das neben uns liegende Grundstück gebracht und in den frischen Zement gepresst, der gerade gegossen war.«

»Ich wusste nicht, dass du mich gesehen hast, Stephanie«, meinte Homer Garvin. »Ich fuhr zu Casselman und wollte, dass er die Karten auf den Tisch legt. Er sagte, er hätte in zehn Minuten eine Verabredung und könne sich leider nicht mit mir befassen. Darauf erklärte ich ihm, dass ich um elf Uhr zurückkäme.«

»Eva Elliott muss diejenige gewesen sein, die ihn anrief, als ich dort war«, erklärte Mason. »Sie sagte, sie käme sofort herauf. Das war es auch, was ihn so nervös gemacht hat. Ich benutzte den Vorderausgang und behielt diesen auch im Auge. Die Tatsache, dass niemand aufkreuzte, hätte mich von selbst darauf bringen müssen, dass Casselmans Besucher den Hintereingang benutzt hat.«

»Nun ja, jetzt kennen wir die ganze Geschichte«, meinte Homer Garvin. »Sie ging die Hintertreppe hinauf. Casselman hatte sie dazu gebracht, ihm Schecks für gefälschte Rechnungen auszuschreiben. Dafür versprach er ihr eine Solonummer in dem Programm seines neuen Motels. Sie war kein Opfer ihrer Unfähigkeit als Sekretärin geworden, nein, sie hat diesem Casselman absichtlich mein Geld geschickt, weil sie scharf darauf war, Schauspielerin zu werden. Und dann kam sie dahinter, dass er sie aufs Glatteis führte.«

»Mir hat eine Frau die Haustür aufgehalten«, berichtete Stephanie Falkner. »Ich fuhr hinauf in Casselmans Wohnung und läutete. Nachdem niemand antwortete, öffnete ich die Tür. Sie war nicht verschlossen. George Casselman lag tot in seinem Blut. Ich ... ich wusste nicht, was ich tun sollte. Plötzlich wurde mir klar, dass ich in die Blutlache getreten war. Ich hatte eine panische Angst und versuchte im Bad das Blut abzuwaschen. Auch an meinen Händen klebte es. Es musste passiert sein, als ich mich niederkniete, um mich zu überzeugen, ob er wirklich tot war. Ich wusch und wusch und wusch ... dann rannte ich die Hintertreppe hinunter. Es stand für mich fest, dass Homer ihn getötet hatte. Daher schwieg ich.«

Homer Garvin betrachtete sie liebevoll. »Und du hättest dich dem Risiko ausgesetzt, eher wegen Mordes verurteilt zu werden, als mich hineinzuziehen?«

»Du musst reden«, antwortete sie. »Nachdem du der Meinung warst, dass ich die Mörderin war, hast du alles getan, um die Aufmerksamkeit von mir abzulenken.«

Plötzlich mussten sie beide lachen.

»Also gut«, meinte Garvin, »das werden wir später besprechen. Lass uns das Geschäftliche erledigen, Perry.«

Garvin zog sein Scheckheft heraus, unterschrieb einen Blankoscheck und schob ihn über den Tisch zu Mason hinüber. »Füll ihn dir selbst aus und sei nicht zu bescheiden«, sagte er.

Das Telefon läutete.

Della Street nahm den Hörer ab. »Einen Augenblick, bitte«, sagte sie. »Junior ist am Apparat. Er sagt, es täte ihm Leid, dass er die Nerven verloren habe. Und ich soll Ihnen ausrichten, Chef, dass er Ihnen den Sportwagen, mit dem Sie damals zu Stephanie gefahren sind, um sechshundert Dollar billiger geben würde.«

Mason lächelte und steckte den Blankoscheck ein. »Sagen Sie ihm, er soll später noch mal anrufen, Della. Ich glaube, wir kommen ins Geschäft.«